KB168852

동물원과 유토피아

일러두기

1. 이 책에 인용된 니체의 『차라투스트라는 이렇게 말했다』는 〈책세상〉 판본을 따랐다.

2. 인용된 책은 저자, 책 제목순으로 통일했으며 『차라투스트라는 이렇게 말했다』는 저자, 중제목으로 통일했다.

동물원과 유토피아

장석주의 크로스인문학

니체의 철학으로 비춰본 한국인, 한국 사회

푸른메

차례

제1부

한국인, 당신은 누구인가?

한국인은 여러 개의 얼굴을 갖고 있다. 그 여럿은 하나가 쪼개져 분화하면서 만들어진 것이다. 진짜 얼굴은 하나다. 하나가 본질이라면 여럿은 가면들이다. 가면을 벗어야만 맨 얼굴이 나온다. 가면을 벗고, 맨 얼굴을 거울에 비춰보자. 자, 보이는가? 가면에 가려져 있던 당신의 맨 얼굴이. 오늘의 '한국인'으로 사는 당신은 누구인가? 신명과 흥이 넘친다. 음주가무를 즐기고 자신감이 크고 열정도 넘친다. 임기응변에 능하다. 흥분을 잘한다. 한마디로 '화끈한' 성격이다. 활달하고 공격적이며 충동적이고 고집스럽다. 감정표현에 거침이 없다. 한국인을 '동양의 라틴'이라고 부르는데, 아주 맹랑한 소리는 아닌 듯싶다. 한편으로 한국인은 정과 한, 그리고 내면에 억눌린 슬픔과 울분이 많다. 유독 슬픈 노래, 슬픈 드라마를 좋아한다. 소극적이고 방어적인 심리 기질이 있다. 이것은 눌리고 빼앗기고 찢긴 심리적 경험이 누적되면서 만들어진 마음의 유전자다. 자기 뜻을 내세우지 않고 대세에 순응한다. 더러는 비굴해지기도 한다. 이렇듯 '한국인'이란 가면 뒤에 상호모순 되는 여러 마음들이 들끓는다.

'한국인'이란 가면을 쓴 당신은 어떤 사람인가. 한국인의 집단적 정체성을 말해주는 것은 마음, 심리, 욕망, 혹은 그것들을 집합적으로 뭉뚱그린 '국민성'이라고 부를 수 있는 그 무엇일 테다. 개별적 존재들의 다양성과 복잡성을 전제해야겠지만, 그럼에도 '한국인'이란 일본인이나 중국인, 혹은 미국인들과는 분명 다른 어떤 공통적 특질들이 드러날 것이다. 한국인을 한국인으로 인식하게끔 만드는 그 '무엇'은 무엇일까? 심리학자 황상민은 '정체성'과 '국민성'을 다름으로 이해한다. '정체성'이 자신의 눈으로 자신을 바라보고 인식하는 것, 즉 '자기 인식'이라면, '국민성'은 타자의 눈으로 자신을 보는 것이다. 그는 한국인들이 정체성의 상실과 혼란 상태에 있다고 진단한다. 그 이유를 파란과 격동으로 이어진 근대역사의 경험에서 찾는다. 식민 지배와 전쟁, 분단의 모진 세월을 겪으면서 심리적 분열과 정체성의 혼란에 빠지고 말았다는 것이다. 그리하여 한국인들은 "'남이 보는 나의 모습'을 '자신의 모습'이라고 믿으려 하고, 외부의 시선에 따라 자신이 스스로 바뀌는 것처럼 느낀다"황상민, 『한국인의 심리코드』라고 단정한다. 자기의 정체성을 외부의 시선에 의해 규정하고, 그것을 당연한 것으로 받아들인다. 왜 이렇게 되었는가? 이 뿌리는 외세의 거듭된 피침被侵의 역사가 만든 '변방 콤플렉스'다. 한국이 중심이었던 적이 없다. 역사적으로 '중화中華의 변방', '일본의 변방', '미국의 변방'이었다. 우리 마음에 도사린 '변방 콤플렉스'가 낳은 것은 낮은 자존감과 열등의식이다. 낮은 자존감과 열등의식으로 뭉쳐진 마음을 우리 자신도 그다지 믿지 않았기에 우리는 자주 '외부의 시선'을 끌어와 우리의 실체를 보려고 한다. 남의 시선에 의해 만들어진 정체성에는 자기 성찰이 그다지 중요하지 않다. 자신을 돌아보지 않고 남의 기준에 맞춰 살려고 하니까, 남에게 나를 어떻게 생각하느냐고 자주 묻는다.

자, 우리의 마음에 들어앉은 부정적인 얼굴을 보자. 우리가 외면하고 싶고, 아니라고 부정하고 싶은 얼굴이다. 하지만 이것도 분명 우리의 얼굴이다. '체면'을 구기느니 차라리 죽는 게 낫다. '체면'에 죽고 사는 우리들. '체면'이란 무엇인가? 말 그대로 남이 봐주는 우리의 겉으로 드러난 때깔, 즉 바깥-얼굴이다. 우리는 드레*보다는 겉치레를 우선하고 살았다. 남의 시선으로 나의 정체성을 규정할 때, '나'의 가치 기준들은 중요하지 않다. 오로지 남이 보는 나의 모습만이 중요하다. 사촌이 땅을 사면 배가 아프다라는 말도 우리 사회에서 오래 회자되는 말이다. 가까운 사람이 잘 되는 꼴을 못 본다는 뜻이다. 배가 고픈 건 참아도 배 아픈 건 참지 못하는 것이다. 오죽하면 우리 마음 안에 깃든 왜곡된 심리를 보여주는 이런 말들이 그토록 오래 떠돌았을까? 외국 사람이 가장 먼저 배우는 한국말이 '빨리빨리'라고 한다. 우리는 자신도 모르는 사이에 '빨리빨리'를 입에 달고 살았다. 이 '빨리빨리'는 압축근대를 겪어내면서 과정의 정

---

* '인격적으로 점잖은 무게'라는 뜻을 지닌 우리말.

도正道를 건너뛰어서라도 결과와 목적을 이루라고 다그치는 우리 안에 도사린 성취욕구의 조급함을 드러낸다. 우리 안의 '냄비 근성' 역시 우리 정체성의 한 부분이다. '냄비 근성'이라는 개념에는 적어도 두 가지 의미가 있다. 첫째, 빨리 달아오르고 빨리 식는다는 의미다. 어떤 사회적 문제가 대두되었을 때 여론은 냄비 속의 물과 같이 빨리 끓는다. 금세 비등점을 향해 치솟았던 여론은 이내 식어버린다. 둘째, 자기만의 개별적인 의견이 없다는 의미다. 깊이 생각하지 않고 피상성에 기대어 산다는 증거다. 그래서 '냄비'라는 집단 의견에 쉽게 휩쓸린다. 씁쓸한 웃음이 나오지 않는가?

마음은 행동을 낳는 바탕이다. 한국인의 마음이 오늘의 '한국'을 만든다. 무한 경쟁사회, 승자 독식사회, 결혼 기피사회, 저출산 사회, 공공성보다는 사적 이익을 더 먼저 챙기는 사회, 불공정성이 판치는 사회, 자본과 권력을 쥔 '갑'들이 힘없는 '을'들을 짓누르는 사회, 행복감이 낮은 사회, 뻔뻔함이 사회적 성공의 인자가 되는 사회, 체면을 중시하는 사회, 탈법과 불법이 판치는 사회, 불안과 경쟁 스트레스가 많은 사회, 타인과의 다름을 받아들이지 못하는 사회, 소수자를 따돌리고 억누르는 사회, 외모지상주의가 득세하는 사회, 학력 차별주의 사회, 패거리 짓기를 좋아하는 사회, 조울증燥鬱症의 사회…… 부정할 수 없는 우리의 모습이다. 이것들은 우리의 부정적인 정체성이 밖으로 표출된 경우다. 이 모든 것들의 안에 우리의 '마음', 혹은 심리 코드가 작동한다.

우리를 규정할 수 있는 또 다른 요소는 '요란함'이다. "한국인은 지금 어느 국민들보다도 요란하고 격렬하다. 좋게 말해 역동적이고 나쁘게 말해 과격하다."_{정과리, 『들어라 청년들아』} 이 '요란함'은 '티핑 tipping 현상'의 산물이다. 이것은 조그만 지극이나 움직임이 커다란 변화의 파동을 불러오는 현상이다. 우리가 겪은 미국산 쇠고기 수입에 따른 광우병 괴소문과 촛불시위, 황우석 박사 사태, '미네르바' 소동, 타블로라는 대중가수의 학력 불인정 소동, 천안함 폭침 사건, '반값 등록금' 시위…… 이것들이 티핑 현상들이다. 아주 작은 사안에서도 한국인의 '요란함'과 '과격함'은 금세 들끓는다. '요란함'은 속물 근성과 만나 더 극렬해진다. 티핑 현상들이 한국 사회를 천박한 호기심과 속물 근성으로 끓는 '리얼리티 쇼'로 바꾼다. '뻔한' 사실을 두고도 사실로 인정하지 않는다. 다른 심리 코드가 작동하고 있는 것이다. 왜 이런 일들이 벌어지는가? 우리 마음 안에 있는 불안과 공포 때문이다. 이 '요란함'은 욕망의 들끓음을 드러내는 현상일 텐데, 문학평론가 정과리는 이것이 더 잘 살아야 한다는 강박증에 시달리며 "아등바등 하는 중진국민의 불안" 때문에 생겨난 것이라고 설명한다. "옛날의 애상미는 식민지를 살았던 한국인의 설움에 대한 표현일 뿐이고 오늘의 요란함은 임계점에서 아등바등하는 중진국민의 불안을 반영할 뿐이다. 그 불안의 저쪽에는 우리의 삶의 질이 더 향상되어야 한다는 욕망이 들끓는다. 그 불안의 이쪽에서는 다시 가난의 나락으로 떨어지는 데 대한 공포가 수시로 엄습하고 있다. 그 욕망과 공포 사이에서 불공평한 세상에 대한 분노와 가진 자에 대한 질시와 더불어서 투기의 열풍과 자기 것에 대한 악착같은 집념과

'부자되세요'를 공동선으로 만드는 뻔뻔함이 함께 용솟음쳤다."^{정과리,} ^{앞의 책} 불안의 이면에는 다시 가난의 나락으로 떨어질까 하는 염려와 공포가 숨어 있다. 한국인의 마음 안에 도사린 이런 불안과 공포가 공모하여 세상에 대한 분노를 만들고, 투기 열풍에 뛰어들게 하고, 수단과 방법을 가리지 않고 부자가 되는 것을 공동선이라고 우기는 뻔뻔함에 이르게 만든다.

한국인에겐 또 다른 우아하고 화사한 얼굴도 있다. 조선의 '달항 아리'나, 국립중앙박물관에 있는 '금동미륵보살반가사유상'이나, 경주 남산 삼화령에 있는 '석조미륵삼존불상'을 보라. 이것을 찬찬히 들여다보면 한국인의 또 다른 마음과 얼굴이 보인다. 저 바깥으로 끓으며 뻗치는 '요란함'과는 다른 은근과 끈기와 고요에 친화력을 보이는 심리 기질이다. "맞서기보다 도망가고, 숨고, 참고, 순응하 며, 받아들인다. 남의 눈을 지나치게 의식하고, 집중력의 수준을 넘어 강박에 이르기도 한다. 이른바 울^鬱의 상태다. 매닉친화형 성격에 서 조^躁의 반대편에 있는 이 울의 기질 역시 우리 옛 미술품, 민예품 을 들여다보면 자주 보인다."^{지상현, 「한국인의 마음」} 우리의 고미술품에서 한 국인의 마음을 읽어내는 지상현은 이것에서 "적조의 미, 순응, 천연 주의"라는 코드를 찾아낸다. 우리의 '요란함' 저 아래에 이런 내향적 심리 기질이 숨어 있다. 아마도 이것은 한국인의 옛 마음일 것이다. 그렇다면 진짜 우리의 마음, 우리의 얼굴은 무엇인가?

한국인의 마음은 요란하지도 않고 은근하지도 않다. 마음은 고정

불변의 것이 아니라 수시로 흐르면서 바뀐다. 마음은 '됨(고형적 결과)'이 아니라 '되어짐(유동적 운동)'에서 번쩍 하고 나타난다. 지금 이 시각에도 당신의 마음은 고형물로 어딘가에 놓여 있지 않고 다른 무엇을 향하여 유동하며 흐른다. 그 마음의 흐름, 마음의 운동을 보자. 자, 당신은 개천에서 하늘로 오르는 '용龍'인가? 아니면 용이 되다 만 '뱀'인가? 용이 아니더라도 바로보자. 자기성찰을 위해 우리 안에서 작동하는 심리 코드, 문화 코드를 해독하고, 안 보이는 마음의 엠알아이MRI를 찍어보자. 날마다 밥과 김치를 먹고, 술을 마신 뒤 노래방에 들러 한바탕 노래를 하고, 한일 국가대표팀 축구경기가 열릴 때마다 손뼉을 치며 엇박자로 '대-한민국'을 외치는 '한국인'으로 살아가는 당신, 오늘의 당신을 만든 마음의 엠알아이를 찍어보자. 당신과 나, 우리는 왜 용이 아니라 뱀으로 살고 있는가?

야만과
거짓에
상처받은
한국인

　　　　　　　　21세기 우리 한국인들의 삶을 만드
는 '정신'들은 어떤 것인가? 나는 한국인의 정서적 자산인 정과 흥,
정신의 근저에 깃든 풍부한 공감력과 상처로부터의 빠른 회복력 따
위가 우리의 더 나은 삶을 만든 동력이라고 믿는다. 한 저자는 "냄
비 근성, 강인함, 활력, 승부 근성, 도전 정신, 자신감, 대담함, 빨리
빨리 문화, 신바람, 악바리 근성, 잡초 근성, 거침, 격정, 난폭함, 떼
거리 근성"_{연합뉴스, 2006. 7. 11. 기사, 진중권, 『호모 코레아니쿠스』에서 재인용}을 한국 정신의
긍정적인 예로서 제시한다. 나는 열거된 목록들에 놀라고 수치스러
웠다. 이것들은 조악하고 무례하며 호전적이기까지 한 것들이 아닌
가! 한국 정신으로 내세울 만한 게 이것들뿐인가! 이것들은 몇 개를
빼고는 모두 법과 예에서 크게 벗어나 너절하고 비루한 정신들의 세
목이 아닌가!

　여기에서 제시된 나쁜 형태의 한국 정신이 그대로 나타나는 건 아

무래도 정치의 영역일 테다. 당리당략에 묶인 그들의 거짓과 허언, 조악한 수사修辭들, 정치 전략과 정책의 수준, 그리고 그들의 실천 행태는 야만적이고 추악하다. 니체는 말한다. "대지는 지금 여러 피부병에 시달리고 있는데, 그 피부병들 중의 하나가 '인간'이라는 존재다."니체, 「크나큰 사건에 대하여」 개발이라는 명목으로 산을 깎고 열대우림을 파괴하며 자연생태계를 훼손하는 인간이야말로 대지가 앓는 '피부병'이 아닌가! 한국 사회가 앓는 '피부병' 중에서 가장 악성 피부병은 고비용 저효율의 '정치'라는 피부병이다. 이런 부정적인 '정치'에 영향을 받는 현실에 살고 있으니 한국인으로 사는 일은 고달프고 불행하다. 나는 비로소 알겠다. 왜 그토록 우리 마음자리에 근심, 걱정, 죄의식, 후회들이 득실거리고, 왜 그토록 미래에 대한 절망으로 시달리는지를, 왜 우리 주변에 그토록 많은 정신질환자들이 있고 자살율이 높은지를.

우리가 망각이라는 토대 위에 세우려고 했던 것은 무엇인가? 자수성가, 금의환향, 입신양명. 그게 우리 근대 이후의 몸에 각인된 성공의 지표들, 부정적 아비투스*다. 우리는 그것을 손에 쥐기 위해 '속도전'으로 내몰렸다. 그 대가로 사람다움이 무엇인가를 망각하는 희생을 치렀다. 인류의 열등한 형제들인 동물들도 우리보다는 사정이 낫다. 월터 휘트먼은 동물들에 대해 한 시에서 이렇게 썼다.

* 아비투스habitus는 개인의 취향, 성향, 자의식의 형태로 개별자가 갖고 있는 문화체계를 말한다. 프랑스 사회학자 피에르 부르디외에 따르면, 이것은 반복적인 학습과 훈련에 의해 습득되지만 스스로도 의식하지 못할 만큼 무의식화되어 있다. 한마디로 인간 행위를 낳고 규정하는 무의식의 문화예술 취향이다. 이것은 문화적 지배가 강화되는 자본주의 세계에서 경제 수준보다 너 개별사의 계급을 규정하는 상징적 문화(고급한 취향) 자본으로 다음 세대에게 상속된다.

"그것들은 땀 흘리지 않으며 주위 상황을 놓고 징징거리지도 않아,/ 그것들은 어두울 때 누워서 깨어 있지도 않고 죄 때문에 울지도 않아…… 세상 전체에서 점잖거나 불행한 것은 하나도 없지." 동물은 쓸데없는 근심에 사로잡히지도 않고, 지금 현재와 무관한 과거의 일로 인해 생긴 죄의식에 시달리지도 않는다. 동물은 정신병을 앓지도 않고, 불면증에 시달리지도 않는다. 그것들은 본성이 시키는 대로 먹고 잠자며 움직이지만 사람은 이성과 도덕으로 본성을 옥죈다. 아울러 체면이나 대의 때문에 종종 본성과 어긋난 선택을 하기도 한다. 그게 불행과 고통의 단초다.

힘의 위계에 따라 서열이 정해지고, 서로를 향해 이빨을 드러내 으르렁거리고, 강한 자가 약한 자를 집어삼키는 일은 야생의 정글에서 다반사로 일어난다. 문명사회 한복판에서 이런 약육강식 사태가 벌어진다면 놀랄 만한 일이다. 경쟁에서 이긴 소수의 부자와 권력자들이 사회적 기득권과 특혜를 독점하고 경쟁에서 밀려난 다수의 사회적 약자들은 생존의 영도零度로 내몰리는 한국 사회가 야생의 정글과 다르다고 말할 수 있을까? 언제부터인가 우리 사회는 마치 울타리가 망가져버린 동물원으로 변하고 있다. 도덕과 정의, 원칙과 규범이 작동하는 것이 아니라 힘과 힘이 으르렁거리며 맞서는 정글로 변해버린 사회가 바로 동물원 사회다. 사회의 내부에 위험과 불안이 비등점을 향해 치솟는 것은 우리 사회가 먹잇감을 찾아 어슬렁거리는 맹수들이 날뛰는 동물원 사회로 이행하는 전 단계에 있다는 사실을 말한다. 불법사회, 위험사회, 불안사회, 피로사회들은 야만과 거짓이 횡행하는 동물원 사회로 이행하는 징후이자 신호들이다.

　무언가를 먹어야 산다는 점에서 사람은 동물과 다름이 없다. 먹지 않고는 생을 도모할 수가 없다. 사람은 살아 있는 거의 모든 것들을 먹는 잡식성 동물이다. 니체는 위胃가 뇌와 가장 많이 닮아 있다고 말한 적이 있다. 같은 맥락에서 "독일 정신은 암담해진 내장에서 나온다"고도 썼다. 독일의 나쁜 식사가 위와 내장을 망치고, 거기에서 나쁜 독일 정신이 생성한다는 것이다. 그렇다면 한국인들의 위와 내장은 어떤가? 그것을 들여다보면 한국 정신의 실체를 조금이나마 엿볼 수 있지 않을까. 니체 철학의 통찰력을 빌어 우리의 위를 살피고, 그걸 근거로 우리의 정체성과 마음자리를 비춰보기로 했다.

한국인을
이야기 하는데,
왜 니체
철학인가?

지금 우리 한국인에게 필요한 것은 무엇일까? 우리에게 당장에 필요한 것은 제 민낯을 들여다볼 수 있는 거울이다. 자기의식으로서의 거울, 내면적 삶이 시작되는 지점으로서의 거울, 건강과 육체를 돌보는 자아로서의 거울, 여명과 번개로서의 거울. 물론 형상을 비춰내는 거울 없이도 형상적 삶은 얼마든지 가능하다. 그동안 우리는 거울 없이 살아왔고, 지금은 그게 당연하다는 생각이 퍼져 있다. 표면이 응결되어 그 자체로 심연인 거울, 빛과 몽환의 제국으로서의 거울. 거울이 삶의 잉여는 아니다. 거울은 디오니소스의 춤, 웃음, 그리고 바보들의 책이다. 니체는 우리에게 그 거울에 비친 세계를 보여주겠다고 말한다.

그대들은 또한 내게서 '세계'란 무엇인지 알고 있는가? 내가 그대들에게 이 세계를 내 거울에 비추어 보여주어야만 하는가? 이 세계는 곧 시작도 끝도 없는 거대한 힘이며, 커지지도 작아지지도 않으며, 소모되지 않고 오히려 전체로서는 그 크기가 변하지 않지만, 변화하는 하나의 확고한 청동 같은 양의 힘이며, 지출과 손해가 없지만, 이와 마찬가지로 증가도 수입도 없고, 자신의 경계인 '무'에 의해 둘러싸여 있는 가계 운영이며, 흐릿해지거나 허비되어 없어지거나 무한히 확장되는 것이 아니라 일정한 힘으로서 일정한 공간에 끼워 넣어지는 것인데, 이는 그 어느 곳이 '비어' 있을지도 모르는 공간 속이 아니라, 오히려 도처에 있는 힘이며, 힘들과 힘의 파동의 놀이로서 하나이자 동시에 '다수'이고, 여기에서 쌓이지만 동시에 저기에서는 줄어들고, 자기 안에서 휘몰아치며 밀려드는 힘들의 바다며, 영원히 변화하며, 영원히 되돌아오고, 엄청난 회귀의 시간과 더불어, 자신의 형태가 빠져나가는 썰물과 밀려들어 오는 밀물로, 가장 단단한 것으로부터 가장 복잡한 것으로 움직이면서, 가장 고요한 것이나 가장 단단한 것, 가장 차가운 것으로부터 가장 작열하는 것이나 가장 조야한 것, 가장 자기 모순적인 것으로 움직이고, 그 다음에는 다시 충실한 것에서 단순한 것으로, 모순의 놀이로부터 조화의 즐거움으로 되돌아오고, 이러한 동일한 스스로의 궤도와 시간 속에서도 여전히 스스로를 긍정하면서, 영원히 반복해야만 하는 것으로서 스스로를 축복하면서, 어떠한 포만이나 권태나 피로도 모르는 생성이다. ─ : 영원한 자기 창조와 영원한 자기 파괴라고 하는 이러한 나의 디오니소스적인 세계, 이중적 관능이라는 이러한 비밀의 세계, 이러한 나의 선악 저편의 세계, 이는 순환의 행복 속에 목적이 없다면, 목적이 없으며, 원환圓環 고리가 스스로에 대해 선한 의지를 갖지 않는다면, 의지가 없다 ─ 그대들은 이러한 세계를 부를 이름을 원하는가? 그 모든 수수께끼에 대한 하나의 해결을? 그대들, 가장 깊이 숨어 있고, 가장 강하고, 가장 경악하지 않으며, 가장 한밤중에 있는 자들이여, 그대들을 위해서도 빛을 원하는가? ― 이러한 세계가 힘에의 의지다. ― 그리고 그 외에 아무것도 아니다! 그대들 자신 역시 이러한 힘에의 의지다. ― 그리고 그 외에 아무것도 아니다!

니체, 『유고, 1884년 가을~1885년 가을』

니체는 우리에게 거울에 비친 세계에 대해 말한다. 거울에 비친 세계를 말하는데, 우리는 그 거울조차 갖지 않은 상태다. "모든 삶은 거울을 보지 않고도 가능하다. 그리고 실제적으로 지금 우리의 삶은 대부분이 이와 같이 거울 없이 영위되고 있다."니체, 『즐거운 학문』 그러니 어찌 그 세계를 바로볼 수 있겠는가? 우선 그 거울은 접어둔 채 거울에 비친 세계에 대해서만 말해보자. 니체는 거울에 비친 세계가 "시작도 끝도 없"는 것, "힘들과 힘의 파동의 놀이로서 하나이자 동시에 다수"인 것, "휘몰아치며 밀려드는 힘의 바다"인 것, "어떠한 포만이나 권태나 피로를 모르는 생성"이라고 말한다. 세계가 바로 힘에의 의지이고, 우리 자신이 바로 그것이라고 말하는 것이다.

삶이라는 괴물, 내 안에서 너무나 많은, 이 우글거리는 삶이 문제다. 그것은 항상 존재를 가두는 울타리다. 이 울타리 안에서 진흙탕에 불과한 관습과 도덕들이 자란다. 그것들의 문제는 아무런 생성과 생산이 없다는 점이다. 뿐만 아니라 그것들은 존재에 대한 불쾌하고 지루한 수모이기도 하다. "너에게는 너 자신을 잃고 몰락할 용기가 없다. 그래서 너는 결코 새로워지지 못할 것이다. 우리에게 오늘은 날개, 색, 옷, 그리고 힘이었던 것이 내일은 단지 재가 되어야만 한다."니체, 「유고, 1882년 7월~1883/84년 겨울」 우리에게 필요한 것은 자기 극복과 그것을 이루려는 의지이다. 그리기 위해 먼저 "자신을 잃고 몰락할 용기"가 필요하다. 그것은 기꺼이 재가 될 수도 있는 내부의 힘이다. 오늘 우리가 가진 것, 누렸던 것을 내려놓을 수 있는 용기 말이다. 우리의 재산, 지위, 명예, 권력은 말할 것도 없거니와 학연·혈연·지연과 같은 상징자본 따위도 버릴 수 있는 용기 말이다. 내일의 더 나은 사람을 위하여 그 모든 것을 재로 만들 수 있는 용기 말이다. 낡은 '내'가 죽어야 새로운 '내'가 태어날 수 있다.

새로운 '나'의 탄생을 위해서는 잉여들이 전제되어야 한다. 건강, 철학, 예술 따위들. 건강은 종족 보존을 지탱하는 것 이상의 힘, 혹은 힘의 여분으로 가능한 삶의 형태이고, 이것은 생물학적 필요를 넘는 한에서 잉여다. 물론 건강하지 않은 사람도 죽지 않고 살아간다. 그러나 건강이란 잉여를 갖지 못한 삶은 남루하고 너절하다. 철학과 예술도 그것 없이 삶은 가능하다는 점에서 잉여다. 철학과 예술은 생성과 창조를 낳는 인식이고, 자유로운 존재를 움직이는 힘이며, 욕망이 아니라 열린 의지이다. 예술은 일상적 삶과는 다른 새롭게 발견된 층위의 삶이다. 그것은 절대적 현실, 괴테의 은유를 빌리자면, 영원한 바다이다. "드디어 우리의 배가 저 모든 위험을 무릅쓰고 항해를 하게 되었다. 인식하는 자들의 모든 시도가 다시 허용된다. 바다, 우리의 바다가 다시 열렸다. 이렇게 '열린 바다'는 예전에는 결코 없었던 것이다."니체, 『즐거운 학문』 예술과 철학은 삶이 품은 영원한 바다, 다양한 힘과 의지들, 작열하는 내면의 운동이다. 현상 세계의 소용돌이 속에서도 소멸되지 않는 예술의 숭고함과 아름다움은 더 높은 존재론적인 계시啓示를 보여준다. 아울러 철학은 존재의 심연에 이르게 하고, 비극적 삶의 감정을 넘어서는 형이상학적 위안을 준다. 예술과 철학이 부재하는 삶은 필연적으로 얕은 삶, 깊이를 머금지 않은 피상성에 머물 수밖에 없다. 니체에 따르면 이런 삶의 세계는 "피상적인 세계, 혹은 그려진 그림의 세계, 일반화되고, 깊이가 없고, 어리석으며, 일반적이고, 또한 표식, 떼지어 다니는 무리의 표지"니체, 앞의 책로 특징지어진다. 이런 잉여들은 삶의 질을 높이는 데 불가결하다는 점에서 중요하다. 니체는 자기 빛 속에 사는 자, 춤과 웃음을 가르치는 자, 인간을 넘어선 인간, 초인, 바로 '차라투스트라'라는 초유의 잉여적 존재를 창조한다.

차라투스트라는 그의 나이 서른이 되던 해에 고향과 고향의 호수를 떠나 산속으로 들어갔다. 그곳에서 자신의 정신과 고독을 즐기면서 보내기를 십 년, 그런데도 그는 조금도 지치지 않았다. 그러나 마침내 그의 마음에 변화가 왔다. 그리하여 어느 날 아침 동이 트자 그는 잠자리에서 일어났다. 그러고는 떠오르는 태양을 향해 나아가 이렇게 말했다.

"너 위대한 천체여! 네가 비추어줄 그런 것들이 존재하지 않는다면 무엇이 너의 행복이겠느냐!

너는 지난 십 년 동안 여기 내 동굴을 찾아 올라와 비추어주었다.

내가, 그리고 나의 독수리와 뱀이 없었더라면 너는 필경 너의 빛과 그 빛의 여정에 지쳐 있으리라.

우리는 아침마다 너를 기다렸고, 너의 그 넘치는 풍요를 받아들이고는 그에 감사하여 너를 축복해왔다.

보라! 나는 너무 많은 꿀을 모은 꿀벌이 그러하듯 나의 지혜에 싫증이 나 있다. 이제는 그 지혜를 갈구하여 내민 손들이 있어야겠다.

나는 베풀어주고 싶고 나누어주고 싶다. 사람들 가운데서 지혜롭다는 자들이 새삼스레 자신들의 어리석음을 기뻐하고, 가난한 자들이 새삼스레 자신들의 넉넉함을 기뻐할 때까지.

그러기 위해 나는 저 아래 깊은 곳으로 내려가야 한다. 네가 저녁마다 바다 저편으로 떨어져 하계에 빛을 가져다줄 때 그렇게 하듯, 너 차고 넘치는 천체여!

나 이제 사람들을 만나기 위해 저 아래로 내려가려 하거니와, 나 또한 그들이 하는 말대로 너처럼 몰락하지 않을 수 없는 것이다.

한없이 큰 행복조차도 시샘하지 않고 바라볼 수 있는 너, 조용한 눈동자여, 나를 축복하라!

바야흐로 넘쳐흐르려는 이 잔을 축복하라. 이 잔으로부터 물이 황금빛으로 흘러넘치도록, 그리하여 온 누리에 너의 환희를 되비추어주도록!

보라! 잔은 다시 비워지기를, 차라투스트라는 다시 사람이 되기를 갈망하노라."

이렇게 하여 차라투스트라의 몰락은 시작되었다.

| 니체, 「차라투스트라의 머리말」

먼저 니체의 『차라투스트라는 이렇게 말했다』를 다시 읽어보자. 차라투스트라는 정말 오랫동안 자기만의 고독 속에서 살았다. 차라투스트라의 고독은 차라투스트라의 자유를 발효시키는 질료이자 동력이다. 그는 자유로운 존재가 되었고, 마침내 산에서 내려가기로 결심한다. 19세 때, 나는 삶의 바른 궤도에서 벗어나 음악감상실이나 들락거리는 보잘것없는 청년이었다. 그때 만난 한 권의 책이 충만한 시간을 주었고, 운명의 중력을 뚫고 더 높은 존재로 도약할 힘을 주었다. 시와 서사와 철학이 한데 어우러진 걸작인 니체의 『차라투스트라는 이렇게 말했다』이다. 니체는 28세 때 첫번째로 쓴 책 『비극의 탄생』을 펴냈는데, 아폴론적인 가치와 디오니소스적인 가치의 구분을 통해 유럽 문명 전반을 꿰뚫는 통찰을 내놓는다. 니체는 이성에 바탕을 둔 서양의 모든 가치체계를 뒤집고 해체한 뒤, 그 자리에 니힐리즘* · 가치전도 · 초인 · 영원회귀 · 권력에의 의지 등을 바탕으로 하는 새로운 형이상학의 성채를 세운다. 그는 서양 형이상학의 역사에서 뾰족하게 머리를 내민 섭돌이고, 그의 철학은 앞선 것을 가차없이 내리치는 해머다. '차라투스트라'는 내가 되고자 하는 궁극의 목표, 내가 나아가고자 하는 길을 비추는 별이었다. "말하자면 가장 긴 사다리를 갖고 있는, 그리하여 가장 깊은 심연까지 내려갈 수 있는 그런 영혼이 말이다. 이런 영혼 곁에 어찌 더부살이하는 자들이 가장 많이 모여들지 않겠는가? 자기 자신의 내면으로 더없이 멀리 뛰어들고, 그 속에서 방황하며 배회까지 할 만큼 더

---

* 니힐리즘nihilism: 무無를 의미하는 라틴어 nihil이 그 어원으로 허무주의를 이르는 말.

없이 포괄적인 영혼. 기쁜 나머지 우연 속으로 뛰어드는, 더없이 불가결한 영혼. 생성 속으로 잠겨드는, 존재하는 저 영혼. 의욕과 요구 속으로 잠겨들기를 원하는 저 소유하는 영혼. 자기 자신으로부터 달아나버리는, 디없이 큰 동그라미 속에서 자기 자신을 따라잡는 저 영혼. 어리석음, 그것이 가장 달콤하게 말을 걸어오는 더없이 현명한 저 영혼. 그 안에 모든 사물이 흐름과 역류, 썰물과 밀물을 지니고 있는, 자기 자신을 더없이 사랑하는 저 영혼. 오, 어찌 더없이 고상한 저 영혼이 고약한 더부살이 인간을 거느리지 않을 것인가?" 니체, 「차라투스트라는 이렇게 말했다」 가장 깊은 심연까지 내려갈 수 있는 혼은 가장 긴 사다리를 갖고 있어야만 한다. 그런 혼만이 자기 자신에게서 가장 멀리 도망가고 방랑할 수 있다. 자기 자신을 추구하는 혼, 자기 자신을 가장 사랑하는 혼. 열아홉 살 때, 내게는 그런 혼이 없었다. 나는 자기 자신을 추구하지도 않았고, 자기 자신을 가장 사랑하지도 않았다. 나의 혼은 부정적인 것으로 가득 차 있었고, 나의 혼은 현명하지 않았고, 당연히 나는 나만의 생성에 다가갈 수 없었다. 차라투스트라는 '긍정이라는 축복' 속에서 웃고 춤춘다. 열아홉 살 때, 나의 미래는 암울했다. 그때 뼈가 휘는 듯한 고통과 절망 속에서 차라투스트라를 보고 비로소 웃을 수 있었다. 장차 글쓰는 것을 업으로 삼으려는 젊은이에게 "피로 써라. 피는 정신이다. 피로 쓴 것만이 진실하다"니체, 앞의 책라는, 절구도 뼛속에 새겨졌다. 피란 무엇일까? 피는 타고난 기질이고, 본능이고, 정신이다. 지금도 나는 마음이 흐트러질 때마다 『차라투스트라는 이렇게 말했다』를 읽는다.

니체는 타고난 싸움꾼이다. 그는 이 별명을 그다지 탐탁하지 않게 여기겠지만, 어쩔 수 없다. 손에 망치를 든 철학자, 그가 니체이다. 그는 우상들을 깨뜨린다. 독일 정신이라는 우상을 깨뜨리고, 오랫동안 서구 사유의 축으로 권위를 인정받아온 기독교 사상이라는 우상을 깨뜨리고, 모든 형태의 허무주의와 비관주의의 우상들을 깨뜨리고 뒤집는다. "위험한 결정 : 세계를 추악하고 나쁜 것으로 보려는 기독교적인 결정이 세계를 추악하고 나쁜 것으로 만들었다."니체,「즐거운 학문」 파괴와 전복! 니체는 삶의 충만한 기쁨과 낙관주의적 행복을 마모시키는 일체의 것을 깨뜨리고 뒤집는 게 철학자의 본분이라고 믿는다. 니체는 그것들을 부수고 새로운 철학을 세우려고 했다. 질 들뢰즈는 "니체의 가장 일반적인 기획은 철학에 의미와 가치의 개념을 도입하는 데 있다"질 들뢰즈,「니체와 철학」고 말한다. 니체가 세우려고 했던 새로운 철학의 체계의 핵심은 생성과 창조에 있다.

무엇보다도 니체의 업적은 차라투스트라라는 발랄한 현존을 빼어난 통찰로 빚어낸 뛰어난 창조에서 찾을 수 있다. 니체는 차라투스트라에 대해 이렇게 말한다. "어떻게 이제껏 긍정되어왔던 모든 것에 대해 전대미문의 부정의 말을 하고 부정하는 행동을 하는 그가, 그럼에도 불구하고 부정하는 정신의 반대일 수 있느냐는 것이다 ; 어떻게 가장 무거운 운명을, 숙명적인 과제를 짊어지고 있는 정신인 그가, 그럼에도 불구하고 가장 가볍고도 가장 피안적일 수 있는가 하는 것이다 ― 차라투스트라는 춤추는 자이다 ― ; 실재에 대해 가장 가혹하고도 가장 무서운 통찰을 하는 그가, '가장 심연적인 사유'

를 생각하는 그가, 그럼에도 불구하고 어떻게 그 사유에서 삶에 대한 반박을 목격하지 않고, 삶의 영원한 회귀에 대한 영원한 긍정 자체일 수 있는 근거를 하나 더 갖게 되는 것이다."니체,「이 사람을 보라」 차라투스트라는 어떻게 선대미문의 부정을 일삼는 정신을 갖고 동시에 영원한 긍정 자체일 수 있는가? 긍정은 그 안에 부정이라는 도약대가 없다면 무효다. 부정은 그 안에 긍정이라는 도약대가 없다면 창조를 배제한 파괴에 지나지 않는다. 긍정은 부정에 의해 더 탄력을 갖고, 부정은 긍정에 의해 심연을 가져야 창조의 정신으로 거듭날 수 있다. 긍정을 부정으로 무찌르고 다시 부정에서 긍정을 품고 나아가는 게 니체 철학의 변증법적 궤적이다.『차라투스트라는 이렇게 말했다』는 한마디로 압축하자면 그 궤적에 대한 철학적 해명이다.

차라투스트라는 누구인가?

차라투스트라는 니체의 분신, 도플갱어, 그림자다. 차라투스트라의 첫번째 조건은 위대한 건강이다. 위대한 건강을 지닌 신체는 충만한 힘으로 이루어진 창조적인 신체다. 오직 창조적인 신체만이 정신을 제 의지의 도구로 전화시킬 수 있다. 아울러 위대한 건강만이 위대한 이성과 위대한 긍정의 바탕이기 때문이다. 니체는 『이 사람을 보라』에서 이렇게 쓴다. "말하자면 새로운 건강을, 이전의 어떤 건강보다도 더 강하고 더 능란하고 더 질기며 더 대담하고 더 유쾌한 건강을 필요로 한다. 종래의 가치와 소망의 전 영역을 체험하기를, 그리고 이 이상적인 '지중해'의 모든 해안을 항해하기를 갈망하는 영혼을 지닌 자. 이상을 발견하고 정복하는 자가 어떤 기분인지를, 예술가와 성자와 입법가와 현자와 식자와 경건한 자와 옛 방식으로 신이 들려 괴상한 자가 어떤 기분인지를 자기 고유의 경험이라는 모험을 통해 알려는 자 : 이런 자에게는 무엇보다도 한 가지가 필요하다. 즉 위대한 건강이 필요하다. ─ 이것은 사람들이 보유하는 것만이 아니다. 지속적으로 획득하고 계속 획득해야만 하는 것이다. 왜냐하면 그 건강은 계속해서 포기되고 포기되어야만 하기 때문이다……" 차라투스트라는 신의 부재가 가져오는 허무와 공허를 능히 견딜 만한 건강한 인간이디. 차라투스트라는 자신의 빛 속에 사는 자, 자신이 토한 불꽃을 다시 마시는 자다. 그는 더이상 벌레도 아니고 목동도 아니고 더이상 인간이 아니다. 차라투스트라는 '변신한 자, 빛을 내는 자, 그리고 웃는 자'_{니체, 『차라투스트라는 이렇게 말했다』}다.

차라투스트라는 니체의 초자아이자 분신이다. 차라투스트라는 인류에게 줄 커다란 선물을 안고 산에서 내려온다. 그 선물은 '신의 죽음'이었다. 그러나 사람들은 차라투스트라의 말을 듣지 않고, 그를 한낱 미치광이로 취급했다. 차라투스트라의 독백을 들어보라. "나는 너무 일찍 왔다. 나의 때는 아직 오지 않았다. 이 엄청난 사건은 아직도 계속 중이며 방황 중이다. 그것은 아직 인간의 귀에까지 도착하지 못했다. 번개와 천둥도 시간이 필요하다. 별빛도 시간이 있어야 한다." 그는 너무 일찍 인류에게 도착함으로써 이해될 수가 없었다. 그는 100년 뒤에야 사람들이 자신의 철학을 이해할 것이라고 했다. 자, 우리는 니체가 죽은 지 100년이 지난 시대의 사람들이다.

삶과 세계가 불가사의한 괴물이고, 아울러 그것들은 자신을 닮은 괴물을 원한다. 삶과 세계가 품고 있는 괴물들이란 무엇인가? 우리 내면에 우글거리는 허위라는 괴물, 허무주의라는 괴물, 그리고 무엇보다도 질병이라는 괴물! 머리끝에서부터 발끝까지 질병을 달고 살았던 니체였기에 질병에 대한 사유가 발달했다. 니체에게 질병은 삶으로서는 최악의 악몽이었지만, 인류사에서 처음으로 시도되는 니체 철학의 심오함을 위해서는 불가결했던 하나의 축복이었다.

건강이란 신체의 역동적인 정상 상태를 말한다. 그것은 외부에 대해 대처할 수 있는 활력의 잉여를 통해 드러난다. 그 잉여는 곧 생명력의 증대이고, 이것으로 신체에 나타날 수 있는 부조화와 불균형을 이내 바로잡을 수 있다. 니체는 평생을 통해 크고 작은 질병들을 달고 살았는데, 그 질병들은 편두통, 마비증, 안질, 심한 근시, 우울증, 소화장애, 구토 증세, 무기력증, 발작 따위다. 니체의 생애는 각종 질병과의 투쟁이었다고 말할 수 있다. 그것은 스스로 감당해야만 하는 끔찍한 실존의 짐이었다. 질병에서 오는 고통은 사람들이 상상하는 이상이었다. 차라리 살아서 고통을 당하느니 죽는 게 낫겠다는 생각이 저절로 떠오를 지경이었다. 니체는 1880년 1월 초 자신의 주치의였던 오토 아이저Otto Eiser 박사에게 보낸 편지에서 갖가지 질병에 시달리는 것과 관련하여 "내 실존은 끔찍할 정도의 짐입니다"라고 쓴다. 그러나 니체는 긍정의 철학자답게 병과 건강의 역학관계를 철학의 과제로 삼았다. "병자의 광학으로부터 좀더 건강한 개념들과 가치들을 바라본다든지, 그 역으로 풍부한 삶의 충만과 자기 확신으로부터 데카당스 본능의 은밀한 작업을 내려다본다는 것 ― 이것은 가장 오랫동안 나의 연습이었고, 진정한 경험이었다."니체, 「이 사람을 보라」 건강과 질병에 대한 관점의 교차는 니체 철학에 넓게 스며들고 이것은 니체의 생철학의 기초적 토대에 대한 영감을 준다. 니체는 병들어 있는 것이 "삶을 위한, 더 풍부한 삶을 위한 효과적인 자극제"^{니체,} ^{앞의 책}라는 걸 깨닫고 있었다. "병은 내 모든 습속을 바꿀 권리를 나에게 부여했다. 병은 나에게 망긱을 허용했고 또 그것을 명령했다. 병은 나에게 조용히 누워 있을 것을, 여가를 가질 것과 기다림과 인내가 필요함을 일깨워주었다."^{니체, 앞의 책} 니체는 병이 병소^{病巢}의 문제가 아니라 실존이라는 큰 틀에서 보아야 한다는 사실을 깨달았다. 니체는 병들을 견디며 습속들을 바꾸며 그 안에서 망각과 더불어 풍부한 삶의 가능성을 엿보았다. 그리하여 니체는 "내 건강에의 의지와 삶에의 의지를 나는 나의 철학으로 만들었다"^{니체, 앞의 책}고 쓸 수 있었다. 스스로 병자이자 자신을 치유하는 철학적 의사였던 니체! "병 자체는 삶의 자극제가 될 수 있다 : 단지 우리는 이러한 자극을 이겨낼 정도로 충분히 건강해야만 한다!"^{니체, 『바그너의 경우』} 니체에게 질병이 아주 부정적인 것만은 아니었다. 니체는 자신의 질병을 두고 "가장 건강한 자만이 시도할 수 있는 모험"이라고 말한다. 니체는 어떤 날에는 밤이 지나면 더이상 살아 있을 것 같지 않은 생각이 들 정도로 심각한 고통에 사로잡혔지만, 또 한편으로 자신의 질병을 "염세주의에 대한 치료법으로 사용"^{니체, 『인간적인 너무나 인간적인』}했다는 고백을 낳는다. 니체에게 질병은 철학적 사유의 커다란 자극이고 매질^{媒質}이었다. "힘들게 위액을 토하게 하는 사흘 동안 지속되던 편두통의 고문에 시달리는 와중에 ─ 나는 변증론자의 탁월한 명석함을 갖추고 있었으며, 사물에 대해 아주 냉정하게 숙고했다. 그보다 양호한 상태였더라면 나는 그렇게 숙고하지 못했을 것이고, 그럴 수 있을 만큼 충분히 예

리하지도 냉정하지도 못했을 것이다."^{니체, 『이 사람을 보라』} 니체는 가장 심
각하게 질병에 시달릴 때조차 결코 병적이지 않았을 뿐만 아니라 오
히려 질병에 시달리고 고통스러웠던 순간보다 더 큰 기쁨을 느껴본
적은 없었다고 말한다. 니체의 말은 질병에 굴복당한 자가 아니라
질병을 자유자재로 갖고 놀 수 있는 자만의 여유를 보여준다. 니체
는 질병과 치유 사이를 왕복운동하면서도 이미 질병으로부터 탈영
토화된 상태, 질병을 횡단해서 위대한 건강으로 탈주하고 있던 중이
다. 위버멘쉬는 바로 그 위대한 건강의 표상이다.

동물원 사회와 니체의 동물 은유들

동물은 그 자체로 이해되는 것이 아니라
인간에 비해서 이해되고 있는 것이며,
인간의 이면 즉 반대면을 이루고 있는 것이다.
아르멜 르 브라 쇼파르, 『철학자들의 동물원』

동물을 움직이게 만드는 것은 생물학적 생존에의 본성, 그리고 생식에의 본성이다. 동물들 사이의 크고 작은 투쟁들도 그 본성의 충돌로 일어나는 사건이다. 그 본성이야말로 동물을 동물로 낙인찍는 주요 성분들이다. 그런 맥락에서 동물은 망각을 모르는 피와 전율이다. 동물들은 영육靈肉을 하나로 뭉개서 현존의 조건으로 무지몽매를 용인하고 그걸 발판 삼아 숭고함에 도달한다. 동물은 죄를 모르고 어떤 형태의 죄의식도 갖지 않는다. 동물은 죄의식을 갖지 않는 한에서 순결하다. 아울러 동물들은 피로를 모르고 권태를 배우지 못하는데, 그것은 동물이 내면이라는 심연을 갖지 못한 까닭이다. 아니, 표면이 곧 심연이기 때문에 긍정도 모르고 부정도 모른다. 오로지 인간만이 피로하고 인간만이 권태를 느낀다.

인간이 동물을 보고 이해하는 것은 철저하게 인류학적인 특성이라는 프리즘을 통한다. 동물은 인간이 해석할 수 없는 불가사의한 결핍이거나 흔해서 아무 의미도 갖지 않은 과잉이다. 동물들은 결핍과 과잉이라는 두 점 사이에서 서성거린다. 생명 현상이라는 객관적인 메커니즘으로 보자면 동물은 인류의 열등한 형제들이며, 자기 한계라는 벽에 갇힌 타자다. 차라리 동물들은 자기 자신이 감옥이다. 감옥에 갇힌 점에서는 사람도 마찬가지인데, 사람은 감각의 애매성이라는 감옥에 갇혀 있다. 다른 게 있다면, 사람은 제 감옥에서 탈주할 수 있는 열쇠를 쥐고 있다는 점이다. 인간은 본능을 억압하고 양심을 기르기 시작한 동물이다. 그러면서도 황야에의 향수 때문에 점차 쇠약해진 동물이다. 인간의 질병은 서서히 내적 형질 변형을 만들어냈다. 인간은 그렇게 내면과 도덕이라는 심연을 키우면서 반反동물이 되었다.

니체의 동물들은 존재론적 위계 안에서 발견되고 새롭게 해석된 존재들의 기호다. 독수리의 시력, 박쥐의 청력, 개의 후각, 치타의 주력走力, 호랑이의 용맹함 따위에서 볼 수 있듯이 동물들은 눈·코·귀·혀·발·다리 등과 같이 특화된 부분으로만 완전하다. 이에 반해 말을 하고, 도구를 쓰고, 느끼고 사유하는 영혼을 가진 인간은 동물에 견줄 때 부분적으로만 불완전하다. 인간의 완전함은 본성에 갇히지 않은 영혼에서 발현한다. 정확히 말하자면 이 '완전함'은 동물성에서 벗어나는 완전화의 가능성이다. 철학적인 은유라는 거울 속에서 동물은 인간은 물론이거니와 만물을 비춰주는 만물조응 극장이다. 아마도 니체는 동물 은유를 통해 만물조응 극장을 운

영한 가장 뛰어난 철학자일 것이다. 니체가 "나는 정신의 세 가지 변용에 대해 그대들에게 설명했다. 정신이 낙타가 되고, 낙타는 사자가 되며, 사자는 마침내 어린아이가 되는 경위를"니체, 『차라투스트라는 이렇게 말했다』이라거나, 그냥 범박하게 "허물을 벗지 못하는 뱀은 소멸한다"니체, 『아침놀』라거나, "늑대가 개의 증오에 시달리듯 자유로운 정신과 쇠사슬에 묶인 자, 숭배하지 않는 자, 숲속에 사는 자들은 대중의 증오에 시달린다"니체, 『차라투스트라는 이렇게 말했다』라거나, "보잘것없는 인물이 거울 앞에 서서 수탉처럼 거드름을 피우며 자신의 모습에 감탄하는 광경을 지켜보는 것만큼 고통스런 일은 없다"니체, 『반시대적 고찰』라거나, "나의 벗이여, 독거미를 주의하라. 이 독거미들은 세상을 피해 거미줄에 매달려 있다. 이들은 자신이 쳐놓은 거미줄에서 우리들을 가르치려고 한다"니체, 『차라투스트라는 이렇게 말했다』라고 할 때, 니체가 거론한 동물들 뒤에서 인간 정신의 여러 층위들이 번개가 치듯 번쩍이며 나타난다.

　니체만큼 다양한 동물 은유를 써서 삶과 세계의 본질을 통찰한 철학자는 드물다. 니체는 동물에 매혹되고, 그 매혹의 부추김에 의해 동물 은유를 끌어와 사람에 대해 말하기를 좋아했다. 이를테면 다음과 같은 구절을 보라. "맹수들에 대한 공포는 오랫동안 인간의 마음속에 소중히 간직되어 왔다. 그 맹수에는 인간이 자신의 내부에 숨긴 채 두려워하고 있는 동물의 종류들까지도 포함된다. 차라투스트라는 그 동물을 '내부에 있는 짐승'이라고 부른다."니체, 앞의 책 인간 본질에 닿기 위해 인간이란 무엇인가라고 묻기 전에 동물이란 무엇인가라고 물어야 한다. 인간과 동물은 그 사이에 가로놓인 차이를 긍정하는 한에서 한 형제다. 동물은 인간과의 차이에 의해 '비인간'으로 분류되고, 인간적인 것들의 결핍을 통해서만 이해되고 긍정되는 그 무엇이다. 인간적인 것의 결핍으로 드러나는 동물들, 그들은 인간의 열등한 형제들이다. 다시 말해 동물은 인간의 전유물이라고 할 수 있는 직립보행, 말과 도구의 사용, 커다란 뇌, 자기인식적 사고, 영혼과 정신의 부재를 통해서만 동물로 규정할 수 있다.

또한 인간과 동물의 차이는 '노동'에서도 나타난다. 인간은 살기 위해 노동을 하고, 노동을 자기실현의 방법적 수단으로 삼는다. 노동으로 사물을 변화시키고, 그것을 생존의 욕구와 필요에 부응하도록 인간화시킨다. 하지만, 동물에게는 그런 노동이 아예 존재하지 않는다. 동물은 오로지 본성에서 나오는 욕구를 채우려는 관습적 행동이 노동을 대체한다. "동물의 노동은 먹이 탐색과 경우에 따라서는 관찰된 종에 따라 언제나 한결같도록 예정된 계획의 수립, 즉 개체의 생존, 종의 생존, 배와 성기의 충족으로 제한된다."^{아르멜 르 브라 쇼파}르, 「철학자들의 동물원」 동물은 자연의 다듬어지지 않은 야만의 방식으로 탈취할 뿐 그것을 소유하거나 가공하지는 않는다. 동물은 탈취물들을 소유하거나 가공하는 대신에 즉시 먹어버린다. 동물의 강렬함은 위장의 명령에 따를 때 나타나는 것으로 그것을 수고와 피로를 봉급으로 교환하는 노동의 범주와 동렬에 둘 수는 없다. 동물에게는 최소한의 살아 있음과 본성의 충족으로 제한된 형태의 먹이 탐색만이 있을 뿐이다. 인간에게 노동은 자연의 탈취가 아니라 잉여의 교환이고, 잉여의 교환을 통해 타인과 교섭하고 관계를 맺는 행위다. 동물에게 노동이 존재할 수 없는 것은 생존의 잉여, 힘의 잉여가 없기 때문이다.

인간은 저마다 성도의 차이는 있지만 내면에서 으르렁거리는 수성獸性을 갖고 있다. 사람은 '내부에 있는 짐승'을 기르는 한에서 "아직도 완성되지 않은 동물"이다. 그러면서도 사람은 '초월적 동물'이다. 그 점에 대해 니체는 이렇게 적는다. "초월한 동물 : 우리 내면의 맹수는 기만당하기를 바라고 있다. 도덕이란 그 맹수에게 잡아 찢기지 않으려는 방편적인 거짓말이다. 도덕의 가장假裝에 놓인 오류가 없다면 인간은 동물에 머물렀으리라. 그러나 인간은 스스로를 보다 높은 그 어떤 것으로 여김으로써 엄격한 규율을 스스로에게 짐 지웠다."니체, 『인간적인, 너무나 인간적인』 도덕의 가장假裝에 놓인 오류? 이것이 동물이 갖지 못한, 인간만이 갖고 있어서 인간과 동물 사이의 경계선이 되는 그 잉여일까? 동물은 일이 없는 노동을 통해 축적되는 잉여의 개념을 모른다. 동물의 세계에는 일이 없는 노동이란 아예 존재하지 않으니까. 동물에게 빈둥거림은 있지만 여가란 것은 없는 것도 같은 맥락에서다. 여가는 노동과 짝을 이룰 때만 그 의미가 발현되는 것이다. 그럼에도 인간은 동물성이란 잣대를 통해서 제 존재의 정체에 대해 말할 수 있다. "인간으로서 인간의 정체는 동물의 정의를 상당히 넘어서는 동물성의 특성을 통해서 대부분 결정된다."도미니크 르스텔, 『동물성』 사람은 모든 동물들을 다 합해 놓은 것보다 더 동물적이다. 아울러 그 동물성을 도약대 삼아 더 높은 존재의 위상을 획득하는 게 사람이다. "왜냐하면 인간은 그 어느 다른 동물보다 더 병들고, 불안정하며, 변덕스럽고, 불완전하다. 거기에는 의심의 여지가 없다. 인간은 병든 동물이다. 이것은 어디에서 오는가? 틀림없이 인간은 다른 모든 동물들이 합쳐진 것보다 더 대담하고, 더 새로운 것들을 행하고, 더 과감하고, 더 운명에 도전해왔다. 그 자신에 대한 커다란 실험 기구인 인간은 최후의 지배권을 위해서 동물, 자연, 신들과 투쟁하는 자, 불만을 터뜨리는 자, 그리고 지칠 줄 모르는 자이다."니체,「선악의 저편」 자기 자신을 실험 기구로 쓴다는 점에서 사람과 동물의 차이가 나타난다. 사람은 예속이 아니라 자유를, 노예의 도덕이 아니라 주인의 도덕을, 그리고 마침내 자신에 대한 최후의 지배권을 찾기 위해 동물, 자연, 신들과 투쟁한다. 그 투쟁의 동력은 기꺼이 자기 자신이 되는 것, 즉 제 운명에 대한 사랑에서 나온다.

동물 상징은 거의 모든 문화권에서 나타난다.* 동물은 때때로 우리 자신을 비춰보는 마음-거울이다. 동양의 위대한 철학자 장자도 이 마음-거울에 대해 말한다. "지인至人의 마음 씀씀이는 거울과도 같다. 삼라만상을 거절하지도 않고 영합하지도 않으니까. 사심 없이 있는 그대로를 비추어줄 따름이므로 삼라만상을 초월하여 상처받는 일은 없다."「장자」 삼라만상을 있는 그대로를 비추는 거울! 그 마음-거울에 비추어보면 우리의 참 모습도 있는 그대로 드러난다. 마음-거

* 동물은 아주 오랫동안을 인류와 더불어 살아왔을 뿐만 아니라 인류의 심리 속에 살아 있는 상징이자 원형이다. 동물이라는 심상-거울에 비춰보면 우리 안에서 보이지 않게 움직이는 본능, 무의식, 리비도 감정을 드러내며, 우리가 어떤 사람인가를 알려준다. "동물은 항상 모든 문화가 가진 상징체계에서 가장 손에 넣기 쉽고 힘이 세고 중요한 근거였다. 인간이 지닌 성질 가운데 어떤 동물의 형태로 나타나지 못하는 것은 거의 없기 때문에, 동물만큼 다양한 범위의 도상학을 제공하는 연원은 달리 없었다. 종교의 뒤를 이어 심리학도 본능, 무의식, 리비도, 감정 등의 본질적인 상징성을 동물에 부여했다." 잭 트레시더,「상징 이야기」

울이 비추는 것은 외면 형상이 아니라 내면 본질이다. 니체의 가장 유명한 책인 『차라투스트라는 이렇게 말했다』를 보면, 무수한 동물들이 등장한다. 낙타, 사자, 원숭이, 파리, 거머리, 타조, 독수리, 당나귀, 고양이, 불개, 독거미, 독파리, 물소, 돼지……. 우리는 '니체의 동물원'에서 동물들을 보면서 새롭게 인간에 대해 배울 수 있다. 니체의 동물원은 동물들의 갖가지 기예를 보여주는 곳이거나 동물의 생태를 관찰할 수 있는 장소가 아니다. 차라리 그것은 욕망의 타락과 의지의 착란으로 얼룩진 동물-인간 심리학의 드라마를 상영하는 철학극장이다.

왜 동물들인가? 동물은 핵과 미토콘드리아의 수준에서 사람과 한 계열이다. 그것은 사람과 가까이에 있고 언제나 최소주의 속에서 삶을 일구는 가여운 생명체로 연민을 자아내고 온전히 해명되지 않은 세계의 철저한 가난이며 형이상학적 빈곤이다. 우리는 동물들이 지적인 영혼을 가진 사람보다 열등한 개체라고 믿는다. 동물은 자기 인식적 사유를 못하고 이성적 성찰이 아예 불가능한 지대에 존재하며, 오로지 본능과 충동에 의해 움직이는 하나의 동체動體라고 생각한다. 그에 반해 사람은 "뇌의 용적·직립보행·언어와 성찰"^{도미니크 르스텔, 앞의 책}이라는 점에서 동물과는 다른 위상을 가진 존재로 받아들인다. 동물은 무리 속에서 거주하고 사람은 사회 속에서 거주한다. 동물은 본능과 충동에 의해 제 존재를 지탱하는 반면에 사람은 그것을 넘어서서 정치경제적으로, 혹은 시적인 것 안에서 제 존재를 지탱한다. 사람과 동물은 상호 간에 환원불가능한 영역에 속하고, 따라서 두 계열의 경계에는 넘어갈 수 없는 높은 문턱이 있다. 그러나 동물들은 꿈과 무의식, 신화와 민담들에서 사람과의 내적 상동성으로, 혹은 관계들의 등가성이라는 맥락에서 새 의미를 부여받으며, 인간 내면을 비춰주는 빛으로 새롭게 발견되는 그 무엇이다. 니체는 다양한 동물 상징과 동물 은유를 통해, 역설적으로 사람이 내면에 깃든 동물성을 적시하고 그것에 형이상학적 빛을 비추고 있다. 인간을 가로지르는 니체의 형이상학에서 사람과 동물의 닮음이 중요한 게 아니라 오히려 그것의 다름과 차이의 중요성이 두드러진다. 그것은 질 들뢰즈 · 펠릭스 가타리가 말한 "한 유사성들의 계열화를 차이들의 구조화로, 항들의 동일화를 관계들의 동등성으로, 상상력의 변신 metamorphoses을 개념 내부에서의 은유metaphores로, 자연–문화의 거대한 연속성을 자연과 문화 간에 유사성 없는 대응 관계를 배분하는 깊은 단층으로, 나아가 기원적 모델의 모방을 모델 없는 최초의 미메시스 mimesis 그 자체로 대신"질 들뢰즈·펠릭스 가타리, 「천 개의 고원」한다는 사실을 이해할 수 있다. 사람은 닭이나 돼지가 아니고, 사람이 퇴행한다고 해서 결코 그것이 될 수는 없다. 마찬가지로 닭이나 돼지는 사람이 아니고, 동물들이 진화한다고 사람이 되는 일도 없다. 그럼에도 사람과 동물은 한 형제들이다. 한쪽은 잉여로, 한쪽은 결핍으로 규정된다 하더라도 말이다. 사람과 동물은 그 정치적 · 사회적 · 해부학적 힘의 양과 질의 견지에서 전혀 다른 위상을 갖고 있지만 의미 생성의 블록에서 서로 섞이고 스미는 존재들이다. 사람과 동물의 동일화가 중요한 게 아니다. 사람과 동물 사이에 있는 "차이들을 정돈해서 관계들의 일치에 이를 수 있도록 하는 것이 중요한 것이다. 왜냐하면 동물은 나름대로 변별적 관계나 종차의 대립에 따라 분배되며, 마찬가지로 인간은 해당 집단에 따라 분배되기 때문이다."^{질 들뢰즈·펠릭스 가타리, 앞의} 니체는 동물 상징과 동물 은유에서 사람을 동물로 환원시키는 게 아니라 두 계열의 차이라는 토대 위에서 사람을 동물-되기의 맥락 속에 재배치한다. 그렇게 하는 이유는 존재 생성의 철학을 가동하기 위함이다. 사람은 동물-되기를 통해 징후적 다양체로 생성되고, 차이를 통해 제 존재를 드러낸다.

제2부

후레자식들의 막돼먹음

낙타 : 무거움의 정신

후레자식들의
막돼먹음

2011년 11월 23일 오후 2시 30분경
에 북한군이 기습적으로 대한민국의 대연평도를 향해 포격을 가했
다. 북한군의 연평도 피격으로 한반도 전체가 전시상황의 위기감에
감싸여 있을 무렵 기이하고 야릇한 사건이 있었다. 한 재벌가 출신
의 기업인이 노동자를 야구 방망이로 매질하고 그 맷값을 지불한 사
건이다. 이 어처구니 없는 사건을 접하고 우리 사회에는 안드로메다
에서 온 외계인들이 많다는 것, 훈육의 주체들인 아버지들이 점점
사라지고 있다는 것을 새삼스럽게 깨달았다. 재벌가에서 나고 자랐
다는 그의 파렴치한 작태는 공분公憤을 자아낸다. 납득할 수 없는 기
세등등함, 기행에 가까운 탈법적 폭력, 이 기이한 활극은 아비의 훈
육 없이 자라난 '후레자식'의 전형적인 작태이다. 이 막돼먹음과 비
천함이라니! 이는 성숙한 인격을 갖지 못한 채 동물적 남성성으로
퇴행하는 사회적 돌연변이들이 일으킨 막장 행위들이다. 유영철도
그렇고, 김길태도 그렇고, 조두순도 그렇다. 정신분석학에서 사이코

패스라고 분류하는 이런 괴기한 돌연변이들이 잇달아 나타나는 것은 우리 사회에서 부성父性이 멸종되었음을 알리는 불길한 징후는 아닐까?

  과거와 견줄 때 더 많은 아이들이 아버지가 없는 가정에서 자라난다. 아버지가 있더라도 늘 바깥으로 떠도니 아버지가 없는 것과 같다. 아버지들이 종종 아이를 안아 하늘로 올렸다가 되받는 행동을 하는데, 이는 부성의 자연스러운 몸짓이다. 이것은 아버지가 제 자식에게 드러내는 애정의 느꺼움을 넘어서서 아버지와 아이에게 동시적으로 상징성을 띤 인류학적인 몸짓이다. "하늘을 향해 자식을 들어올리는 아버지의 행동은 단순한 신체적인 행동이지만 자식에게는 일종의 축복이고 통과의례였다. 동시에 아버지에게 이 행동은 남성성에서 부성으로 도약하는 계기였으며, 신체적인 기증정자의 기증 이상의 의미를 지닌 정신적인 도약이었다. 부성이라는 의미가 시간 속에서 펼쳐지는 어떤 새로운 탄생과도 같은 것이라면, 자식을 들어올리는 행위와 성인식은 아버지로서의 의미를 자식에게 펼쳐 놓는 것과 같은 정신적인 고양이라고 할 수 있다." 루이지 조야, 「아버지란 무엇인가」 아버지가 아이를 하늘로 들어올렸다가 되받는 행위는 아이의 성장에 필요한 자양분이고 통과의례다. 그것은 곧 부성으로 도약하는 계기적 행위인 것이다. 부성은 남성성을 인격적으로 고양시켜야만 얻을 수 있는 덕성에 속한다. 본디 남성성이 가진 제멋대로 함, 막되어먹음, 그 야만성을 순치시켜야만 얻을 수 있는 게 부성이다.

아버지의 사랑이나 훈육 없이 자란다는 것은 어떤 의미가 있는 걸까? 정신분석학자들은 부성의 몸짓이라는 축복과 통과의례를 겪지 않고 자란 사람은 어른이 되어 심리적 혼란을 겪는다고 말한다. 그들은 남성성만 키워지고 부성으로 도약할 수 있는 정신적 계기들은 경험하지 못하고 방치되는 것이다. 그들은 한마디로 '애비 없는 후레자식'으로 길러진다. 모든 혁명가들은 반부성反父性의 언어를 내뱉고, 사회의 위계질서를 전복한다는 뜻에서 '후레자식'이다. 가부장적 권력의 억압 아래 놓여있던 1980년대에 나온 이 반부성의 언어를 보라! "아버지, 아버지! 내가 네 아버지냐/그해 가을 나는 살아온 날들과 살아갈 날들을 다 살아/버렸지만 벽에 맺힌 물방울 같은 또 한 여자를 만났다/그 여자가 흩어지기 전까지 세상 모든 눈들이 감기지/않을 것을 나는 알았고 그래서 그레고르 잠자의 가족들이/매장을 끝내고 소풍 갈 준비를 하는 것을 이해했다/아버지, 아버지…… 씹새끼, 너는 입이 열이라도 말 못해"이성복, 「그해 가을」의 일부 전근대의 가부장적 세계에서 아버지는 독재자요 절대 군주였다. 아버지는 '안 돼!'라고 명령하는 초월적 이성이고 대타자다. 그 대타자를 향해 젊은 시인은 "아버지, 아버지…… 씹새끼, 너는 입이 열이라도 말 못해"라고, 신성모독적인 반항의 언어를 날린다. 이 아버지의 등 뒤로 악성惡性 부성신화父性神話를 퍼뜨린 군사독재 권력자들의 그림자가 드리워져 있다. 유교사회의 전통이 엄연한 한국 사회에서 아버지는 실제의 아버지만을 가리키지 않는다. 혈통과 상관없이 우리는 사회 속에서 여러 상징적 아버지들을 만난다.

우리에게도 혈통과 관계없는 아버지의 전통이 있었다. 스승과 임금이 그들이다. 서양처럼 여러 사람을 하나로 통일해서 부르는 호칭은 없지만, 군사부일체君師父一體라고 해서 세 분의 위격을 동등하게 받들었다. 아니, 이데올로기적으로는 스승과 임금이 더 높고, 실제 아버지가 가장 낮은 것처럼 말하기도 했다.

아버지는 가장 친親한 존재였다. 부자유친父子有親이란 그래서 나온 말인지도 모른다. 반면 스승이나 임금국가은 '아버지 위에 있는 아버지'이자 '먼 곳에 있는 아버지'였다. 그분들은 아버지의 역할을 대신했다고 할 수는 없지만, 아버지에게 명령을 내릴 수는 있다고 생각되는 분들이었다.

서양에서는 하느님이 인간을 만들었다고 말한다. 그러나 우리는 '아버지 날 낳으시고 어머니 날 기르시니……' 하면서 계급이 높은 스승이나 임금이 아니라 아버지의 의미를 강조했다. 우리는 서양의 하느님이 위치하는 자리에 실제의 아버지를 배치했다. 이것이 한국의 아버지다.전인권,「남자의 탄생」

스승도 아버지요, '법정' 스님이나 '김수환' 추기경 같은 정신적인 지도자도 아버지요, 나라를 다스리는 대통령도 아버지요, 심지어는 제가 믿는 하느님이나 부처도 다 아버지다. 군사독재 권력 아래서 사회적인 아버지, 즉 상징적 아버지들은 나쁜 아버지들이었다. 그들은 존경은커녕 타도 대상이었다. 상징적 아버지들이 폭력과 독재를 휘두르던 그 시절에 우리는 불행했다. 오늘의 많은 젊은이들이 따르는 가치와 덕목들은 '가정의 아버지'나 '영적인 아버지'에게서 오지 않는다. 모든 아버지들이 사라졌기 때문이다. 동년배의 젊은이들을 학습하고 모방하면서 살아가는 데 필요한 가치와 덕목을 배워나간다. 아버지가 생계를 책임지는 동안에 풍부한 물질적인 혜택을 받고 자란 자식들이 아버지의 희생에 대해 나 몰라라 한다고 그들을 불효 자라거나 배은망덕하다고 비난하는 것은 문제의 책임을 자식들에게 전가하는 행위이다. 오늘날 젊은이들은 부성의 은혜와 축복 없이 자란다는 의식에 사로잡혀 있다. 그 결과 그들은 아버지에 대한 적개심을 품는다. 세대 간의 불화에서 나온 이런 분노와 적개심의 누적으로 더러는 사이코패스와 같은 사회적 돌연변이가 나타난다. 그들이 진짜 원하는 것은 '정자 기증자'나 '경제적인 기부자'가 아니다. 그들은 진짜 아버지를 원한다. 어떤 실패를 겪었을 때 따뜻하게 위로해주고 격려해주는 자애로운 아버지, 위기나 위험에 처했을 때 나서서 구해주는 용감한 아버지, 내가 비뚤어질 때 붙잡고 훈계를 하거나 야단을 쳐서 바로잡아주는 엄격한 아버지! 그게 진짜 아버지의 모습이다.

불가피하게 세상은 점점 더 아버지 없는 쪽으로 움직이고 있다. 얼마 전에 어느 초등학교 2학년 학생이 쓴 시가 화제가 되었다. '아이의 눈'이란 사물과 현상을 보는 데 편견과 일그러짐 없이 투명하다. 그 아이의 천진한 눈에 비친 아버지의 모습은 충격으로 다가온다. "엄마가 있어서 좋다./나를 이해해 주어서//냉장고가 있어서 좋다./나에게 먹을 것을 주어서//강아지가 있어서 좋다./나랑 놀아주어서//아빠는 왜 있는지 모르겠다." 이 시는 가족 내부에서 아버지의 자리가 어떠한가를 일러준다. 이 시를 접한 뒤 나는 두 번 놀랐다. 첫번째는 아이의 시선이 투명하다는 데서 오는 놀람이다. 두번째는 아이의 심리적 환경 속에서 아버지의 자리가 없다는 데서 오는 놀람이다. 어린아이의 의식에 비친 아버지의 존재감이 냉장고나 강아지만도 못하다는 사실은 충격적이다. 아버지의 자리는 '부재不在'라는 이름의 자리다. 가족 안에서 부재라는 뜻에서 아버지는 이미 죽었다. 본래 아버지는 아들에게 그 무엇으로도 훼손할 수 없는 힘과 권위를 가진 '영웅'이었다. 가족 안에서 아버지의 권위는 절대적이었다. 그러나 그것은 과거의 추억일 뿐이다. 왜 이런 사태가 빚어졌는가? 인류가 겪은 산업화 이후의 불가피한 현상이다. "아버지의 권위는 민주주의의 원칙들에 굴복했고 그의 권력은 다양한 방식들을 통해 감소되어 왔다."^{루이지 조야, 앞의 책} 20세기에 들어와서 아버지의 영향력과 권위는 조금 더 작아졌다. 아버지는 점점 더 작아지다가 결국은 영원히 사라질 것이다. 아버지가 없는 미래의 세상은? "인간들이 수천 년의 문명과 부성의 관습들을 거슬러 원시적인 상태로 퇴보한다는 것이고, 이 퇴보 속에서 아무도 지켜줄 수 없는 이름 없는 후손들이 태어난다는 것이다. 이 후손들에게 아버지가 되어줄 어른들이 나타나지 않는다면, 이들은 부성을 알지 못하는 동물적인 남성성으로 자라날 것이고 악순환의 고리 속에서 세계는 점차 과거로 후퇴해갈 것이다."^{루이지 조야, 앞의 책} 아버지가 아이를 공중으로 들어올렸다가 받아 안는 행동을 할 때, 아이의 시간은 온전하게 아버지의 시간 속에 내접한다. 이 내접을 통해 아이는 아버지의 사랑을 체화한다. 아이는 자신과 아버지가 한 존재로 포개지는 심리적 동일시를 겪으며 자연스럽게 정서적·인격적 성장을 이룬다. 이런 부성의 관습이 부재하는 환경 속에 자라나는 아이들은 동물적 남성성만을 갖게 된다. 아버지가 사라진 세상이 동물적 남성성이 판치는 원시사회로 퇴행하는 것은 필연이다.

소작농이 곡괭이를 집어던지고 공장 문을 드나들게 되던 날부터 그는 동시에 자식들의 시선이 닿을 수 없는 영역으로 사라지게 되었다. 동일한 운명은 차차로 수공업 장인들과 대장장이들 그리고 목수들에게도 다가왔다. 이들이 만들던 생산품들은 기계에 의해 만들어진 보다 저렴한 상품들로 대체되었고, 나무와 쇠를 가지고 작업하던 아버지들은 거리로 쫓겨나와 비인간적인 경영자의 이윤에 봉사하는 기계에 내몰리게 되었다. 공장에서의 작업은 한정되고 반복적이었기 때문에 아버지들은 차차로 자신들이 소유했던 기술들을 상실할 수밖에 없었다. 또한 그들은 일정한 행동만을 반복하는 단순노동자들이었기 때문에 아무런 책임감도 부여되지 않았고, 그에 따라 독창성 역시 모두 상실하고 말았다. 직업적인 전문 능력을 상실한 이후 아버지들은 자부심마저 잃어가고 있었다. 그들이 생산해낸 제품들은 더이상 자신들의 소유가 아니었고, 심지어는 이 제품들을 구경조차 하지 못하는 경우도 흔했다. 하지만 이런 상실감들에서 가장 중요한 것은 다른 무엇보다도 자식들에 대한 권위와 따뜻한 품집을 잃어버렸다는 것이다. 그들의 일과와 노동과 감정들은 자식들의 시야 밖에서 벌어지는 것이기 때문에 이제 더이상 아버지의 생활은 자식들의 생활과 관련된 것이 없었다. 아버지들은 여전히 가정의 생계를 책임지고 있었지만 자식들이 성인으로 성장하게끔 이끌어주는 교사의 역할을 할 수는 없었다. 학교 선생님이 가족의 모든 역할을 대체할 수 없는 것처럼, 어떤 제도나 단체들도 대체할 수 없는 귀중한 교육의 기회가 박탈되어버린 것이다.루이지 조야, 앞의 책

아버지의 멸종은 이미 산업화 시대에 시작되었다. 산업 혁명 이후 서구사회에서 수많은 아버지들이 가족을 떠나 일자리를 찾기 위해 떠돌아다녀야 했다. 산업화와 더불어 집에서 더는 아버지를 볼 수 없는 아버지의 비가시성the invisibility of the Father이라는 현상이 생겨난 것이다. "산업화는 낮에는 아버지들을 공장으로 빨아들였다가 밤에는 작업장에서 그리 멀리 떨어지지 않은 공동숙소로 이들을 뱉어내었다. 가족들과 자식들에게 아버지는 점점 더 낯선 사람이 되어 갔다."루이지 조야, 앞의 책 그러는 사이에 부성의 권위를 국가가 빼앗아 갔다. 아버지들이 너무 바빠져서 가정에서 그 책임과 의무를 다할 수 없게 되자 국가는 교사들에게 그 역할을 맡겼다. 어떤 아버지들은 심리적인 상실감 때문에 난폭해졌고, 자식과 가족들에게 폭력을 휘두르는 '불량 아빠'로 전락했다가 이윽고는 '용도폐기'되는 사태에 이르렀다. 19세기에 '신'이 죽고 시민 혁명으로 '왕'이 단두대에서 사라졌는데, 이 두 가지의 사태는 머지않은 미래에 다가올 '아버지의 죽음'이라는 사태를 예고하는 상징적인 퍼포먼스였다.

우리의 역사 속에서 아버지는 어떤 수난을 겪었을까? 일제 강점기 식민지 근대 속에서 우리의 아버지들은 독립운동을 하거나 아니

면 일자리를 찾아서 만주 등지를 떠돌았다. 많은 아버지들은 6·25 전쟁 와중에 군인으로 차출되어 전쟁터에 끌려 나가야만 했다. 그들 중에서 많은 아버지들이 전쟁에서 목숨을 잃고 끝내 집으로 돌아오시 못했다. 개발독재 시대에 아버지들은 신업역군으로 중동이나 독일 같은 먼 곳으로 떠났다. 그렇게 가족 곁을 떠난 아버지들은 오래 집으로 돌아오지 못했다. 어디에도 진짜 아버지는 없었다. 아버지란 '종種'은 인류사회에서 멸종되었다는 소문이 파다하다. 점점 더 많은 젊은 남자들이 아버지가 되기보다는 남성성에 머무르려고 한다. 젊은이들의 집단 비행은 남성성의 나쁜 발현이다. 상징어법으로 말하자면 그들은 집단 강간을 통해 판pan을 낳는다. "판이란 이런 집단적인 범죄 속에 들어 있는 타락의 상징으로, 오늘날의 포스트모더니즘 사상은 모든 엄격한 윤리적 기준을 부정하고 극단적인 자유를 추구함으로써 고대의 강간의 신을 부활시키고 있다."루이지 조야, 앞의 책 아버지라는 종이 사라지고 그 자리를 대신 차지한 젊은 남자들에게서 부성을 기대할 수는 없다. 그들은 부성에 부과되는 "사회적이고 시민적인"루이지 조야, 앞의 책 책임과 의무를 달가워하지 않는다. 부성에서 도피해서 극단적인 자유만을 누리려고 한다. 이런 사회현상의 부추김 속에서 부성에서 남성성으로의 역행이 일어난다.

김훈의 장편소설 『내 젊은 날의 숲』에서도 가족 안에서 '아버지'의 자리가 없다는 사실을 보여준다. '신'이 죽고, '왕'이 사라진 뒤, 이윽고 '아버지'가 사라지고 있다. 군청 공무원이었던 아버지는 타락한 공직사회의 위계 속에서 뇌물을 받아 챙기고 그 일부는 위에 상납한다. 그러다가 구속된다. 가족의 생계를 위해 뇌물을 받고 구속당한 아버지는 가족에게 버림받는다.

아버지는 식구들의 존재와 식구들의 시선으로부터 벗어나고 싶어 했다. 세 식구가 마주 앉으니까, 포유류의 혈연에서 식은땀이 흘렀다. 지금 아버지가 앉아 있는 집은 아버지가 거처할 곳이 아니었다. 어머니는 아버지를 다른 아파트로 보낼 것이었다. 아버지는 아직 그것을 모르고 있었다. 아버지는 어머니가 따로 마련해준 아파트와 어머니가 정한 별거에 저항하지 않을 것이었다. 그러나 어머니가 어떤 방식으로 그 말을 꺼내게 될는지를 나는 짐작할 수 없었다. 그것은 오직 두 사람 사이의 일이었다. 아버지에게 교도소 안과 교도소 밖은 다르지 않았다. 이 세상에 아버지의 자리는 없었다. 김훈,「내 젊은 날의 숲」

다시 한번 아버지의 자리가 없다는 말은 곧 아버지가 죽었다고 선언하는 것이다. 아버지의 몰락이라는 불길한 징후는 이미 오래 전에 나타났다. 산업화 시대 이후 세계화가 진행되는 오늘날까지 아버지들은 서서히 그들의 자리에서 밀려났다. 오늘날에는 약 5억 명 이상의 사람들이 이민자, 망명객, 이주노동자라는 이름으로 제 나라 제 집을 떠나 세계 도처에서 떠돈다. 이것은 수많은 아버지들이 가족 내에서 아버지의 직분을 수행하지 못하고 가족과 떨어져 산다는 것을 뜻한다. 다시 김훈의 장편소설 『내 젊은 날의 숲』을 보자. 가족 내부의 권력 위계에서 아버지는 가장 아래에 배치되어 있다. 그 권력은 어머니-딸에게 집중되어 있다. 아버지는 그 권력에 빌붙어 사는 비루한 가족 부양노동자에 지나지 않는다. 이 사회의 보편적 도덕의 잣대로 볼 때 아버지가 특별히 더 나쁜 사람은 아니다. 밖에서 볼 때는 그저 평범한 가장인 아버지는 '폐마廢馬'의 은유 속에서 그 쓸모를 다한 폐마와 하나로 겹쳐지는 존재로 그려진다.

　아버지가 구속된 후 어머니는 아버지를 그 인간, 또는 그 사람이라고 지칭했다. '인간' 또는 '사람'이라는 익명성에는 어머니가 살아온 삶의 피로감이 쌓여 있었고, 익명성을 다시 구체적 대상으로 특정하는 '그'라는 말에는 아버지에 대한 어머니의 혐오감이 담겨 있었다. 나는 어머니의 말에 대답하지 않았다. 아버지는 재정자립도가 이십 퍼센트에 못 미치는 군청의 공무원이었다. 어린 내가 보기에도 아버지의 삶은 멸종의 위기에서 허덕거리듯이 위태로웠고, 비굴했다. 아버지는 어린 자식들이 보기에도 민망하게 직장의 상사들에게 굽실거렸고 밤중에도 수시로 불려나갔다. 밤중에 상사의 전화를 받는 아버지의 목소리는 슬펐고, 내 여고 시절은 그 슬픔에서 온전히 헤어나지 못했다. 삶이 치사하고 남루하리라는 예감을 떨쳐낼 수 없었다. 나의 슬픔은 분노에 가까웠다. 밤중에 불려나간 아버지가 다시 돌아오는 새벽까지 나는 잠들지 못했다. 아버지가 교도소에서 모범수가 되었다는 소식이 놀랍지는 않았다. 아버지는 교도소의 모든 규칙을 지켰을 것이며 교도관들의 지시에 순응하면서 굽실거렸을 것이다. 아버지가 모범수가 되었다는 소식을 들었을 때, 나는 내 여고 시절에 밤중에 전화를 받고 어디론가 불려가던 아버지의 마른 등을 생각했다. 김훈, 앞의 책 어느 시대나 아버지 노릇을 하기는 쉽지 않다. 다산 정약용과 같이 훌륭한 사람도 자식 앞에서는 작아진다. 정약용은 저술이 많기로 유명한 사람인데, 그 곡절에 대해 이렇게 쓴다. "내가 남의 아비가 되어서 너희들에게 이처럼 누를 끼치는 것이 부끄럽고, 그래서 내 저술로써 너희들에게 속죄하고자 하는 것이다." 오늘날에도 날이 갈수록 아버지의 입지는 비좁아지고 그 모습은 한없이 불쌍하다. 김훈은 작중화자의 입을 빌어 "어린 내가 보기에도 아버지의 삶은 멸종의 위기에서 허덕거리듯이 위태로웠고, 비굴했다"고 적는다. 아버지가 멸종 위기의 종이라는 사실은 아주 분명해 보인다. 김훈이 그려내는 것은 부성 제도의 점진적인 궤멸의 징후들이다. 가족의 위계에서 최하위에 배치된 아버지는 이미 부성 제도의 궤멸이 상당히 진행되었다는 하나의 증표다. 부성 제도의 궤멸이 불러오는 것은 무엇인가? 루이지 조야는 그 결과가 사회적 · 심리적 · 동물학적 퇴행이라고 단언한다. 아버지들이 살아 있어야 가정과 사회가 더 건강해질 수 있다. 아버지는 단순히 가족의 생계를 책임지는 노동자가 아니다. 아버지는 "정신적인 중심축"이고 "형이상학적 최고의 원리"였다. 그러나 가족의 중심에서 밀려난 아버지는 더이상 가정의 중심축이 아니고 문명의 위대한 건설자도 아니다. 그들은 종들의 경쟁에서 패배자들이다. 왕의 자리에서 밀려난 아버지의 복권이 필요하다. 그 부성의 회복은 사회가 건강성을 되찾는 데 아주 중요하다. 한 시인은 부성의 긍정적인 실체를 다음과 같이 그리고 있다.

"바쁜 사람들도/굳센 사람들도/바람과 같던 사람들도/집에 돌아오면 아버지가 된다//어린 것들을 위하여/난로에 불을 피우고/그네에 작은 못을 박는 아버지가 된다.//저녁 바람에 문을 닫고/낙엽을 줍는 아버지가 된다.//바깥은 요란해도/아버지는 어린 것들에게는 울타리가 된다./양심을 지키라고 낮은 음성으로 가르친다.//아버지의 눈에는 눈물이 보이지 않으나,/아버지가 마시는 술에는 눈물이 절반이다.//아버지는 가장 외로운 사람들이다./가장 화려한 사람들은/그 화려함으로 외로움을 배우게 된다."김현승,「아버지의 마음」

「아버지의 마음」은 가족의 '이상적인 영웅'으로서의 진짜 아버지를 그리고 있다. 아버지는 어린 것을 위하여 난로를 피우고, 벽에 못을 박고, 가족을 돌보는 책임을 다하는 존재다. "아버지는 어린 것들에게는 울타리가 된다./양심을 지키라고 낮은 음성으로 가르친다." 그런 아버지들이 가정의 울타리가 되고, 세상의 울타리가 된다. 그런 부성은 진정한 뜻에서 가정의 정신적인 중심축이 되고, 형이상학적 최고의 원리가 되는 것이다. 이제 우리는 "아버지의 눈에는 눈물이 보이지 않으나,/아버지가 마시는 술에는 눈물이 절반"이라는 사실을 깨달아야 한다. 아니, 잃어버린 아버지를 찾고 그 아버지들을 '이상적인 영웅'으로 복권시켜야 한다.

낙타 :
무거움의
정신

가족의 생계를 책임지느라 기꺼이 노동과 수고를 떠맡는 아버지들, 밤늦게 축 늘어진 어깨를 하고 묵묵히 직장에서 돌아오는 아버지들에게서 '낙타'를 본다. 한없이 선량하지만 제 어깨에 얹힌 현실의 짐들과 그 중압에 대해서는 무력한 낙타들! 차라투스트라는 우리에게 정신의 변신 이야기를 들려주면서, 처음 낙타가 되고, 낙타에서 사자, 마침내 사자에서 어린아이가 되는 정신의 위계적 변용에 대해 말한다. 당신은 실제로 낙타를 본 적이 있는가? 낙타는 초식동물이고, 사막을 건너는 대상隊商들의 친구다. 사람의 짐을 대신 짊어지고 사막을 건너는 낙타의 선량함은 기능적인 도덕 판단에 따른 것일 뿐이다. 낙타는 어리석은 고통을 한없이 감내하는 짐꾼에 지나지 않는다. "공경하고 두려워하는 마음을 지닌 억센 정신, 짐깨나 지는 정신에게는 참고 견뎌내야 할 무거운 짐이 허다하다. 정신의 강인함, 그것은 무거운 짐을, 그것도 더없이 무거운 짐을 지고자 한다. 무엇이 무겁단 말인가? 짐깨나 지

는 정신은 그렇게 묻고는 낙타처럼 무릎을 꿇고 짐이 가득 실리기를
바란다. 너희 영웅들이여, 내가 그것을 등에 짊으로써 나의 강인함
을 확인하고, 그 때문에 기뻐할 수 있는 저 더없이 무거운 것, 그것
은 무엇인가? 짐깨나 지는 정신은 묻는다. …… 짐깨나 지는 정신
은 이처럼 더없이 무거운 짐 모두를 마다하지 않고 짊어진다. 그러
고는 마치 짐을 가득 지고 사막을 향해 서둘러 달리는 낙타처럼 그
자신의 사막으로 서둘러 달려간다."니체,「세 단계의 변화에 대하여」

　"짐깨나 지는 정신", 철학자는 그것이 낙타라고 말한다. 무엇보다
도 낙타는 무거운 짐을 지는 억센 정신이고, 등에 무거운 짐을 짊으
로써 제 강인함을 확인하는 정신이다. 낙타는 짊어져야 할 짐 앞에
서 '아니오!'라고 할 줄 모르는 정신이다. 이 긍정의 배경은 무엇인
가? 니체는 그것이 힘에의 의지에서 나온다고 말한다. 힘에의 의지
는 욕망하는 것을 욕망함이거나 그것을 얻는 데 있지 않고, 그것을
창조하고 산출하는 데 있다. 이때 힘은 의지가 의욕하는 것이 아니
라 의지 안에서 의욕하는 것이다.* 짐은 인생의 수고이고 온갖 노동
이며, 도덕과 관습의 의무이고 사회적 관계들에서 파생된 문제들이
다. 낙타는 그 짐들을 당연한 운명으로 받아들인다. 그래서 무릎을
꿇고 그 짐들이 제 등에 얹히기를 기다린다. 그들의 긍정주의는 무

---

* 질 들뢰즈, 『들뢰즈의 니체』. 힘에의 의지는 새로운 가치의 생성과 창조가 그 본질이다. 아울러 힘에의 의지는 "차이의
요소"고, 그것들에서 "하나의 복합체 내에 현존하는 힘들이나 그러한 힘들의 각각의 질이 파생되어 오는 것"이다. 힘들
의 의지는 다른 힘과 힘의 관계들 안에서 작동하는 차이들로 규정되는 무엇이며, 항상 운동하고 유동적인 그 무엇이다.
들뢰즈는 "어떤 힘이 명령하는 것은 힘에의 의지에 의한 것이지만, 어떤 힘이 복종하는 것도 힘에의 의지에 의한 것이
다"라고 설명한다.

거움을 묵묵하게 견뎌내는 견인주의堅忍主義에서 나온다. 낙타는 견인주의의 표상이 될 만하다. "짐깨나 지는 정신"으로 낙타와 닮은 동물이 바로 나귀다. 낙타가 '아니오'라고 하지 않듯이 나귀도 언제나 '예'라고 대답한다. 낙타가 제 등에 무거운 짐을 실 듯 나귀 역시 제 등에 무거운 짐을 짊어진다. 그래도 싫은 소리를 하지 않고 견뎌낸다. 낙타와 나귀는 쌍둥이처럼 닮은 동물들이다. 그들은 우리의 무거운 짐을 대신 짊어진다. 낙타와 나귀는 제 등이 얹힌 짐을 감당하는 한에서만 현실을 받아들이고 긍정하며, 그들의 "용감한 정신"도 그 짐의 무게를 감당하는 한에서만 유효하다. 그들의 등은 그 짐의 "무게를 달고 평가하는 등"질 들뢰즈, 『들뢰즈의 니체』이다.

"아멘! 찬미와 영광과 지혜와 감사와 권능이 우리들의 신에게 영원히 있을지어다! 그러자 나귀는 이―아 하고 소리내어 화답했다. 그는 우리의 무거운 짐을 대신 짊어진다. 그는 하인의 모습을 하고 있다. 그는 진심으로 참고 참을 뿐 아니다라고 말하는 법이 없다. 그리고, 그 자신의 신을 사랑하는 자가 신을 응징하게 된다. 그러자 나귀는 이―아 하고 소리내어 화답했다."니체, 『각성』 나귀가 등에 무거운 짐을 지고도 늘 "이―" 하고 긍정의 소리를 내는 것은 현실을 있는 그대로 긍정하기 때문이다. 낙타와 나귀의 긍정은 디오니소스가 보여주는 긍정과는 다르다. 낙타와 나귀의 긍정은 현실의 짐을 짊어지는 것 말고 아무런 전환이나 생성을 낳지 않는다. 반면에, 디오니소스의 긍정은 웃음, 놀이, 춤을 낳는데, 실은 그것들이 전환의 힘들로 운동하며 존재를 전환과 생성으로 잇는다. "영원회귀와 초인뿐만 아니라, 웃음, 놀이, 춤도 마찬가지다. 차라투스트라에 결부된 웃음, 놀이, 춤은 전환의 긍정적인 힘들이다. 춤은 무거움을 가벼움으로 전환시키고, 웃음은 고통을 기쁨으로 전환시키며, 〔주사위〕 던지기 놀이는 저속한 것을 고귀한 것으로 전환시킨다. 그러나 디오니소스에 결부된 춤, 웃음, 놀이는 반영과 발전의 긍정적인 힘들이다. 춤은 생성과 존재의 생성을 긍정하고, 웃음, 폭소는 다수와 다수의 하나를 긍정하며, 놀이는 우연과 우연의 필연을 긍정한다."질들뢰즈,「니체와 철학」

들뢰즈는 낙타와 나귀가 감당하는 힘들의 목록이 비슷하다고 말한다. "즉 겸손, 고통과 질병의 감수, 처벌하는 자에 인내, 진리가 양식으로 도토리와 석탄을 주기라도 하듯이 진리에 대한 선호, 그 현실적인 것이 사막일 때조차 현실적인 것에 대한 사랑."질들뢰즈, 앞의 책 짐을 지는 것은 노동과 수고를 뜻하는 것이고, 그것은 피로를 낳는다. 아니다, 피로에서 수고가 나오며, 그 수고 위에 피로가 덮친다. 피로와 수고가 그것에 예속된 삶을 사는 오늘날의 사람들을 규정한다. 낙타는 짐과 연루된 존재고, 그 짐에 묶여 있다. 낙타를 규정하는 것은 그의 등에 얹힌 짐이다. 더 정확하게는 그 짐과의 연루됨이다. "수고의 순간은 직접적인 방식으로 우리의 자유를 다른 의미들에 연관 짓는 예속화를 나타낸다. …… 인간의 노동과 수고는 어떤 연루됨engagement을, 그 안에 노동과 수고가 벌써 자리를 잡고 있는 그런 어떤 연루됨을 전제로 한다. 우리는 작업에 묶여 있다. 우리는 작업에 맡겨져 있다. 작업에 찌든 채 고통받는 인간의 보잘것없는 면모로는 포기, 지킴 등이 있다. 인간의 모든 자유에두 불구하고, 수고는 〔인간에게〕 언도된 형벌을 드러낸다. 그것은 피로와 아픔이다. 여기서 피로는 부수적인 현상으로 생기는 것이 아니다. 말하자면 바로 피로로부터 수고가 분출해 나오는 것이며, 수고는 피로 위로 다시 곤두박질치는 것이다."에마뉘엘 레비나스,「존재에서 존재자로」

낙타와 나귀는 어떤 불의한 명령 앞에서도 항의하거나 저항하지 않는다. 그들은 언제나 굴종한다. 그들은 성실하지만 노예의 도덕을 내면화한 존재들이다. 그들은 애초부터 '아니오'가 없는 '예'만을 기계적으로 반복한다. 이때 '예'는 거짓 긍정이다. 그들의 활기, 그들의 인내, 그들의 긍정은 부정 정신이라는 도약대를 갖지 않은 신기루와 같은 것이다. 그러므로 그것들은 거짓의 활기, 거짓의 인내, 거짓의 긍정으로 떨어진다. 이에 대해 질 들뢰즈는 이렇게 적는다. "현실은 긍정의 대상, 긍정의 목적, 긍정적 항으로 이해되고, 긍정은 현실에 대한 동의, 복종으로, 현실의 수락으로 이해된다. 나귀 울음소리의 의미가 이와 같다. 그러나 그런 긍정은 결과의 긍정, 영원히 부정적 전제들의 결과의 긍정이고, 대답의 예, 무거움의 정신에 또 그것에의 모든 간청에 대한 대답의 예이다. 나귀는 아니오라고 말할 줄 모른다. 하지만 우선 그는 허무주의 자체에 대해 아니오라고 말할 줄 모른다. 그것은 허무주의의 모든 산물을 끌어모으고, 그것들을 사막에서 짊어진다. 그리고 그것들에게 있는 그대로의 현실이란 이름을 부여한다."질 들뢰즈, 앞의 책 나귀의 긍정은 짐을 져야 하는 운명에 대한 긍정이다. 그것은 어떤 경우에도 '아니오'를 갖지 않은 긍정이다. 다시 말해 현실에 복종하는 것 그 자체로서의 긍정이다. 그러나 '아니오'를 갖지 않은 '예', 즉 낙타와 나귀가 보여주는 긍정은 일그러진 긍정, 즉 "긍정의 회화화"질 들뢰즈, 앞의 책에 지나지 않는다. 들뢰즈는 이렇게 말한다. "그것이 아니오인 모든 것에 예라고 말하고, 허무주의를 견디기 때문에, 그것이 악마의 모든 짐을 짊어질 때 악마의 힘과 같은 부정하는 힘에 봉사하는 채로 있다."질 들뢰즈, 앞의 책 악마의 짐을 짊어져야 할 때조차 '아니오'라고 하지 못하는 낙타는 그저 무력한 존재에 불과하다.

낙타나 나귀들은 자유를 원하지만 그것을 얻으려고 싸우지는 않는다. 그런 까닭에 그들은 노예이고 천민들이다. 그들에겐 애초부터 주인이 되려는 의지가 없었다. 주인이 되기 위해 자기 자신을 전부 거는 모험을 해야 하는데, 그들에겐 그런 모험을 할 만한 용기가 없었다. 김수영의 시 「그 방을 생각하며」의 시적 화자가 보여주는 딜레마가 바로 그것이다. 그는 자유를 원하고, 제 삶의 주체가 되기를 간절히 바라지만, '혁명'을 포기하고 현실에 주저앉고 만다.

혁명은 안 되고 나는 방만 바꾸어버렸다
그 방의 벽에는 싸우라 싸우라 싸우라는 말이
헛소리처럼 아직도 어둠을 지키고 있을 것이다

나는 모든 노래를 그 방에 함께 남기고 왔을 게다
그렇듯 이제 나의 가슴은 이유 없이 메말랐다
그 방의 벽은 나의 가슴이고 나의 사지일까
일하라 일하라 일하라는 말이

헛소리처럼 아직도 나의 가슴을 울리고 있지만
나는 그 노래도 그전의 노래도 함께 다 잊어버리고 말았다

혁명은 안 되고 나는 방만 바꾸어버렸다
나는 인제 녹슬은 펜과 뼈와 광기—
실망의 가벼움을 재산으로 삼을 줄 안다
이 가벼움 혹시나 역사일지도 모르는
이 가벼움을 나는 나의 재산으로 삼았다

혁명은 안 되고 나는 방만 바꾸어버렸다
나의 입속에는 달콤한 의지의 잔재 대신에
다시 쓰디쓴 담뱃진 냄새만 되살아났지만
방을 잃고 낙서를 잃고 기대를 잃고
노래를 잃고 가벼움마저 잃어도

이제 나는 무엇인지 모르게 기쁘고
나의 가슴은 이유 없이 풍성하다

김수영, 「그 방을 생각하며」

'혁명'은 우선 격렬하게 솟구쳐오는 부정의 정신이 있어야 한다. 부정의 정신은 전복의 정신일 테다. 기존의 강고한 체제와 규범들을 깨고 뒤집어 바꾸려는 의지가 없다면, '혁명'은 있을 수 없다. 「그 방을 생각하며」의 시적 화자는 명백히 소시민이다. 소시민은 자기에

게 주어진 현실에 안주하며 살아간다. 일견 그들은 착해 보인다. 그들은 항상 "악한 것, 부조리한 것, 추한 것"을 혐오하고 그것을 배제하기 때문이다. 하지만 그들에겐 타락한 현실을 바꿀 만한 의지도 열정도 능력도 없다. 그들이 바꾸는 것은 현실이 아니라 겨우 제가 거주하는 작은 방뿐이다. 김수영은 그런 자신에 대한 연민과 자조를 이 시 속에 담아낸다. 김수영의 시세계를 집약하는 주제는 설움인데, 그 설움은 제 삶에 달라붙고 수시로 억압하는 현실의 부정적인 양상에도 그것을 바꿀 수 없는 자의 무력감과 나태에서 빚어진 설움이다. 그러니까 늘 당하고 사는 자의 비애가 만든 설움, 결의는 하지만 실천에는 옮기지 못하는 자의 수치에서 오는 설움이다. 그 설움은 바로 무거운 짐을 지면서도 그 무거운 짐에 대해 한 번도 아니오라는 소리를 하지 못하는 낙타의 설움과 하나로 포개진다.

　낙타는 현실적인 것을 수락하고, 그 안에서 주어진 삶을 묵묵히 견뎌내는 오늘날의 거의 모든 아버지들을 가리킨다. 그들의 등에 짐이 얹히자마자 사막으로 서둘러 떠나는 자들! 낙타는 "삶이 그에게 사막으로 나타날 때까지, 활기에 넘치고 인내심이 있다."니체, 「무거움의 정신에 대해서」 그들은 자신의 등에 얹힌 무거운 짐에 대해 왜냐고 묻지 않고, 저항하지도 않는다. 그저 주어진 불가피한 운명이겠거니 하고 받아들인다. 그들을 이끄는 것은 오로지 현실에 대한 애착뿐이다. 니체는 그들을 덧없는 존재들, 현실적인 인간들, 경직된 인간들로 분류한다. 낙타형 인간들을 꿰뚫어 본 차라투스트라는 이렇게 외친다. "오늘을 살고 있는 자들이여, 너희들은 얼굴과 사지에 쉰 개나 되는 얼룩을 칠하고 거기 그렇게 앉아 나를 놀라게 했으니! 너희들이 연출한 색채의 놀이에 아양 떨며 흉내를 내는, 쉰 개나 되는 그런 거울을 주변에 두고 말이다!"니체, 「교양의 나라에 대하여」 그들은 얼굴과 사지에 분칠을 하고 있다. 그것은 교양이란 얼룩이다. 그걸 벗겨내면 그들의 알몸뚱이가 드러난다. 그들의 "베일과 덧옷, 분칠과 거동"을 벗겨낸 뒤 추악한 몰골을 본 차라투스트라는 이렇게 탄식한다. "오늘을 살고 있는 자들이여, 나는 너희들을, 너희들이 벌거벗고 있든 옷을 입고 있든 차마 눈뜨고 볼 수 없다. 그런 꼴을 보아야 하는 것이 나의 오장육부에게는 쓰라린 고통이 된다!"니체, 앞의 책 차라투스트라의 오장육부에 쓰라린 고통을 준 그들은 "형형색색의 점박이"들이고, "생식의 능력이 없는 자들"이다. 차라투스트라는 자신을 그들의 알몸이 드러낸 추악에 기겁을 하고 "놀란 새"라고 말한다.

니체는 낙타와 대척되는 자리에 디오니소스를 배치한다. 이때 디오니소스는 "파괴, 해체, 부정의 모든 호사"를 자기 자신에게 허용하는 존재다. "삶의 충만함을 만끽하는 가장 풍요로운 자인 디오니소스적 신과 인간은 두렵고 의심스러운 외양뿐만 아니라 두려운 행위, 그리고 파괴, 해체, 부정의 모든 호사도 자신에게 허용한다. 생산하고 결실을 맺는 충만한 힘, 어떤 사막도 풍성한 옥토로 만들 수 있는 충만한 힘의 결과로 그에게는 악한 것, 부조리한 것, 추한 것도 모두 허용한다."니체, 「즐거운 학문」 디오니소스형 인간은 삶의 충만한 힘을 만끽할 뿐만 아니라 파괴와 변화를 두려워하지 않는다. 아울러 자신의 이상을 실현하기 위해 "악한 것, 부조리한 것, 추한 것"조차 하나의 수단으로 쓸 수 있다고 생각한다. 그들은 그것이 사막을 풍성한 옥토로 만드는 데 유용할 수 있다는 사실을 깨달은 자들이다. 그들은 기존의 도덕에 피동적으로 순응하는 자들이 아니라 제 삶을 위한 새로운 도덕을 창조하는 자들이다.

대부분의 아버지들은 낙타형 인간에 속하고, 낙타형 인간들은 겨우 존재하는 자들이다. 겨우라고? 그렇다. 겨우 존재하는 영역에 속하지만 그들의 태도는 당당하기조차 하다. 그들은 "무엇이 무겁단 말인가?"라고 외친다. 그들은 결코 울부짖지 않는다. 왜냐하면 견디며 살 만하니까. 그들은 웃지도 않는다. 왜냐하면 웃을 만큼 행복하지 않기 때문이다. 그들에게 삶은 최소주의로만 주어진 것, 이를테면 하나의 무거운 의무, 거역할 수 없는 강령으로 주어진 것이다. 그들은 죽음을 면제받을 수 없고, 마찬가지로 삶도 면제받을 수가 없다. 그들은 그저 존재함에 만족한다. 이 말은 존재의 보존과 지속성에서 존재의 의미를 찾는다는 뜻이다. 그런 상태를 이진경은 "명사적 형태의 존재"라고 말한다. 그것만으로 충분한가? 그렇지 않다. 이진경은 이렇게 쓴다. "명사적 형태의 존재란 '존재한다'라는 동사적 측면이 망각된 것에 지나지 않는다. 역으로 이렇게 말해야 할 것 같다 : 존재란 명사적 형태 속에서조차 하나의 동사적 사건이다. 따라서 동사적 형태로 표현되는 생성만이 존재한다고 다시 말할 수 있을 것이다. 존재란 생성의 한 측면이고, 생성의 다른 이름이다."이진경, 『불온한 것들의 존재론』 생성이 없는 존재란 죽은 존재에 다를 바 없다. 낙타형 인간 속에서 가족 부양이라는 무거운 짐을 지고 아침마다 일어나 직장으로 출근하는 범속한 우리들의 모습이 투영되는 것은 불가피하다. 우리는 날마다 살아 있지만, 자기 삶을 바꿀 엄두는 도무지 내지 못하며 "창조적인 번개의 웃음"을 잃어버린 채 사는, 본질에서 죽은 자들이다. 그것은 창조가 없는 삶이다. "창조. 그것은 고통으로부터의 위대한 구제이며 삶을 경쾌하게 하는 어떤 것이다. 그러나 창조하는 자가 존재하기 위해서는 고통이 있어야 하며 많은 변신이 있어야 한다."니체, 「행복한 섬에서」 우리는 창조의 고통을 거부한다. 현실에 안주하는 것으로 만족한다. 우리는 겨우 살아 있는 존재들이다.

낙타들은 무거운 짐을 가득 지고 사막을 향해 달려간다. 짐이란 비자발적 노동에의 예속을 초래한다. 물론 노동 없이 세계는 유지될 수가 없다. 우리는 누군가 노동했기 때문에 집에서 안락하게 거주할 수 있고, 누군가 노동했기 때문에 밥을 먹을 수 있고, 누군가 노동했기 때문에 옷으로 몸을 따뜻하게 감쌀 수 있다. 이렇듯 노동은 누군가의 삶을 돕는다. 노동은 가치 창조의 원천이기는 하다. 하지만 명령으로 주어지는 노동은 어떤 경우에도 인간을 존엄으로 이끌지 않는다. 한없는 수고와 피로, 자기모멸만이 그 노동의 결과로 주어진다. 그래서 그들은 힘들고 무력하고 침울하다. 누가 그들을 그렇게 만들었는가? "중력의 영"이라는 난쟁이다. 중력의 영은 그들의 귓속에, 그들의 뇌 속에 무거운 납덩이를 방울방울 떨어뜨린다. 중력의 영은 삶과 대지를 무겁게 만든다. 중력의 영에 지배를 당하는 한 그들은 춤출 수 없고 공중으로 도약할 수도 없다. 그들의 삶과 무거운 짐이 어깨를 짓누르기 때문이다. 낙타여, 새해에는 무거운 짐을 지고 사막으로 달려가기 전에, 왜 나는 낙타일 수밖에 없는지를, 왜 나는 삶의 충만한 기쁨과 웃음을 잃고 춤을 잃어버렸는지를 돌아보자.

행복강박증이 불러오는 불행들

사자 : '아니오'라는 부정 정신

행복강박증이 불러오는 불행들

우리는 행복 없이도 너끈히 살 수가 있다. 행복 없는 삶이란 메마른 삶이겠지만, 메마른 삶이라고 아무 가치가 없는 것은 아니다. 메마른 삶은 메마른 그 나름대로의 가치와 의미가 있다. 다만 메마른 삶이란 자루가 없는 호미와 같다. 자루가 없는 호미란 애초에 그것이 생겨난 도구적 기능에서 완벽하지 않다. 뭔가 모자란 것이다. 호미는 자루가 달려야 호미로써 제 구실을 할 수가 있다. 행복이 결락된 삶이란 재미도 없고 지루한 삶이다. 행복은 삶을 자라게 하는 필수 자양분이다. 행복 없는 삶은 자양분을 취하지 못하니 결국은 고갈되고 만다. 고갈은 삶의 사막화를 초래한다. 사막에는 모래바람이 분다. 늘어난 불평과 불만이 모래바람이다. 모래바람 속에서 사람은 필경 불행하다. 나는 불행하다고 느낀다. 그러나 불행 때문에 삶을 끝내는 경우는 흔치 않다. 가장 나쁜 삶이라도 죽음보다는 더 나은 것이기 때문이다.

가능성과 희망들이 고갈되고, 한치 앞의 미래도 보이지 않고 온통 불투명할 때, 나는 불행하다. 오래 실직한 상태고 수중에 돈은 다 떨어졌는데, 카드회사에서 연체된 카드대금을 독촉받을 때, 나는 불행하다. 도무지 존경할 수 없는 사람이 큰돈을 벌고 떵떵거릴 때, 입만 열면 부동산과 주식 투자에 대해 열변을 토하는 그와 함께 식사를 하게 되었을 때, 나는 불행하다. 사랑이 습관과 의무로 전락해버렸을 때, 더이상 연인을 기다리는 일이 가슴 떨리는 기쁨이 아니게 될 때, 나는 불행하다. 문득 어린 시절의 어떤 순간들, 멀리 떨어져 사는 부모님이 귀향한다는 소식을 들었을 때 나는 정말로 기뻤다. 그런데 그 행복했던 순간들로 다시는 돌아갈 수 없다고 생각할 때, 나는 불행하다. 몸이 아프고 주위에 돌봐줄 사람이 없을 때, 나는 불행하다. 나에 대한 근거 없는 나쁜 소문이 돌고 그 소문 때문에 절친했던 사람이 나의 억울한 사정을 헤아려보지도 않고 말없이 등을 돌릴 때, 나는 불행하다. 나의 우둔한 결정과 선택 때문에 선량한 사람들이 고통을 당할 때, 나는 불행하다. 정말 배가 고플 때, 마실 물이 없을 때, 누군가에게서 욕을 들을 때, 하루가 덧없이 저물었다고 느낄 때, 나는 불행하다. 내가 불행하다고 생각할 때, 나는 불행하다.

행복이란 이 모든 것과 정확하게 역상逆像을 이룬다. 정신의 고양高揚, 생기의 가득 참, 기쁨의 생동 속에 있을 때 우리는 행복하다. 마음에 뜻밖에도 가득 찬 고요와 평화, 도취, 꿈이 현실이 될 때 그 융합도 행복감을 불러온다. 행복이란 마음에 채워야 할 어떤 공허도 없을 때 온다. 사랑, 웃음, 도취로 이끄는 기호들, 드높은 목표의 달성, 경이롭게 펼쳐진 자연 절경들…… 이것들이 불러일으키는 놀라움과 기쁨은 우리에게 생기를 주고 가슴 뛰는 삶으로 이끈다. 가슴 뛰는 삶이야말로 행복한 삶이다. 가슴 뛰는 삶은 운명의 피동적인 수납이 아니라 내가 꿈꾼 바로 그 삶, 자발적 의지와 행동으로 일군 최상의 삶이다. 반면에 공허는 내적 결핍이며, 마음이 내적 결핍을 품고 있을 때는 행복감을 느끼지 못한다. 의미의 고갈, 생기의 고갈로 마음이 팬다. 공허는 마음에 패인 부분을 뜻한다. 공허를 채우는 것은 무엇인가? 마땅히 있어야 할 것이 없다. 그것은 보람과 기쁨의 상실이다. 누군가에게서 사랑받지 못할 때, 혹은 버려졌다고 느낄 때 세계는 텅 빈 것 같고, 삶은 공허해진다. 나의 자유가 타자에 의해 회수되고 자존감이 무참하게 짓밟힐 때, 무리에게서 떨어져 나와 있을 때, 사랑하는 사람에게서 버림받았을 때, 내가 아무 쓸모가 없다고 느낄 때, 나 혼자만 고립되어 있을 때, 나는 행복하지 않다. 나 같은 것은 아무 가치도 없는 거야. 내가 죽어서 사라지더라도 누구도 슬퍼하지 않을 거야. 이런 말들이 마음속에서 꾸역꾸역 솟아나올 때 우리는 불행하다.

여기 행복에 관한 개구리의 우화가 있다. 연못의 물이 점점 말라가고, 그 수위가 현저하게 낮아진다. 연못을 삶의 터전으로 삼은 개구리에게 이런 현상은 위기다. 개구리는 이런 현실에 대해 깊이 실망한다. "옛날의 그 깊고 넓은 연못, 풍부한 물로 가득했던 그곳이 그리웠습니다. 물위를 온통 뒤덮은 연꽃과 주변에 흐드러지게 피어 있는 백합은 천상의 아름나움을 너금고 취할 듯 싱그러운 향기를 내

뿐었습니다. 그곳에서의 삶은 너무 아름다웠죠. 대숲 사이로 불어오는 산들바람에 이리저리 흔들리는 갈대의 잔잔한 리듬을 싫어할 사람이 있을까요? 평화롭고 아름다운 물가 풍경은 마음속으로부터 우러나오는 행복감을 안겨주었습니다. 그러나 모든 것이 사라진 연못에는 핑의 깊은 내면을 채워줄 그 무엇도 없었습니다."^{스튜어트 에이버리 골드, 「핑!」} 개구리 '핑'은 자신의 의지와 상관없이 척박한 현실에 내던져져 있다. 그 척박한 현실을 넘어서서 행복을 찾아가는 이야기가 펼쳐진다. '핑'은 "무언가 '되기^{be}' 위해서는 지금 이 순간 무언가를 '해야^{do}'만 해"라는 멘토의 조언을 듣는다. '핑'은 멘토의 조언에 따라 행복을 찾아 떠난다. 다시 멘토는 말한다. "네가 행하는 대로 네가 만들어진다"라고. 『핑!』이 전하는 핵심 메시지는 행복이란 의도적인 삶, 즉 목표를 정하고, 그것을 이루기 위해 선택하고 열정을 갖고 도전하는 것이다. 멘토는 말라가는 연못을 버리고 새로운 연못〔꿈〕을 위하여 도약하라고 말한다. 도약을 떠받치는 것은 강렬한 열망, 결단력, 자발적 의지다. 나는 "실행이 곧 존재다"라는 멘토의 메시지를 따르는 '핑'에게서 한국인의 모습을 얼핏 본다. 우리는 얼마나 오랫동안 "하면 된다!"는 구호를 앞세우고 살았던가!

안타깝게도 여러 통계에 근거한다면 한국 사람들의 행복지수는 그리 높지가 않다. 우리나라 어린이와 청소년이 느끼는 주관적 행복지수가 경제협력개발기구^{OECD} 국가 중에서 가장 낮다는 조사 결과가 나왔다. 우리나라의 청소년도 어른도 행복하다고 말하는 사람은 찾아보기 힘들다. 내 주변을 보아도 행복하다는 사람보다는 사는 게 시들하다는 사람이 훨씬 더 많다. 이는 민주화와 경제성장이라는 두 마리 토끼를 잡고 부국 대열에 진입한 한국을 선망하고 배우려는 제3세계 국가의 사람들이 볼 때 기이한 일이다. 오늘의 한국을 만든 한국인의 기질로 냄비 근성, 강인함, 활력, 승부 근성, 도전 정신, 자신감이라는 주장도 있다. 이런 능동적 기질들이 목표지향적 삶을 일구고 이 목표지향적 삶 하나하나가 모여서 한국을 경쟁력이 있는 국가로 만들었다는 주장에는 일리가 있다. 한국은 '전사의 나라'다. 앞만 보고 달리는 이 전사 기질이 양적인 삶을 키우고 규모의 삶을 이루는 데 기여한 바가 있지만 이제는 그 폐해들에도 눈길을 돌려야 한다. 우리 사회의 여러 부면에서 불거지는 극단적인 이기주의와 모럴해저드가 그 폐해의 한 조각이다. 사회악이 창궐하는 세계에서 개별자의 행복이란 볼품이 없는 거품에 지나지 않는다. 바다 전체가 오염되었다면 파도 한 조각의 미적 현존이 무슨 의미가 있겠는가. 한국인의 내면에 있는 '전사 기질'은 그 뿌리가 깊다. 근대 이후 우리가 불가피하게 감당해야만 했던 사회적 불행과 개별자로서 겪은 삶의 시련들이 우리 안에 거침과 난폭함을 심어준 것이다. 진중권은 그 뿌리가 "동양식 문명화 과정이 식민주의에 의해 단절된 결과이고, 더 결정적으로는 한국 전쟁의 참혹한 경험, 그리고 산업화 시대 군사주의 문화의 잔재다"^{진중권, 앞의 책}라고 말한다. 살아온 세월이 참혹하고 힘들어서 우리는 가난이나 불행이라면 진절머리를 친다. 바로 그것과 싸우기 위해서 우리 마음은 거칠어지고 독해졌다. 시련과 불행이 꼭 나쁜 것만은 아니다. 시련은 우리를 단련시키고 불행은 우리 마음에 그것에 대한 항체를 만든다. 디아스포라로 살아야 했던 유대인이 꼭 불행했던 것만은 아니다. "유대인은 다양한 시기에 세계 이곳저곳에서 풍요를 누렸다. 특히 반복되는 유배 때문에 낯선 환경에 적응해야 하는 디아스포라의 역동적인 경험을 통해 지적 · 문화적으로 독창적인 결과물을 생산했고 '창조적인 회의주의'의 태도로 유대인의 고유문화와 그들이 정착한 나라의 문화를 풍요롭게 만드는 데 일조했다."_{니콜 라피에르, 『다른 곳을 사유하자』} 유대인이 세계의 이곳저곳에서 뿌리를 내리고 풍요를 누린 데는 디아스포라의 역동적인 경험이 그 바탕이 되었다. 역경은 내면의 인격을 단련시키고, 더러는 시련이 내면 형질과 유전자까지 강인하게 바꾼다.

따져보면 전사 기질의 상당 부분들은 이성과 합리주의의 부재에서 만들어진 기질들이다. 문제는 압축적인 근대화 과정 속에서 이런 '선동'들이 끊임없이 있어 왔고, 한국인은 개발독재의 시대에 제 의지와 상관없이 이런 기질들을 강요당했다는 점이다. 이것이 절대 가난의 족쇄에서 벗어나는 동력이 되었고, 경쟁에서 이기는 자질인지는 모르나 행복을 위한 미덕은 아닌 게 틀림없다. 나룻배는 강을 건너는 데 필요하다. 강을 건넌 뒤에도 이 나룻배를 등에 지고 가는 것은 어리석은 짓이다. 이제 우리 마음이 지고 있는 나룻배를 내려놓아야 한다. 조급증, 실적주의, 투쟁심, 상대적 박탈감, 빨리빨리 문화, 하면 된다는 정신에 밴 비이성적 성취의식, 떼거리 근성 따위는 내려놓아야 할 나룻배다. 우리가 더 행복해지기 위해서 필요한 것은 지혜와 자아 탐구다. 우리가 구해야 할 것은 지식이 아니라 지혜다. 지혜의 바탕은 너 죽고 나 살기 식의 극단적인 경쟁이 아니라 너 살고 나 살자 식의 상생 정신이다. 우리는 지나치게 앞만 보고 달리느라 자아에 대한 성찰과 탐구에 게을렀다. 이제 내가 누구인지를 바로 알아야 한다. 아울러 타자에 대한 배려, 이타주의 정신, 느림, 그리고 마음의 고요와 평화를 기르고 키워야 한다.

마음이 가난한 사람이 행복하다고 말한다. 마음이 가난하다는 것은 무슨 뜻일까? 가난은 결핍인데, 왜 행복하다고 말하는 것일까? 마음이 가난한 것은 참된 가난, 물질에 대한 초월적 상태에 있음을 뜻한다. 서른 해가 넘는 서울 살림을 정리해서 아무 연고도 없는 안성으로 그 많은 책들을 싸들고 내려왔을 때 나를 사로잡은 것은 패배의식이고, 경쟁사회에서 탈락한 낙오자의 느낌이었다. 나는 탈락자, 패배자, 빈털터리였다. 하릴없이 집 아래에 넓게 펼쳐진 호수의 반짝이는 물결이나 바라보며 소일을 했다. 내 안에 있는 어떤 분노, 슬픔, 억울함 따위가 느닷없이 솟구쳐 올라 나를 쓰러뜨리곤 했다. 물론 나는 파산한 것도 아니요 쫓겨서 내려온 것도 아니다. 시골에서 조촐한 삶을 꾸리려고 자발적으로 내려온 것이다. 그럼에도 나는 지독히 불행했다. 불행하다고 느낌이 마음에 사무칠 때 나는 미친 듯 산길들을 헤매고 다녔다. 어느 날에 갑자기 마음이 고요해져서 시를 쓰기 시작했다. 가을이 지나고 겨울이 지났다. 가끔 안성의 젊은 벗들이 시장통에 있는 소줏집에 모여 있다고 불러내곤 했다. 그들과 함께 시장통에 있는 주점인 '양성집'에서 어울려 고춧가루를 듬뿍 뿌려 벌건 두부찌개를 앞에 놓고 소주 두어 병을 간단히 비우고 몸이 발갛게 달아오른 채 집에 돌아와 쓰러져 잠들곤 했다. 이튿

날에는 혼자 콩나물국을 끓여 빈속을 달래곤 했다. 젊은 벗들이 부르는 날보다는 혼자 있는 날이 훨씬 더 많았다. 혼자 있는 날에는 호젓하게 도연명이나 굴원의 시를 읽고, 나무 그늘 아래에서 매미소리를 들으며 『장자』를 읽었다. 비가 오는 날에는 빗소리에 귀를 기울이고, 바람이 부는 날에는 바람소리를 들었다. 확실히 그 전보다 욕심이 없어졌다. 이는 내 마음이 비움을 품고 느림을 사모한 결과다. 이게 정말로 마음이 가난한 사람의 태도가 아닐까?

천지는 한 사람에게 모든 것을 다 줘어주는 법이 없다. "천지는 만물이 다 좋게만 하는 법이 없다. 뿔 있는 놈은 이빨이 없고, 날개가 있으면 다리가 두 개뿐이다. 이름난 꽃은 열매가 없고, 채색 구름은 쉬 흩어진다. 사람에 이르러서도 그러하다. 기특한 재주와 화려한 기예가 뛰어나면 공명이 떠나가서 함께하지 않는다. 이것은 이치가 그러하다."이인로, 정민, 「한시미학산책」에서 재인용 뿔이 있으면 이빨이 없고, 이름난 꽃은 열매가 없다. 이게 천지를 지배하는 이치다. 마음에 욕심이 있으면 자족할 수가 없다. 자족하지 않는 사람은 어떤 경우에도 행복감을 느끼지 못한다. 우리가 가진 것에 자족해야만 하는 이유도 여기에 있다. 가난한 마음은 작은 것에도 만족할 수 있는 자족의 정신에 바탕을 둔다.

겨울이 가고 호숫가에 서있는 버드나무의 연초록빛이 날마다 짙어지는 걸 바라보는 게 즐겁다. 산벚나무와 앵두나무에서 꽃이 피고, 바람에 날린 하얀 꽃잎이 연못 위로 내려앉는다. 연못에는 벌써

수련의 새잎이 올라오고, 부들은 파랗게 줄기를 세웠다. 별무리가 흩어진 밤하늘 아래에서 소쩍새가 울고 개구리 떼가 극성스럽게 울어댄다. 저 개구리 울음소리를 들으니 며칠 뒤에는 잘린 자라의 목에서 흘러내린 피보다 더 붉은 모란꽃과 작약꽃이 곧 피어날 것을 알겠다. 오월의 신록이 짙어질 때 산길은 걷기에 맞춤하고 된장에 풋고추만 있어도 밥맛은 달다. 밤에는 개구리 떼의 우레 같은 울음소리 속에서도 숙면을 이룰 수가 있으니, 오월은 두루 행복하지 아니한가! 도시에서 시골로 돌아와 산 지 벌써 십 년 세월이 흘렀다. 어느덧 나는 '자연의 사람'이 되었다. 이 말은 제도와 편견으로 일그러져 부자연스럽고 이상한 '여론의 인간', 혹은 '인간의 인간'에서 제정신을 찾아 바로 돌아왔다는 뜻이다. 루소는 "순수한 자연 상태란 지상에서 대다수의 인간이 가장 덜 사악하고, 가장 행복한 상태를 말한다"^{츠베탕 토도로프, 「덧없는 행복」}고 쓴다. 자연 상태에서 인간은 의롭고 선하다는 뜻이다. 나는 하나의 존재로서 그 자연 상태에 도달한다.

불행해지는 것은 쉽다. 그러나 행복해지기는 어렵다. 사람들은 불행에 빠지지 않는 방법은 배우지 않고도 잘 알지만, 정작 행복해지는 방법은 알지 못한다. 불행한 사람은 불행만 생각하지만, 행복한 사람은 행복만을 생각하지 않는다. 불행 때문에 불행한 사람이 된 게 아니라 불행하다는 생각에 젖어 살기 때문에 불행해진다. 행복한 사람도 마찬가지다. 그들은 행복한 조건 때문에 행복한 게 아니다. 그들은 행복하다고 생각하기 때문에 행복해진다. 불행은 그것을 불행이라고 꼭꼭 씹으며 향유하는 사람의 몫이듯 행복은 그것을 행복으로 향유할 수 있는 사람의 몫이다. 남들이 그게 행복이라고 아무리 외쳐도 행복을 향유하는 능력이 없는 사람은 행복할 수가 없다.

행복이란 실재가 아니라 마음을 물들이는 기이함이다. 그런 까닭에 행복은 그것을 감지하고 누리는 마음이 있어야 한다. 행복은 물질이나 조건이 아니라 그것을 마음의 지복으로 받아들이고 누리는 주체의 역량이다. 사과 하나를 쥐고도 자족하고 기뻐한다면 양손에 사과를 쥐고도 더 많은 사과를 가질 수 없어 불행하다고 생각하는 사람보다 분명 행복하다. 행복은 행복에 대해서 말하는 것이다. "우리는 행복을 체험하는 것만으로 만족할 수 없다. 행복은 뭔가를 말해주어야 하고, 뭔가를 가져다주어야 한다."베르트랑 베르줄리, 『내가 행복해야만 하는 이유』 행복은 찰나에 현현하지만, 찰나를 넘어서는 즐거움의 지속이고, 앞으로도 즐거울 것이란 약속이 있는 한에서 가능하다. 행복은 "살아 있는 것 속에서 살아 있다고 느끼는 것. 행복의 순간. 차라리 지복至福의 순간"베르트랑 베르줄리, 앞의 책이다. 살아 있는 모든 사람은 그 살아 있음이 곧 행복의 순간이란 걸 깨달아야 한다. 살아 숨쉬는 순간은 행복의 순간이요, 지복의 순간이다. 행복한 사람은 불행의 조건에 처할 때조차 그 불행의 감염에서 벗어날 수가 있다.

모든 행복은 "덧없다"고 말할 수밖에 없다. 그것이 덧없는 것은 사람이 나약한 존재기 때문이다. 행복하려면 반드시 타인을 필요로 한다는 것을 통찰한 이가 바로 장자크 루소다. 츠베탕 토도로프는 행복이 타인을 필요로 하고 바로 그렇기 때문에 우연적일 수밖에 없다는 루소의 말에 이어서 이렇게 쓴다. "안타깝게도 우리는 행복하기 위해서 타인을 필요로 하고, 이 타고난 불완전함이 우리의 정체성 자체를 규정한다." _{츠베탕 토도로프, 앞의 책} 잡았다고 생각한 순간, 행복은 신기루와 같이 저 멀리 달아난다. 행복을 전달하는 타인이란 언제나 변화에 취약하고(그는 나이를 먹고 늙거나 어디론가 떠난다. 마침내 죽는다), 그에 따라 사랑은 곧 소멸한다. 행복이란 화사하게 피었다가 곧 지는 벚꽃 같이 무한성의 욕구 앞에서 유한성에 귀속되는 그 무엇이다. 행복은 깨지고 쉽고 덧없다 하더라도 그것을 추구하는 일은 숭고하다. 우리 모두는 살아 있는 동안 행복해질 권리가 있다.

사자 :
'아니오'라는
부정 정신

인간은 지구상의 특별한 존재인가? 인간은 자신을 동물과 견줘 월등하게 뛰어난 만물의 영장이라고 굳게 믿으며 거들먹거린다. 이런 오만한 믿음의 바탕에는 오직 인간만이 제 운명을 제어할 수 있다는 생각이 깃들어 있다. 과연 이것들은 객관적 사실일까? 한 자연과학자의 생각은 다르다. 그는 인류가 원시사회의 미개함에서 벗어나 문명세계를 이룬 것은 운이 좋았기 때문이라고 말한다. "사실 인류 역사는 우리가 조절할 수 없는 지구의 기후변화에 강하게 영향을 받아왔다. 홀로세 기후 최적기 같은 운 좋은 기후사건이 없었다면, 인류는 결코 선사시대의 수렵-채집 사회를 벗어나 찬란한 문명을 이룩하지 못했을 것이다. 우리는 인류의 문화가 인간 지성의 필연적 결과라고 생각하는 오만을 저지르고 있지만, 지구의 역사를 보면 이 역시 좋은 조건을 만난 덕에 일어난 우연한 사건이었다." ^{도널드 R. 프로세로, 「공룡 이후」} 그렇다. 인류가 살아남아 위대한 문명을 일군 것은 운이 좋았기 때문이다. 더 직접적으로 말하자면, 홀로세라고 하는 짧은 온난기의 좋은 기후조건이 이어진 행운 탓이다. 1550년에서 1850년까지 지구에 휩쓴 소빙하기를 보면 이 사실은 명확해진다. 이 시기에 유럽은 흉작과 대기근을 겪었고, 많은 사람들이 굶어 죽었다. 핀란드에서는 1693년에 대기근을 겪으며 인구의 3분의 1이 죽었다. 1654년에서 1776년까지 중국은 극심한 겨울 추위로 인한 홍수와 가뭄으로 수백만 명이 죽고, 1845년 소빙하기 말의 온난화 때문에 아일랜드에서는 감자 잎마름병 곰팡이가 창궐하면서 주요 식량자원이던 감자 수확이 흉작으로 이어지자 100만 명이 넘은 사람들이 굶어죽었다. 인간이나 동물의 생존이 기후조건의 변화에 직접적인 영향을 받는다는 점에서 다르지 않다. 하지만 사람은 생태적으로 동물이면서 동시에 동물이기를 거부한다. 인간의 정체성은 동물성의 특성들을 통해서 번뜩이며 나타나며, 동시에 인간의 숭고한 측면들은 늘 동물성의 저 너머에 있다. "동물성은 우선 어떤 제한된 상태를 나타내는데, 인간의 사고는 그와 반대로 형성된다."_{도미니크 르스텔, 「동물성」} 이 가설에 따른다면, 사람은 동물성 이상의 존재다. 동물성은 어떤 한계에 갇힌 상태를 보여준다. 반면에 인간은 상상력과 형이상학을 통해 그 한계를 넘어선다. "사람에게 위대한 것이 있다면 그것은 그가 목적이 아니라 하나의 교량이라는 것이다. 사람에게 사랑받아 마땅한 것이 있다면, 그것은 그가 하나의 과정이요 몰락이라는 것이다."_{니체, 「차라투스트라의 머리말」} 사람이 심오하고 위대한 것은 사람에게는 동물이 갖고 있지 않은 지성, 내면도덕, 자기성찰이라는 능력이 있기 때문이다. 신과 동물 사이에 밧줄이 있다. 신과 동물을 잇는 밧줄이 바로 사람이다.

니체는 정신의 3단계 변용에 대해서 얘기하며, 낙타 다음으로 사자를 언급한다. 사자는 존재의 층위에서 낙타보다 더 상위에 있는 동물이다. 사자가 낙타보다 더 높은 존재론적 지위를 얻은 것은 거대한 용과 맞서는 용기와 감히 '아니오'라고 말할 수 있는 부정 정신 때문이다. "그러나 외롭기 짝이 없는 저 사막에서 두번째 변화가 일어난다. 여기에서 낙타는 사자로 변하는 것이다. 사자가 된 낙타는 이제 자유를 쟁취하여 그 자신이 사막의 주인이 되고자 한다. 사자는 여기에서 그가 섬겨온 마지막 주인을 찾아 나선다. 그는 그 주인에게 그리고 그가 믿어온 마지막 신에게 대적하려 하며, 승리를 쟁취하기 위해 그 거대한 용과 일전을 벌이려 한다. 정신이 더이상 주인 또는 신이라고 부르기를 마다하는 그 거대한 용의 정체는 무엇인가? '너는 마땅히 해야 한다.' 그것이 그 거대한 용의 이름이다. 그러나 사자의 정신은 이에 맞서 '나는 하고자 한다'고 말한다."^{니체, 「세 단계의 변화에 대하여」} 낙타에서 사자로 변신하기! 그것은 우리에게 부당한 짐을 지라고 명령하는 "거대한 용"에게 '아니오'라고 말하는 것이다. '아니오'라고 말하기 위해서는 용기가 필요하다. 왜냐하면 "거대한 용"과 일전을 벌여야 하기 때문이다. 감히 '아니오'라고 말할 줄 아는 용기, 굴종하는 노예가 아니라 스스로 제 삶의 주인이 되는 용기가 바로 사자의 정신이다.

낙타가 타자의 강령들에 대해 '예'라고 했다면 사자는 '아니오'라고 한다. 사자가 '아니오'라고 말하는 것은 타자의 요구나 필요에 앞서 자기의 욕망을 드러내기 위함이다. 그런 점에서 사자는 강한 짐승이다. 사자는 거대한 용에서 발화되는 "너는 해야만 한다"는 도덕과 의무의 강령들, 그 사슬들을 끊고 자유를 얻고자 갈망한다. 사자는 "너는 해야만 한다"고 명령하는 거대한 용에 맞서 "나를 내버려두라. 나는 그 누구의 명령도 듣지 않고 오직 자신의 욕망을 따르고자 한다"고 말한다. 그러나 용이 어떤 자인가? 세계를 지배하는 법이고 도덕, 유일하게 용납되는 가치 척도이다. 거대한 용의 명령은 완강하다. "모든 가치는 창조되었고, 이 창조된 일체의 가치, 그것이 바로 나다. 따라서 '나는 하고자 한다' 따위의 말은 용납될 수 없다." 우리가 노예의 도덕에서 벗어나 자유롭게 살고자 한다면 사자가 되어야 한다.

사자-되기와 늑대-되기는 하나로 겹쳐진다. 개들은 사육되지만 늑대들은 숲속에서 방목된다. 개들은 주인이 주는 먹이를 받아먹지만 늑대들은 스스로 사냥해서 먹이를 구한다. 늑대들은 개들과는 다른 계통에서 오며(즉 길들여지기를 거부하고), 가족 제도나 국가 장치에 포획되기를 거부한다. 늑대들은 그런 거부의 연쇄를 통해 늘 새로운 생성의 존재로 나아간다. "개들에게 미움받는 늑대처럼 민중에게 미움받는 자, 그런 자야말로 자유로운 정신이며 속박을 거부하는 자, 그 누구도 경배하지 않는 자, 숲속에 사는 자다"니체, 『이름 높은 현자들에 대하여』 늑대-되기란 무엇인가? 들뢰즈·가타리는 이렇게 설명한다. "높은 강렬함으로서의 턱, 낮은 강렬함으로서의 이빨, 영에 가까워짐을 나타내는 짓무른 잇몸. 이런 영역에서 하나의 다양체를 순간적으로 파악한 결과로서의 늑대란 표상물이나 대체물이 아니다. 또 나는 프로이트가 들은 유일한 외침, 고뇌의 외침을 느낀다. 도와줘, 난 늑대가 되기 싫어(또는 반대로 도와줘, 난 늑대가 되다 말긴 싫어)라는 외침을. 이것은 표상이 아니다. 이것은 자기가 늑대라고 믿는 것, 자기를 늑대로 표상하는 것이 아니다. 늑대, 늑대들, 그것은 강렬함이요 속도이며 온도이고 분해될 수는 없으나 끊임없이 변하는 거리이다. 그것은 득실거림이요 북적거림이다."들뢰즈·가타리, 「천 개의 고원」 늑대들은 개들이 갇힌 지층을 끊고 달아남으로써 비로소 늑대로 생성된다. 개는 집에 속하고, 늑대는 숲에 속한다. 개는 문명의 소산이고, 늑대는 피와 살육이라는 야만 속에서 증식하는 자연이다. 늑대들은 개들에게 결핍된 것을 욕망함으로써, 즉 속박을 거부하고 자유를 갈망함으로써, 차라리 마침내 늑대-되기에 이른다. 그게 강렬함이고 속도이고 온도다. 늑대는 개와 다른 거리를 가짐으로써, 개와 다른 강렬함으로써, 개와 다른 속도를 가짐으로써 탈영토화에 성공한다. "도주선 또는 탈영토화의 선, 늑대-되기, 탈영토화된 강렬함들의 비인간-되기, 이것이 바로 다양체다."들뢰즈·가타리, 앞의 책 사자는 낙타에서 탈영토화된 강렬함의 다른 이름이다. 사자-되기. 그러나 사자는 백수百獸의 왕으로 군림하지만 아직은 뭔가 부족하다.

사자는 다른 무엇으로 도약하는 존재다. "알려진 모든 가치의 파괴자, 성스러운 아니오를 가진 사자는 최후의 변신을 준비한다."질 들뢰즈, 「니체와 철학」 사자는 최후 변신이 이루어지기 직전의 모습이다. 사자는 그 힘과 성질의 측면에서 '아니오'라고 개종하고, 끊임없이 전환하는 존재이다. 이때 '아니오'는 부정의 양태를 취하고 있지만 그 내면은 창조와 긍정의 힘으로 채워진다. 우리는 차라투스트라에게서 얼핏 사자의 모습을 본다. 차라투스트라는 부정의 정신이고, 그 부정의 정신을 통하여 긍정에 도달한 존재이기 때문이다. 질 들뢰즈는 이렇게 쓴다. "그는 영원회귀의 원인이지만 그것의 결과를 낳는 것을 지체시키는 원인이다. 그는 자신의 소식을 전달하길 주저하고 부정의 현기증과 유혹을 알고 있으며, 그의 짐승들에 의해서 고무되어야만 하는 선지자이다. 초인의 아버지이지만, 그 생산물을 위해 성숙하기 이전에 생산물이 성숙하는 아버지이고, 최후의 변신이 부족한 사자이다."^{질 들뢰즈, 앞의 책}

사자는 최후의 변신을 시도한다. 이미 그 조짐은 나타났다. 무수히 많은 새 떼가 날아와 날개를 푸드덕거렸다. 차라투스트라는 자기에게 날아드는 상냥한 새들을 손으로 막다가 그만 어떤 무성하고 따뜻한 머리 갈기 속으로 제 손을 집어넣었다. 그 순간 짐승이 울부짖었고, 그 부드럽고 긴 포효가 멀리 공중으로 퍼져나갔다. 사자는 차라투스트라가 옛 주인이라도 되는 양 제 몸을 부비며 어쩔 줄 몰라 했다. 차라투스트라는 제 곁에 몰려드는 이 모든 짐승들을 향해, "아, 내 아이들이 가까이 와 있구나. 내 아이들이"^{니체, 「조짐」}라고 말했다. 차라투스트라의 마음은 풀렸고, 눈에서 연신 눈물이 흘러나와 손등에 떨어졌다. "그러는 동안 그 힘센 사자는 차라투스트라의 손등에 떨어진 눈물을 연신 핥고 포효해대고는 수줍은 듯 나지막하게 으르렁거렸다."^{니체, 앞의 책} 차라투스트라는 자신의 때가 다가왔다는 사실을 알아차렸다. 그것은 바로 차라투스트라가 기다렸던 정오의 시각이다. 그래서 이렇게 외친다. "사자는 이미 여기 와 있으며 내 아이들도 가까이에 와 있다. 차라투스트라는 성숙해졌다. 나의 때가 온 것이다. 나의 아침이다. 나의 낮의 시작이다. 솟아올라라, 솟아올라라, 너, 위대한 정오여!"니체, 앞의책 정오가 가까워진다. 해가 머리 위에 뜨고, 그림자가 가장 짧아지는 시각! 그는 이제 어린아이가 되고자 한다. 사자에서 어린아이로 넘어가는 사이에는 높은 문턱이 있다. 그 문턱을 넘게 하는 동력은 "웃음, 춤, 놀이"다.

삶을 창조의 놀이가 되게 하는 것, 그것이 긍정의 힘이다. 사자는 짐을 지라고 명령하는 것들을 향해 '아니오'라고 대답한다. 사자는 부정 정신을 밀고나간 끝에서 긍정의 힘을 찾아낸다. 그래서 사자는 낙타의 무거운 삶과 다른 변별적 삶을 산다. 긍정의 힘 속에서 가벼운 삶의 양태를 발견한 것이다. "긍정하는 것은 존재하는 것의 짐을 떠맡는 것도 책임을 지는 것도 아니고, 살아 있는 것을 해방시키고, 짐을 덜어주는 것이다. 긍정하는 것은 가볍게 만드는 것이다."질 들뢰즈, 앞의책 사자는 아니오라는 부정 정신 속에서 긍정의 가치와 긍정의 힘을 찾아내고, 제 삶을 무거움에서 해방시켰지만, 아직은 완성이 아니다. "새로운 가치의 창조, 사자라도 아직은 그것을 해내지 못한다. 그러나 새로운 창조를 위한 자유의 쟁취, 적어도 그것을 사자의 힘은 해낸다."니체, 「세 단계의 변화에 대하여」 사자는 한 번 더 도약해야 한다. 새로운 가치들의 창조를 위해서!

사자보다 더 긍정하고, 사자보다 더 창조적인 긍정 정신에 도달하는 것은 어린아이다. 어린아이는 그것을 어떻게 해낼 수 있었던가? 니체는 이렇게 적는다. "그러나 말해보라, 형제들이여. 사자조차 할 수 없는 일을 어떻게 어린아이는 해낼 수 있는가? 왜 강탈을 일삼는 사자는 이제 어린아이가 되어야 하는가? 어린아이는 순진무구요 망각이며, 새로운 시작, 놀이, 스스로의 힘에 의해 돌아가는 바퀴이며 최초의 운동이자 거룩한 긍정이다. 그렇다. 형제들이여, 창조의 놀이를 위해서는 거룩한 긍정이 필요하다. 정신은 이제 자기 자신의 의지를 원하며, 세계를 상실한 자는 자신의 세계를 획득하게 된다." ^{니체, 앞의 책} 어린아이는 순수 무구요 망각이고, 새로운 시작, 놀이, 스스로 돌아가는 바퀴, 최초의 운동, 거룩한 긍정이다. 어린아이가 순진무구하다는 사실은 잘 알려져 있지만, 그들이 어떻게 망각과 연결되는지는 모호하다. 망각은 상당히 중요한 철학의 주제이기도 하다. 자크 데리다는 망각에 대하여 이렇게 적고 있다. "망각이 무엇인지 아는 체하지 말자. 그러나 망각의 의미를 묻는 것이 문제가 되는가? 또 망각의 문제를 존재의 문제로 귀착시키는 것이 문제인가? 한 존재자의 망각(예를 들면 우산의 망각)이 존재의 망각과 약분되지는 않는 것일까? 기껏 해봐야 존재의 나쁜 이미지일까?" ^{자크 데리다, 『에쁘롱 — 니체의 문체들』} 데리다는 망각의 정체를 그 '은폐성'에서 찾는다. 망각은 거기 마땅히 있어야 할 내용이 어디론가 도망가서 감쪽같이 숨는 것이다. 더 단순하게는 "결함 · 결여 · 불확실성 · 의혹의 외관" ^{자크 데리다, 앞의 책} 을 취하기도 한다. 망각은 은폐되고 삭제됨으로써 존재의 완전성을 공격해 흠집을 내는 것으로 이해할 수도 있다. 그러나 따져보면 망각은 "손재와 동체"이고 "그 존재 본질의 운명으로서 정수의 운명으로 지배"^{자크 데리다, 앞의 책}하는 것이기도 하다.

역설적으로 망각은 잊어버림으로써 그 주체를 더 잘 살게 하고 구원에 이르게 하기도 한다. 망각은 돌이키기 싫은 과거에서의 자유로움이고, 존재를 옥죄는 강박증으로 뒤엉긴 기억에서의 느슨해짐이다. 아울러 망각은 현재적 순간에 기동하는 과거이고, 망각의 재료는 늘 과거의 경험과 기억들이다. 어른들은 그 과거의 기억들에 사로잡히고 그것에 의해 규정된 삶에서 자유롭지 않다. 그러나 어린아이들은 망각해야 할 과거가 없다. 따라서 기억에 대한 의무도 지지 않는다. 어린아이는 과거의 기억에 의해 규정되지 않는 존재란 뜻이다. 그래서 어린아이들은 과거와 미래 사이를, 그리고 자기 자신과 타인을 경계 없이 자유롭게 넘나든다. 그들은 항상 거룩한 긍정 속에서 놀이를 창조해내며, 그 놀이를 기쁨 속에서 새롭게 시작하기를 반복한다.

학벌주의에 병든 사회

원숭이 : 식물과 유령의 혼혈아

학벌주의에 병든 사회

1989년 사립대 등록금 완전자율화 조치가 취해지면서 대학이 등록금을 마음대로 올릴 수 있는 길이 열린다. 노태우 정부가 들어서면서 대학 등록금은 두 자릿수로 뛰었다. 김대중 정부 말기인 2002년엔 사립대에 이어 국·공립대도 등록금 자율화 대상이 되자, 국·공립대의 등록금도 가파르게 오른다. 등록금 대출을 받은 뒤 이를 갚지 못한 연체자가 7만 명이 넘고, 이로 인한 신용불량자도 2만 5천명에 이르자 비싼 대학 등록금이 사회적 문제로 떠오른다. 미국에 이어 두 번째로 높다는 대학 등록금이 가계의 소비지출에서 차지하는 비중이 크게 늘면서 가계의 부담이 커진 것도 사실이다. 2007년 대선 정국에서 한나라당이 대학의 반값 등록금을 대선 공약으로 내세웠지만, 2010년 12월 8일에 집권 여당인 한나라당이 단독으로 통과시킨 2011년 예산안에서 대학의 장학금과 등록금 부분을 크게 깎으며 반값 등록금 대선 공약은 공약(空約)으로 사라진다. 2012년 대선 정국에서도 반값 등록금이 중요한 정치적 이슈로 떠올랐다. 많은 대학생들이 등록금 마련에 허덕이며 학업은 뒷전이고 아르바이트에 내몰리는 것도 사실이다. 한 대학생이 등록금을 마련하려고 아르바이트를 하다가 질식사했다는 안타까운 보도도 있었다. 더러는 금융기관에서 학자금을 빌려 쓰고 이를 나중에 갚는데, 그러다보니 졸업을 하고 사회에 첫발을 내딛는 순간에 이미 채무자 신분으로 전락한다. '비싼' 등록금의 핵심적 진실은 대학에서 공급하는 교육 서비스의 질이 등록금에 견줘 못 미친다는 얘기다. 대학 문을 나서자마자 '대졸 실업'과 '88만원 세대'로 내몰리고, 결국은 인간적 존엄을 잃은 채 '쓰레기가 되는 삶'으로 추락한다.

대학 졸업장을 얻는 데 들인 비용보다 취업 같은 현실적 효용 가치가 떨어졌기 때문에 등록금이 비싸다는 볼멘소리가 터져 나온다. 비용에 견줘 상품의 질이나 가치가 떨어지면 소비자가 구매를 하지 않으면 그만이다. 그러나 대학 졸업장은 학연·학벌이 생산되는 기반이고, 학벌사회에 편입하는 데 필요한 최소 조건이다. 학벌사회에서 이탈한다는 것은 결국 사회의 주류 계급에서 밀려나 비주류 계급으로 살아야 한다는 뜻이다. 대학 졸업장이 학벌사회를 살아가는 데 필요한 최소한의 상징자본이라는 점, 그리고 학벌에 따른 구별 짓기와 계급적 차별이 남아 있는 이상 대학 졸업장에 대한 사회적 수요는 사라지지 않는다. 사회적 차별과 불평등의 기제인 학벌사회가 엄연한데 학벌에 대한 환상이나 대학 졸업장에 대한 수요가 없어질 리는 없다. 대중 매체는 말할 것도 없거니와 사회 전체가 과잉 학력을 부추긴다. 과잉 학력은 개인으로 보나 국가로 보나 낭비인데도 말이다.

'반값 등록금'의 본질은 무엇인가? 등록금이 비싸져서 가계 부담이 커졌다는 건 문제의 표피에 지나지 않는다. 그 핵심적 본질은 다른 데 있다. 비싸니까 반으로 줄여야 한다는 게 소비자의 입장이고, 제대로 받아야 한다는 게 공급자의 입장이다. 둘의 입장은 상충한다. 반값 등록금을 실현하려면 정부가 국립대학을 포함해서 사립대학의 손실 부분까지 보상해줘야 하는데, 그러자면 세금을 써야만 한다. 고등교육이 사회적 공공재가 아닐뿐더러 신분 징표로서의 대학 졸업장 취득에 따른 모든 이익 역시 개인에게 귀속되니, 세금이 공공성과 무관한 대학생의 사익과 사학 재단의 영리를 위해 퍼부어져야 한다는 것은 수익자 부담 원칙에도 벗어난다. 그 세금은 대졸자뿐만 아니라 고졸이나 중졸이 최종 학력인 납세자에게서도 나올 것이다. 열등한 학력 때문에 차별과 구별짓기를 당하는 계층이 '반값 등록금'을 부담한다는 게 이치에 닿는 일인가? 가난한 자가 제 티끌 같은 재산을 모아 부자를 돕고, 피해자가 가해자를 위로하며 돕는 격이다. 단지 납세자라는 이유로 자신과 아무 연관이 없는 '반값 등록금'을 위해 재정적 부담을 지우는 이런 해법에 흔쾌하게 동의할 사람은 없을 것이다. 대학 교육의 인프라와 교육서비스의 질적인 향상에 연동하지 않고, 다만 대학 등록금만 반값으로 내리겠다는 정치권의 약속은 유권자의 표를 의식한 전형적인 대중 영합적인 발상에 지나지 않는다. '반값 등록금' 투쟁은 공공성이 부재할 뿐만 아니라 병든 몸통은 그대로 두고 꼬리만 바꾸자는 것이다. 학벌주의야말로 병든 몸통이다. 그러므로 '반값 등록금' 투쟁보다 앞서야 할 것이 학벌주의 타파 운동이다.

'학벌'이란 무엇이고, 그것이 왜 사회적 문제가 되는가? 어느 특정한 계층에 권력과 돈이 집중하는 현상에서 '학벌주의'의 폐단이 파생한다. 학벌은 사회구성원들 사이의 '차이'를 낳는다. 아울러 이 '차이'는 "생활조건의 주요한 집합을 갈라"^{피에르 부르디외, 『구별짓기』}놓는다. 계층의 서열화가 생겨나는 것이다. 그 중심에 '서울대학교'가 있다. 김상봉은 "서울대는 한국의 지배계급이다"^{김상봉, 『학벌사회』}라고 규정한다. 학벌사회의 시발점은 국립대학교의 특권적 지위를 갖고 있는 '서울대학교'다. 학벌사회가 일으키는 모든 폐단도 그 책임이 패권적 지위를 갖고 온갖 특혜를 누리는 '서울대학교'로 귀속된다. 한국 사회에서의 권력과 재화의 분배에서 '서울대학교' 출신들은 최상위 수혜집단이다. 우리 사회에서 어느 대학교 출신이냐에 따른 연고성은 횡적·종적 유대관계를 만드는 기초적 인자다. 김상봉은 학벌주의가 만드는 문제를 이렇게 명료하게 짚는다. "한국 사회에서 학벌은 사회적 차별과 불평등의 기제이다. 여기서 사회적 불평등의 기제란 사람들 사이의 차이를 차별로 고착시키는 구분원리, 즉 차별과 불평등의 규정근거^{Bestimmungsgrund}를 뜻한다."^{김상봉, 앞의 책} 학벌이 계급적 차이를 만든다는 것은 누구도 부정할 수 없는 진실이다. 학벌의 서열화 정점에 서울대가 있고, 그 아래에 연세대·고려대가 있다. 정진상은 이 대학서열체제에 두 차원이 있다고 말한다. "하나는 서울대를 정점으로 형성되어 있는 '대학 간판' 서열이고, 다른 하나는 전문적 일자리가 보장되는 학문, 예컨대 자연 계열의 의대, 한의대, 약대 등과 인문사회 계열의 법대, 경영대, 사법대를 상위에 두는 학문 서열이다."^{정진상, 「국립대 통합네트워크 — 입시 지옥과 학벌사회를 넘어」} 학벌사회를 떠받치는 것은 강고한 대학서열체제다. 서울대는 대학서열의 피라미드에서 최상위를 차지한다. 그에 걸맞게 서울대 출신들은 정치, 경제, 언론, 학문 등의 분야에서 독점적 지배권력을 누린다. 서울대 학벌은 죽을 때까지 따라다니는 사회적 신분의 징표다. 어느 분야에 있든 학벌주의라는 연줄을 타고 쉽게 기득권을 손에 거머쥔다. 시인 박노해는 이렇게 시에 적는다. "서울대 연·고대 출신끼리는 보수 진보 가릴 것 없이 인맥을 타고/'우리가 남이가' 끌어주고 키워준다면서요."^{박노해, 「숨은 제도」} 학벌의 연고에 따라 끌어주고 밀어주기는 어느 조직에나 있는 관행이다. 학벌에 따라 공공연하게 '숨은 구별 짓기'가 이루어지는 것이다. 그 아래 연세대나 고려대와 같은 차상위 집단의 대학 출신자들 역시 권력과 재산을 취득하는 경쟁에서 유리한 위치에 선다는 것은 공공연한 사실이다. 학벌에 따라 권력·돈·명예가 따라오고, 사회적 차별과 불평등 구조가 고착화된다.

이미 과거사가 되었지만, 노무현의 실패는 '학벌'의 빈곤함, 더 넓게는 '아비투스'의 부재에 있었다. 아비투스를 사회구조와 개인의 실천 행위 사이의 인식론적 단절을 넘어서는 매개적 메커니즘으로 이해하고 개념화한 것은 피에르 부르디외다. 부르디외는 『구별짓기』에서 행동과 인지, 감지와 판단의 성향체계로서 개인의 역사 속에서 내면화되고 육화된 메커니즘을 아비투스라고 설명한다. "학벌을 통한 지배 헤게모니는 대중 매체를 통해 전파되어 계층별로 일종의 '아비투스'를 성립한다."김동훈, 「한국의 학벌, 또 하나의 카스트인가」 노무현은 명문으로 꼽히는 부산상고 출신이지만 대학 졸업장이 없었다. 사법고시를 거쳐 변호사로, 인권운동가로, 국회의원으로, 장관과 대통령으로 입신양명하지만, 그에게 따라붙는 '상고 출신'이라는 꼬리표는 떼지 못했다. '고졸' 출신은 아무리 발버둥치고 애를 써도 우리 사회의 지배계급을 형성하는 서울대나 연·고대 출신들이 갖는 학력자본, 문화자본, 사회자본에서 배제될 수밖에 없는 근본적 한계에 놓인다. 노무현에겐 학벌에 따른 인맥이나 아비투스가 없었고, 그에 따라 권력의 핵심에 있으면서도 권력에서 배제되는 기이한 현상과 마주쳤던 것이다.

내 주변에서 노무현을 대놓고 비난하던 사람들은 흔히 그 비난의 근거로 그의 '교양 없음'을 들었다. 이때 '교양'이라는 것은 지식도 아니고 문화와 예술에 대한 이해력도 아니다. 우리 사회의 지배권력 집단을 이루는 사람들의 인식이나 화법과 노무현의 그것이 크게 다르다는 뜻이다. 노무현은 확실히 달랐다. 그의 화법은 일체의 가식이나 '잘난 척'함 없이 솔직하고 대담했다. 그는 고등교육을 받은 자들의 징표인 교언영색, 즉 언어의 상징조작이 없었다. 그의 드물게 솔직함은 마치 '교양'이 없는 듯 보이게 했다. 사람들은 그 다름을 싫어했다. 그는 학벌사회의 부조리함, 즉 '구별짓기'에 의해 '왕따'를 당하고 내쳐진 것이다. 고졸자가 대졸자에 비해 차별을 받고, 같은 대졸자도 지방대나 비명문대 출신이 명문대 출신에 비해 차별을 받는다면, 이런 사회는 '학벌사회'다. 김동훈은 "학벌이라는 집단적 편견"이 사회의 전 부면에 스며들어 "문화적·심리적 갈등"을 빚어내 "갈등사회"를 낳는다고 말한다. 학벌사회의 본질은 변형된 신분사회라는 것이다. "우리 사회를 학벌사회라고 명명할 때, 사회학적 측면에서 그것은 변형된 신분제적 가치와 원리가 지배하는 사회를 말한다. 정치학적인 측면에서는 사회적 권력의 배분이 학벌이라는 네트워크에 의해 이루어지는 파당적 요소로 분배되는 붕당朋黨적 사회를 뜻한다. 경제학적인 측면에서는 한 사회가 생산해내는 부와 권력을 소수 학벌집단이 지대추구rent-seeking 행위를 통해 독점적으로 차지하는 독과점사회를 말하며, 문화적 측면에서는 학벌이라는 집단적 편견이 개인의 인간관계 형성이나 결혼, 취업 등 일상의 모든 영역에 파고들어 문화적·심리적 갈등을 빚어내는 갈등사회를 의미한다." 김동훈, 앞의 책 김동훈은 우리 사회가 학벌이 신분을 결정하는 사회라고 판단한다. 그 특정 집단에 돈과 권력이 집중하면서 독과점사회가 만들어진다. 서울대 망국론이 나오는 까닭이다. 끼리끼리 뭉쳐서 좋은 것들을 독점하는 학벌사회가 낳은 폐단들이 일상의 영역으로 스미고 파고들면서 인간관계, 결혼이나 취업 등에 불공정한 경쟁을 일삼으며 계층 간의 문화적·심리적 갈등을 파생시킨다는 것이다.

노무현이 대통령 자리에 있을 때 유독 많은 갈등이 빚어진 것처럼 보였던 것도 그 때문이다. 그 갈등의 근원지는 노무현이 아니라 그의 대통령직 수행에 번번이 발목을 잡은 정치권력과 언론권력이다. 그 뒤에는 학벌이라는 뒷배를 믿고 단맛을 누렸던 기득권 계층, 지식인 엘리트, 정치인들이 있다. 부와 권력을 쥔 그들이 학벌을 섬기는 것은 그것이 불공정 게임의 특혜를 누리는 조건이기 때문이다. 학벌은 부르디외의 용어를 빌려 말하자면 '상징자본'이다. 평생 써먹어도 닳지 않는 상징재화다. 학벌이 공공연하게 상징재화로 통용되는 사회에서는 필연적으로 갈등을 부른다. "학벌이 지배하는 사회에서는 소수의 학벌취득자들이 사회적 권력과 재화, 명예를 독점하게 됨으로써 필연적으로 사회적 갈등이 증폭된다. 또한 구성원들의 능력계발과 참여가 이루어지지 못함으로써 사회 발전의 총체적 에너지가 저하되고 무기력과 불만이 쌓이게 된다. 뿐만 아니라 학벌이라는 증서 취득에 사회적 에너지가 집중됨으로써 소모적인 경쟁이 끊이지 않는 악순환이 계속된다."김동훈, 앞의 책 결국 학벌이 편견과 차별의 근거로 작동하고, 당파적 이익을 담보하고 부의 독과점을 지속시키는 기제가 되는 한 학벌주의에서 파생된 소모적 악순환은 끊이지 않을 것이다.

왜 학벌사회가 문제가 되는가? 한마디로 학벌이 그것을 얻는 데 들인 비용보다 훨씬 더 많은 것을 가져가기 때문이다. 학벌에 따르는 특혜는 사회적 공정성의 원리를 현저하게 위반한다. 학벌이 공공적 원칙과 경쟁원리에 우선한다는 점이 문제다. 학벌을 통해 얻은 부와 권력, 명예는 다음 세대에게 고스란히 세습된다. 학벌은 사회 계층의 이동을 막는 장벽이다. 아울러 학벌은 중요한 결혼 조건 중의 하나다. 좋은 학벌은 배우자 선택의 폭을 넓힌다. 반면에 학벌

없는 사람은 배우자 선택의 폭이 좁아지는 것은 물론이거니와 결혼 자체가 힘들다. "다른 많은 사회문제에서도 그렇지만 여기서도 역시 문제의 최초의 뿌리는 권력독점과 그에 따르는 사회적 차별과 불평 등이라는 사회적 불의에서 시작되고, 이로부터 사회적 의사소통과 의사결정의 왜곡이라는 불합리로 이어지며, 이 불합리로부터 비효율과 경쟁력의 저하라는 결과를 낳게 한다."김상봉, 『학벌사회』 학벌주의가 지속적으로 문제가 되는 것은 이것이 우리 사회에 작동하는 차별과 불평등의 근본적 요인이기 때문이다. 김동훈은 보통사람들이 학벌의 벽을 실감하는 것은 일상에서 겪는 문화적 편견과 차별이라고 말한다. 학벌주의는 개별자의 집단무의식까지 파고들어 지배한다. "개인이 사회적 존재가 되는 계기에 반드시 학벌이 끼어들며 학벌이 끼어든 그 순간에 개인은 사라지고 개인의 정체성은 학벌이라는 집단적 이미지에 매몰되어버린다."김동훈, 앞의 책 학벌주의의 핵심은 패거리 짓기다. 정치, 경제, 사회, 문화 등 분야에서 패거리를 지어서 좋은 자리를 독점하고 잇속을 챙기는 게 학벌주의다. 학벌은 개인과 개인 사이, 계층과 계층 사이의 깊은 골이다. 그 골을 타고 사회 갈등과 하위 계층의 누적된 불만이 흘러간다. 우리 사회 누구도 학벌주의라는 족쇄에서 자유롭지 않은 것은 학벌주의 사회에 살면서 그 관행에 자신도 모르게 젖어 있기 때문이다. 학벌주의의 폐단을 알면서도 우리는 그것을 조장하거나 방임하는 태도로 살아왔다는 것이다.

김동훈은 우리 사회가 학벌주의라는 족쇄에서 벗어나기 위한 실천적 방안으로 첫째, 학벌을 묻지도 않고 따지지도 않는 관행을 정착시킬 것, 둘째, 학벌주의를 조장하는 언론과의 싸움을 할 것, 셋째, 학벌을 차별하는 기업들을 고발할 것, 넷째, 명문대의 학벌조장 행위를 고발할 것, 다섯째, 고등학교의 반교육적 입시 제도를 고발할 것, 여섯째, 학벌주의의 피해자인 고등학교 학생들의 목소리를 끌어낼 것, 일곱째, 사교육 시장의 학벌 관념 조장행위에 제동을 걸 것 등을 제안한다. 우리 사회가 안고 있는 여러 병폐들의 뿌리를 파고 들어가면 이 학벌주의와 연결되어 있다. 학벌서열이 사회적 신분 서열로 이어지는 고리를 끊고, 학벌을 섬기고 우대하는 사회적 인식을 바꿔야 한다. 학벌주의로 인해 얻은 기득권은 부당거래를 통해 얻은 부당한 이익이다. 뇌물이 범죄라면 학벌주의도 범죄다. 인종차별이나 성차별이 범죄인 것과 마찬가지로 학벌차별이 범죄라는 사회적 합의가 나와야 한다. 그런 사회적 합의라는 토대 위에서 학벌차별을 금지하는 제도를 만들고, 학벌차별을 없애기 위한 의식개혁 운동이 있어야 한다. 학벌차별로 불이익을 당한 사람들은 그 사실을 사회에 알리고 자신들의 분노와 불만을 적극적으로 보여야 한다. 학벌차별이 없는 사회가 좋은 세상이다. '반값 등록금' 투쟁보다 학벌차별 운동이 우선해야 하는 까닭이 거기에 있다.

원숭이 :
식물과 유령의
혼혈아

어느 시대에나 부화뇌동하는 우중^愚
衆의 무리가 있기 마련이다. 조잡한 모방꾼들, 자기 생각 없이 이리
저리 휩쓸리는 자들. 우리는 그들에게서 원숭이의 모습을 볼 수 있
다. 원숭이는 차라투스트라의 흉내쟁이다. 그들은 거리에 나가 인간
이 얼마나 병들고, 얼마나 왜소해졌는가에 대해 떠들어댄다. 그것으
로 그치지 않는다. 원숭이는 인간 내면에 깃든 속물성을 들춰내며
그것을 날카롭게 꼬집고 신랄하게 비판한다. 하지만 원숭이는 차라
투스트라가 될 수는 없었다. 원숭이는 차라투스트라의 어투와 어법
을 그럴 듯하게 흉내내 인간들을 비판하면서 자신의 고귀함을 인정
받으려고 하는 허영꾼이고, 단순한 인간 경멸자일 따름이다. 저 유
명한 우화 '조삼모사^{朝三暮四}'의 장본인들이 원숭이인데, 그 원전은『열
자^{列子}』의「황제」편이다.

중국 송나라 때 저공이런 사람이 원숭이를 많이 기르고 있었다.

먹이가 부족하게 되자 저공은 원숭이들에게 "앞으로 너희들에게 주는 도토리를 아침에 세 개, 저녁에 네 개로 줄이겠다"고 말했는데, 원숭이들은 화를 내며 아침에 세 개를 먹고는 배가 고파 못 견딘다고 하였다. 저공이 "그렇다면 아침에 네 개를 주고 저녁에 세 개를 주겠다"고 하자 원숭이들이 환호했다는 일화가 있다.

원숭이를 기르는 사람이 말장난으로 원숭이들을 농락한다. 『장자』에도 이 '조삼모사'의 우화가 나오는데, 사기나 협잡술로 남을 농락하는 행위를 말할 때 주로 쓰는 것이다. 이 우화에서 저공의 협잡술보다는 거기에 쉽게 속아 넘어가는 원숭이들의 어리석음이 더 두드러져 보인다. 사변思辨 속에 숨은 기만을 꿰뚫어보지 못하고 속절없이 그것에 넘어가는 원숭이들은 우리 안에 있는 천민, 혹은 소인배와 닮아 있지 않은가!

원숭이는 사람과 가장 닮은 신체 구조를 가졌다. 얼굴이 작고 둥글며 다른 동물에 비해 상대적으로 작은 송곳니, 그리고 납작한 가슴, 긴 쇄골, 두 발로 걷고 뛰는 게 사람과 닮았다. 이 우스꽝스럽고 재주 많은 동물은 남을 모방하는 재주에만 몰입함으로 제 존재를 드러내는데, 그게 함정이다. 형이상학적 심미감이 부재하는 그 재주들은 본질에서 어릿광대짓이고 뜻없는 흉내내기에 지나지 않는다. 차라투스트라를 흉내내는 사람이 나타나자 군중은 그에게 '차라투스트라의 원숭이'라는 별명을 붙여주었다. "그때 바보 하나가 입에 거품을 문 채 두 손을 벌리고 달려들어 길을 가로막았다. 사람들이 '차라투스트라의 원숭이'라고 부르고 있던 바로 그 바보였다. 그가 차라투스트라의 어투와 어법을 익혔을 뿐만 아니라 즐겨 그의 해박한 지혜를 빌려 썼기 때문이었다."니체, 「그냥 지나쳐 가기에 대하여」 원숭이는 사람의 동작을 흉내내려고 애쓰지만 결국은 그마저도 실패한다. 그 실패의 어리석음을 바라보면서 사람들은 웃는다. 원숭이는 허풍과 모방꾼의 재주로 하루하루의 삶을 연명한다. 아르멜 르 브라 쇼파르는 "해부를 통해 인간의 두뇌와 커다란 유사성을 발견하게 되는, 인간과 가장 가까운 동물을 우리는 신체적인 유사성 너머 지성의 결핍을 통해 인류 밖으로 내동댕이칠 수 있는 것이다"아르멜 르 브라 쇼파르, 「철학자들의 동물원」라고 쓴다. 원숭이는 사람과 닮았지만 사람은 아니다. 원숭이는 사람의 모조, 위조의 수준에서 벗어나지 못한다. 원숭이에게는 자기의 말과 생각, 자신을 넘어서서 사유할 수 있는 지적인 영혼이 없기 때문이다. 그래서 모방이나 일삼는 것이다.

차라투스트라는 모방이나 일삼는 원숭이들을 보고 그 존재의 수치스러움에 대해 깊이 탄식한다. 원숭이들은 존재 그 자체가 타락이고, 씻을 수 없는 수치다. "사람에게 있어 원숭이는 무엇인가? 일종의 웃음거리 아니면 일종의 견디기 힘든 부끄러움이 아닌가. 위버멘쉬에게는 사람이 그렇다. 일종의 웃음거리 아니면 일종의 견디기 힘든 부끄러움일 뿐이다. 너희들은 벌레에서 사람에 이르는 길을 걸어왔다. 그러나 너희들은 아직도 많은 점에서 벌레다. 너희들은 한때 원숭이였다. 그리고 사람은 여전히 그 어떤 원숭이보다도 더 철저한 원숭이다. …… 보라, 나는 너희들에게 위비멘쉬를 가르치노라! 위버멘쉬가 이 대지의 뜻이다. 너희들의 의지로 하여금 말하도록 하라. 위버멘쉬가 대지의 뜻이 되어야 한다고!"니체, 「차라투스트라의 머리말」 일찍이 원숭이였으며, 그 어떤 원숭이보다 더 속속들이 원숭이인 존재는 아무리 뛰어난 존재라 할지라도 "식물과 유령의 혼혈아"에 지나지 않는다. 우리가 거짓인 모방을 일삼고 희화적으로 변신한 원숭이들에게서 연민과 경멸감을 갖듯, 위버멘쉬 역시 인간들을 보고 똑같은 느낌을 가질 것이다.

위버멘쉬는 누구인가? 동물을 넘어서고, 인간을 넘어선 자, 제 운명에 대한 창조의 기획을 가진 자, 그리하여 웃는 자, 춤추는 자, 우리가 흔히 '초인超人'이라고 말했던 자가 바로 위버멘쉬이다. 차라투스트라가 하산한 것은 바로 사람들에게 위버멘쉬를 알리기 위함이었다. "보라, 나 너희들에게 위버멘쉬를 가르치노라." 이게 차라투스트라의 외침이다. 차라투스트라는 위버멘쉬가 아니라 그것을 알리고 준비하는 자다. "보라, 나는 번갯불이 내려칠 것임을 예고하는 자요, 구름에서 떨어지는 무거운 물방울이다. 번갯불, 그것이 곧 위버멘쉬다."니체, 앞의 책 원숭이들의 하늘 위에 먹구름이 끼고 거기서 빗방울이 떨어진다. 그리고 마침내 빗방울을 떨어뜨리는 먹구름 속에서 번개가 친다. 차라투스트라는 자기가 빗방울이고, 위버멘쉬는 번개라고 말한다. 벌레에서 인간에 이르는 길을 걸어온 존재들! 한때 원숭이였고, 아직도 여전히 그 어떤 원숭이보다 더 철저한 원숭이들인 인간! 그들은 자신들이 극복되어야 할 그 무엇이라는 사실을 아직도 깨닫지 못한 채 산다. 그들은 여러모로 차라투스트라의 뒤집어진 모습, 즉 역상逆像이다. 원숭이는 도시로 입성하는 차라투스트라에게 이 도시는 지옥이고, 정신을 도륙하는 도살장 악취가 진동하는 곳이라고 하면서, "이 도시를 향해 침을 뱉고 발길을 돌리세요!"라고 말한다. 차라투스트라는 그 원숭이를 향해 이렇게 말한다. "너를 애초에 투덜대게 만든 것, 그것은 무엇이냐? 그 누구도 네가 흡족하리만큼 네게 아첨을 하지 않았다는 것이 아니냐. 투덜댈 수 있는 구실을 많이 갖기 위해 너는 이 오물에 주저앉은 것은 아니냐."니체, 「그냥 지나쳐가기에 대하여」 원숭이는 도저到底한 부정 정신을 표출하지만, 그것이 긍정 정신을 배태하는 전제가 되지 못한다. 그게 원숭이의 한계요, 원숭이가 실패로 귀결될 수밖에 없는 불가피성이다. 질 들뢰즈도 그 점을 적시하며 이렇게 말한다. 원숭이는 "부정을 독립적인 힘으로 체험하고, 부정 이외의 어떤 다른 성질도 가지고 있지 못하기 때문에 그것은 단지 원한, 증오, 복수의 피조물일 뿐이다."질 들뢰즈, 「니체와 철학」 긍정에 이르지 못하는 원한, 증오, 복수로 뭉친 사람은 세계 전부를 불신하고, 세계 전체를 자신의 적으로 삼는다. 그들은 평화를 바라지 않는다. 오직 피와 살이 튀는 싸움만을 바란다.

원숭이들은 모방만 하지 창조할 줄을 모른다. 그러나 차라투스트라는 인식의 힘, 창조의 힘을 가진 존재. 차라투스트라의 인식에의 의지는 창조에의 의지고, 그것은 궁극적으로 권력에의 의지로 이어진다. 창조자란 어떤 존재인가? "창조하는 자는 사람이 추구해야 할 목표를 제시하는가 하면 이 대지에 그 의미를 부여하고 미래를 약속하는 그런 자다. 창조하는 자가 비로소 어느 것이 선이고 어느 것이 악인지를 결정한다."니체, 「낡은 서판과 새로운 서판에 대하여」 새로운 가치의 발명과 창조! 그것이 미래를 바라보고 나아가는 자에게 맡겨진 소명이다. 그러나 원숭이들은 어떠한가? 차라투스트라는 그들이 "낡아빠진 착오 위에 앉아 있음"을 본다. 그들은 이미 있는 도덕 기준들을 맹목으로 추종할 뿐 제 존재 양태를 바꿀 만한 혁신의 힘을 갖고 있지 않다. 그들은 가치와 의미를 창조하지 못하는 존재의 열등한 반열로 추락함으로써 자신들의 도구적 위상을 세상에 전시한다. 그들은 사육됨으로써 야성의 힘을 완전히 잃어버렸다. 그들의 몸짓, 그들의 웃음, 그들의 재주는 전부 모방한 것, 위조한 것, 즉 거짓들이다. 원숭이들은 자꾸 늘어난다. 마침내 원숭이들이 대지를 뒤덮는다. 이 '정신'이 결핍된 존재들! '정신'이 부재하므로 병든 자들! 제가 병들었다는 사실조차 모르는 자들로 인해 대지는 오랫동안 거대한 정신병원이 되고 말았다.

따라서 그들에게 매혹이란 도무지 찾아볼 수 없다. 왜? "원숭이는 무엇보다도 모방으로 정의된다. 그 자체가 신체적으로 인간의 모방인 원숭이는 모방자로서만 존재할 수 있다."아르멜 르 브라 쇼파르, 앞의 책 원숭이는 사람과 닮은꼴로 주목을 받지만, 그것을 넘어서지 못한다. 그래서 매혹이 없다. 매혹은 예기치 않은 낯선 것, 미지의 것, 본질에서 창조적인 것에의 이끌림이다. 이진경은 매혹에 대해 다음과 같이 적고 있다. "뜻하지 않은 것이 내게 다가와 나를 잡아당기는 것이다. 어떤 우연한 조우에 사로잡히는 것이고, 그 인력에 어찌할 수 없이 말려드는 것이며, 끌려가는 것이다. '그것'에 이끌려 나의 경로를 잃

고 엉뚱한 궤적을 그리는 것이다. 매혹은 언제나 뜻밖에 온다."^{이진경,}
『불온한 것들의 존재론』원숭이들은 퇴행과 추락을 되풀이함으로써 종족의 수
치가 되어버리고 만 존재들의 표상이다. 그들에겐 삶의 복잡성을 견
디고 마침내 그것을 넘어서는 '정신'이 존재하지 않았기 때문이다.
원숭이들은 내면의 심오한 본성을 이미 탕진해버린 자의 비극을 보
여준다. 그들은 "생성의 영원한 기쁨, 그 속에서 또 무의 기쁨을 담
고 있는 그 기쁨"을 갖지 못한다. 이 재주꾼들에게는 너무 닳아져서
기쁨을 느끼는 감각들이 사라졌기 때문이다. 그래서 그들은 "일종의
웃음거리 아니면 견디기 힘든 부끄러움"으로 추락한다. 인간적 결핍
을 드러낸다.

차라투스트라는 그들에게 외친다. 먼저 파괴자가 되라고! 그래서
타락의 징표인 존재의 도구적 위상을 벗어나라고! 벗어나기 위해서
는 제 존재의 외피를 감싸고 있는 기존 도덕의 "알과 껍질"들을 깨고
나와야 한다. 파괴와 부정의 정신이라는 내면 동력만이 자기 자신
을 극복하게 만드는 법이다! "진정, 너희들에게 말하건대 불변의 선
과 악이라는 것은 존재하지도 않는다! 그런 것들도 그 자체의 힘으
로 자기 자신을 거듭거듭 극복하지 않으면 안 되니 말이다. 가치를
평가하는 자들이여, 너희들은 선과 악에 대한 평가와 언어를 무기로
폭력을 휘두르고 있다. 그리고 그것이 너희들의 숨겨진 사랑이며 영
혼의 광휘이며 전율이자 범람이렷다. 그러나 너희들의 가치로부터
더욱 강력한 폭력과 새로운 극복이 자라나고 있다. 그것에 의해 알
과 알섭실은 부서진다. 그리고 선괴 악에 있어서 창조자가 되어야

하는 자는 먼저 파괴자가 되어 가치들을 부숴버려야 한다."니체,「자기 극복에 대하여」 낡은 것들, 존재에 고착되는 것들, 그래서 창조와 자유정신을 내면에서 갉아먹고 있는 것들은 파괴되어야 한다. 그 파괴만이 새로운 내일을 낳는 것이기에! 차라투스트라의 본질은 가치와 도덕의 파괴자이다. 그러나 그의 파괴는 분노의 에너지에서 나오지 않고 참다운 긍정의 에너지, 즉 웃음에서 나온다. "오, 차라투스트라여, 그대, 숨어 있는 자, 노여워하지 않고서도 파괴하여 없애버리는 자, 그대, 위험한 성자여, 그대는 무뢰한이다!"니체,「나귀의 축제」

사람을 흉내내면서 거짓 웃음을 팔며 어릿광대 노릇을 마다하지 않는 원숭이들은 실은 탐욕스럽다. 그들은 더 많은 돈을 원하고, 권력을 원한다. 그러나 그들은 부를 쌓을수록 가난해진다. 왜냐하면 부를 쌓을수록 더 큰 욕심이 생겨나기 때문이다. 니체는 그들에게서 '악취'가 난다고 쓴다. "부를 축적하는데도 더욱더 가난해지고 있지 않은가. 저들은 권력을 원하며 그 무엇보다도 먼저 권력의 지렛대인 많은 돈을 원한다. …… 저들 잽싼 원숭이들이 어떻게 기어오르는가 그 꼴을 한번 보라! 앞을 다투어 서로를 타고 넘어 기어오르다가 모두 진흙과 나락으로 떨어져 저렇게 싸우고들 있지 않은가. 너나 할 것 없이 저들은 모두 왕좌에 오르려 한다. 마치 행복이라는 것이 왕좌에 앉아 있기라도 하듯. …… 저들 모두는 미치광이요 기어오르는 원숭이이자 너무도 격렬한 자들이다. 저들이 떠받들고 있는 우상인 저 냉혹한 괴물이 고약한 냄새를 내뿜고 있구나. 저들 우상숭배자들도 하나같이 악취를 내뿜고 있고."니체,「새로운 우상에 대하여」 원숭이들 중에도 잽싼 부류가 있다. 시류에 편승하고, 부화뇌동하며, 한몫을 챙기려는 자들! 그들은 어떻게 되는가? 결국은 낭패를 본다. "남을 타고 넘어 기어오르다가 모두 진흙과 나락"으로 추락한다. 자, 그대들이여, 언제까지 원숭이로 사는 것에 만족하고 있을 것인가?

불안은 영혼을 잠식하고

뱀 : 불안에서 발현되는 진화의 힘

불안은
영혼을
잠식하고

눈을 감아도 쉬이 잠이 오지 않는다. 온갖 일들이 파노라마로 스쳐 지나간다. 불길한 예감과 나쁜 생각들이 스멀스멀 퍼져 뇌를 잠식한다. 삶은 영원히 풀지 못하는 수수께끼이다. 이것은 무엇인가? 불안이라는 수수께끼다. 불안은 오늘을 사는 한국인의 유전자에 각인된 또 다른 본능이다. 우리는 불안에 잠식된 영혼을 갖고 산다. 내 주변에도 늘 불안하다고 말하는 사람들이 많다. 은행이 불안해서 돈을 맡길 수 없고, 화재에 대한 불안 때문에 가스레인지의 잠금장치를 거듭 확인하고, 자물쇠가 불안해서 집을 불안해하고, 살이 찔까 봐 불안해서 마음껏 먹지도 못한다. 어디 그뿐인가. 아이의 장래가 불안하고, 부동산이 불안하고, 미래가 불안하다고 한다. 우리는 불안을 먹고 불안을 낳으며 불안 속에서 살아간다. 불안은 특별한 것이 아니라 모든 평범한 "삶의 조건"이고, 산다는 것은 "하나의 불안을 또 다른 불안으로 바꿔가는 과정"알랭 드 보통, 『불안』인지도 모른다.

불안에는 두 가지의 종류가 있다. 현실적으로 존재하는 위험들에 대한 불안과 불합리하고 근거가 없는 병적인 불안이 그것이다. 수험생이 수능시험을 망치는 것에 대해 걱정하는 것, 집에 불이 날까 염려하는 것, 방금 문을 잠그고 집에서 나왔는데 도둑이 들까 조바심치는 것, 직장에서 해고될까 두려워하는 것, 운전하는 사람이 사고가 날까 걱정하는 것…… 이런 불안들은 현실에 근거한 구체적인 것이다. 반면에 병적인 불안은 비현실적이고 불합리하고 모호한 원인에서 비롯한다. 그런 불안은 불안장애라는 질병을 가리킨다. 비정상적이고 병적인 불안과 공포로 인해 일상생활에 장애가 되는 정신질환이다. 누구나 갖고 있는 어느 정도의 불안과 공포는 건강한 정서 반응이다. 불안과 공포로 인해 교감신경이 흥분해서 두통이 생기고, 심장 박동과 호흡수가 증가하고, 소화 분비계에 이상 증상이 생긴다면, 그것은 치료가 필요한 불안장애다. 그들은 사회생활이나 일상생활을 건강하게 꾸릴 수가 없다.

한국 사회를 '불안증폭사회'라고 한다. 심리학자 김태형의 책 제목이기도 한데, 이 심리학자에 따르자면 우리는 과거 어느 때보다도 불안의 만성화와 총량의 증가라는 현실에 직면해 있다. 우리가 타고 있는 '한국호'라는 배는 지금 저출산, 청년실업, 자살률 세계 1위, 긴 노동시간, 물가, 주택난, 범죄, 만성적인 빈곤, 지나치게 높은 사교육비, 사회의 양극화, 중산층의 붕괴, 자영업에 덮친 불황, 낮은 행복지수, 승자 독식사회, 학력차별주의, 신자유주의라는 괴물, 북한의 핵위협, 기후변화, 금융대란 등등의 파도가 몰아치는 불안이라는 바다를 항해하는 중이다. 우리는 배 위에서 불안이라는 바다를 바라보고 있다. 이대로 가다가는 결국 배는 부서지거나 바다 밑으로 가라앉고 말 것이다. 두려움과 초조함을 안은 채 벼랑 끝에 서있는 우리 마음 안에는 불안과 공포가 증식하고 있다. 어떻게 하면 여기서 빨리 벗어날 수 있을까? 그 해결의 실마리는 보이지 않는다. 그 사이에 불안과 공포는 임계점을 훌쩍 넘어선다. 점점 더 우리는 견딜수 없다. 우리에게 남은 것은 미치거나 죽거나 둘 중의 하나 뿐일까? 벌써 많은 사람들이 불안이라는 바다 속으로 몸을 던져 목숨을 끊었다.

재난영화 〈타이타닉〉을 보자. 사람들은 다가오는 '빙산'을 예측하지 못한 채 호화유람선 '타이타닉'에 탔다는 사실만으로 기분이 들떠 있었다. 그러나 얼마 지나지 않아 행복은 돌연 사라지고 현실은 악몽으로 바뀐다. 타이타닉에 승선한 사람들은 자기 목숨을 포함해서 모든 귀중한 것들을 한꺼번에 다 잃는다. '타이타닉'은 곧 '우리 사회'다. 프랑스의 사회학자인 자크 아탈리는 이렇게 적는다. "〈타이타닉〉은 우리다. 거들먹대는, 제 잘난 듯한, 눈 뜬 장님인, 위선에 가득 찬 우리 사회다. 불쌍한 구성원들에게 냉혹한 사회, 모든 것이 예측되지만, 예측의 수단만큼은 예측되지 않는 사회다. …… 우리는 모두 우리 앞에 빙산이 다가오고 있음을 짐작하고 있다. 어딘가 알수 없는 미래에 도사리고 있는 위험을 느끼고 있다. 그것은 결국 우리와 충돌하고, 우리를 장엄한 음악 소리와 함께 물밑으로 가라앉힐 것이다."자크 아탈리, 〈Le Titatanic, Le mondial and nous〉, 「르몽드」, 1998년 7월 3일자. 지그문트 바우만, 「유

『동하는 공포』재인용 우리는 눈 뜬 장님들이다. 장님들이기 때문에 다가오는 '빙산들'을 인지하지 못한다.

왜 우리가 불안한지 분명해지지 않는가? 파도들은 더욱 난폭해지고 그에 따라 불확실성이 증가하고 있다. 우리는 '타이타닉'호에 함께 타고 있다. 자크 아탈리는 '타이타닉'이 '우리 사회'라고 말한다. 그 우리 사회는 "모든 것이 예측되지만, 예측의 수단만큼은 예측되지 않는 사회"다. 한국인들이 승선한 '한국호'는 한 치 앞도 내다볼 수 없는 바다를 항해한다. 미래는 불확실한데, 그것은 우리 삶이 예측불가능한 위험들 속에 있다는 반증이다. 그 도처에 도사리고 있는 위험들이 우리의 삶을 집어삼킬지도 모른다. 이 불확실성이 우리 마음에 불안을 키운다. 어느 때보다도 불안하고 우울하며 무기력하고 분노하는 한국인들! 경제위기를 겪은 뒤 큰 정신적 외상을 입은 한국인들의 외상 후 스트레스장애에 대한 보고서를 작성한 김태형은 『불안증폭사회』에서 우리의 불안이 개인의 일탈이나 가족관계, 혹은 유전자에서 비롯되는 것이 아니라고 단언한다. 그는 문제가 '한국 사회 그 자체'에 있다고 진단한다. 그는 "오늘날의 한국 사회가 강제하는 부정적 감정의 양이 적어도 가족관계나 유전자 등이 유발하는 부정적 감정의 양보다 더 클 거라고 확신"하며 "한국인들에게 고통을 강요하는 주범은 한두 명의 이웃이 아니라 잘못된 한국 사회 그 자체"김태형, 『불안증폭사회』,라고 분명하게 말한다. 우리는 날마다 불안하고, 짜증이 나고, 낮은 행복감 속에서 허덕이며 살아간다. 부정적 감정들이 불안을 낳는다. "사람은 본능적으로 부정적인 감정에서 도피하려 하므로 도피행동을 활성화시키는 감정인 두려움, 즉 불안과 공포가 유발될 수밖에 없다."^{김태형, 앞의 책} 우리 마음 안에 도사린 우울감, 무력감, 허무감, 죄책감 같은 부정적인 감정들의 뿌리가 불안이라는 것은 드러났다. 문제는 불안이 줄지 않고 늘고 있다는 사실이다. 끊임없이 증폭되는 불안은 이미 임계점을 넘어서고 있다. 우리는 그 불안이 '한국 사회 자체'라는 것은 알지만, 그 실체가 너무 크고 복잡함으로 정확하게 알지는 못한다. 그 근원적 실체를 알지 못하기 때문에 그것을 제거할 수도 없다. 불안은 어디에나 있고, 그것들은 퍼져나간다. 어디에 살든지, 불안을 피할 수는 없다. 사람마다 정도의 차이만 있을 뿐이지, 누구나 불안을 안고 살아간다. 그러니 어쩔 것인가? 한국 사회는 그 정체를 한눈에 파악할 수 있는 단일체가 아니다. 그것은 모호하고 복합적인 괴물이다. 우리가 내면의 불안과 공포에서 벗어나기 위해 싸워야 하지만 그 대상은 불분명하고 불확정이고 불확실하다.

 불안과 공포는 한 짝이다. 그것들은 하나만 오지 않고 언제나 한 쌍으로 온다. 불안이 만성화된 공포라면, 둘은 하나의 본질에 속하는 두 가지의 감정이다. 그것이 가장 무서울 때는? 불안이건 공포건 간에 그 정체가 '불분명'하고, 그 위치가 '불확정'이고, 그 형태가 '불확실'할 때다. 분명히 있지만, 그 정체가 무엇인지, 어디에 있는지, 어떤 형태로 있는지, 알 수 없을 때 불안과 공포는 커진다. 왜? 그것에 제대로 대처할 수 없고, 그 대처할 수 없음은 직접적으로 생존을 위험에 빠뜨리기 때문이다. 모든 공포 영화의 공식은 이 원리를 충실하게 따른다. "공포가 가장 무서울 때는 그것이 불분명할 때, 위치가 불확정할 때, 형태가 불확실할 때, 포착이 불가능할 때, 이리저리 유동하며, 종적도 원인도 불가해할 때다. 어떤 규칙성도 합리적 이유도 없는 공포, 그 낌새가 여기저기서 선뜻선뜻 나타나지만, 결코 통째로 드러나지는 않는 공포야말로 가장 무시무시하다. '공포'란 곧 불확실하다는 것이다. 위협의 정체를 모른다는 것, 그래서 그것에 대처할 방법이 없다는 것이다. 그것에 달려들어 맞서 싸우려 해도, 싸워볼 도리가 없다는 것이다."지그문트 바우만, 앞의 책

김태형은 '불안을 증폭시키는 아홉 가지 심리코드'에 대해 언급한다. 그 심리코드들은 이기심, 고독, 무력감, 의존심, 억압, 자기혐오, 쾌락, 도피, 분노다. 불안을 낳고 키우는 아홉 가지의 심리코드를 살펴보자. 첫째, 이기심. "이기심의 만연은 한국인들을 한편으로는 범죄자의 길로 떠밀고, 다른 편으로는 정신병동으로 밀어넣는다."김태형, 앞의 책 이 말에는 동의할 수 없지만 한국 사회에 이타주의자보다는 이기적인 사람들이 더 많다는 심증이 없는 것은 아니다. 적어도 이기적인 사람이라고 다 범죄자가 되거나 미쳐서 정신병동으로 가지는 않지만, 이기심이 정신건강을 좀먹는다는 건 분명하다. 이기주의자들이 득세하는 사회를 건강한 사회라고 할 수는 없다. 이기주의자들의 사회에서 타자는 "온통 내 밥그릇을 빼앗으려는 적들"이다. 그래서 이기주의자들이 많은 사회에서는 대인불신감과 사회불신감이 커진다. 둘째, 고독. 경제위기 이후 피도 눈물도 없는 무한경쟁의 원리가 퍼져나갔다. 무한경쟁 사회에서 누구나 자기가 경쟁에서 탈락해

제 밥그릇을 빼앗길까 봐 불안해한다. 무한경쟁 사회는 내가 죽거나, 아니면 네가 죽거나의 사회다. 경쟁에서의 탈락은 곧 죽음이다. 그러니 경쟁에 필사적으로 매달린다. 이런 경쟁사회가 낳은 스트레스가 불안을 키운다. 불안은 사회공동체를 파괴하고, 전체에서 떨어져 나온 개인을 하나의 파편으로 고립시킨다. 고독은 그 고립의 결과물이다. 우리 사회에 왜 그렇게 자살자들이 많은가? 고립감과 고독도 그 주요원인이다. 셋째, 무력감. 그것은 거듭되는 욕구의 좌절로 인해 생겨난 분노가 외부를 향하지 않고 자기 자신을 향할 때 생겨나는 부정적 감정이다. 나중에는 이 분노조차 고갈된다. 제 운명통제권이 돈이나 물질, 혹은 자기와 무관한 집단이나 권력에게 넘어갔다고 느낄 때, 그래서 운명통제 욕구를 실현하지 못할 때 무력감은 더욱 커진다. 넷째, 의존심. 사람이 무기력할 때 제 생존을 누군가에게 의탁해 유지해야 한다. 그게 의존심이다. 대중이 고통과 좌절을 겪는 시기에 자기도 모르게 자기보다 더 큰 힘을 가진 존재에게 의존하려는 경향을 보인다고 한다. 파시즘이 발호하기 좋은 사회적 조건이다. 다섯째, 억압. 한국 사회는 '억압사회'다. 아직까지도 건재한 국가보안법이야말로 그 '억압'의 대표적 사례다. 여섯째, 자기혐오. 최근 우리 영화를 볼 때마다 마음이 불편했던 것은 지나치게 잔인한 폭력과 극단적인 가학으로 스크린이 벌건 피로 물들기 일쑤였기 때문이다. 한 국내 영화잡지에 기고한 영화평론가 데릭 엘리도 한국 영화에 부쩍 증가한 폭력에 주목한다. 영화에 묘사된 "극단적인 가학과 폭력은 심리적으로 위험"하다는 것과 함께 "이런 류의 극단적인 가학과 폭력 그리고 그에 따른 극심한 자기혐오는 다른 아시아 문화권에서는 찾아보기 힘들다"^{김태형, 앞의 책에서 재인용}라고 적는다. 상대를 향한 가학적인 욕망과 극단적인 폭력이 난무하는 영화들에서 우리 안에 숨은 '극심한 자기혐오'를 집어낸다. 일곱째, 쾌락. 한국 사회를 점령한 병적인 성문화, 쾌락에의 지나친 집착, 끊이지 않는 정치인들의 성추문…… 이것들은 어떻게 불안과 연관이 되는 걸까? 심리학자는 우리 안의 결핍욕구를 주목한다. "결핍욕구 충족에 목숨을 거는 사람들이 결국 변태적으로 변해가는 것은 쾌감의 질과 양이 고정되어 있는 결핍욕구의 반복적인 충족에 만족할 수 없어서, 그들이 인위적으로 그 쾌감의 양을 증가시키려고 애쓰기 때문이다."_{김태형, 앞의 책} 지나친 쾌락의 추구, 문란한 성문화는 거기 빠진 사람들을 우울증, 절망감, 불만족으로 이끌고, 마침내 삶을 파괴로 이끈다. 여덟째, 도피. 불안은 현실에서 도망치게 만든다. 돈 있는 사람들은 해외 이민을 택한다. 그럴 능력이 안 되는 사람은 온갖 중독에 빠짐으로써 현실에서 도망간다. 알코올 중독, 도박 중독, 마약 중독, 일 중독, 섹스 중독, 종교 중독, 인터넷 게임 중독…… 들이 그것이다. 모든 중독은 "대상에 대한 과도한 집착과 심리적 의존"에서 비롯한다. 우리 안의 도피 심리는 현실에 대한 불안과 낮은 행복감 때문이다. 아홉째, 분노. 지속적인 욕구좌절이 분노를 낳는다. 본디 분노는 자기를 보호하고 방어하려는 동기에서 비롯한다고 한다. 분노 그 자체는 나쁜 것이 아니다. 문제는 분노의 누적이다. 지금 한국 사회는 욕구좌절 사회다. 이게 화를 돋구는데, 그 화를 풀 방법이나 기회는 막혀 있다. 밖으로 분출되지 못한 분노는 내면에 쌓인다. 분노를 자기 내면에 누적한 사람들과 함께 산다는 것은 불안한 일이다. 김태형은

'불안을 증폭시키는 아홉 가지 심리코드'를 짚고 난 뒤 결론에서 이렇게 적는다. "아이엠에프^{IMF} 경제위기 이후 우리 한국인들은 놀랍도록 이기적이고 고독하고 무기력해졌다. 그럼에도 불구하고 억압의 족쇄는 여전히 풀리지 않았고 무한경쟁은 더 극심해졌다. 삶이 곧 고통이 되어버린 우리 한국인들은 힘센 권력자들에 어린애처럼 의존했고 자기혐오와 쾌락주의, 중독이라는 지하동굴로 들어감으로써 현실에서 도피했다."김태형, 앞의 책

그렇다면 불안은 나쁘기만 한 걸까? 정신분석학자 메다드 보스는 "불안은 자기실현의 원동력이다"라고 말하고, 심리학자 브로빈 반델로브는 불안이 장애물이기는 하지만, 동시에 기회고 도전이라고 말한다. 그는 철학자 쇠렌 키르케고르의 "불안은 사람을 마비시킬 뿐만 아니라, 인간을 발전시키는 동력이 되는 무한한 가능성을 내포하고 있다"는 말을 인용한다. 그는 때때로 불안이 생존을 보장한다는 예로써 다음과 같은 실험을 소개한다. 캐나다에서 물고기들을 대상으로 한 실험이다. 실험자들은 수족관에 구피(송사릿과의 관상용 열대어)들과 그 천적인 농어를 함께 넣고 60시간 동안을 지켜본다. 그 실험의 결과가 흥미롭다. 농어를 결사적으로 피해 도망다닌 물고기들의 생존율은 40퍼센트였다. 가끔씩 농어에게 다가간 물고기들, 약간의 불안과 두려움을 지닌 물고기들은 15퍼센트만 살아남았다. 그러나 아무 불안이나 두려움 없이 농어 가까이에 있었던 물고기들은 한 마리도 살아남지 못했다. 이 실험에서 우리가 얻을 수 있는 것은 불안이 때로는 생존에 유용한 기능을 한다는 사실이다. "불안이 생존

을 보장해준다는 것은 인간에게도 적용된다. 누구나 어느 정도는 불안을 느껴야 한다. 조심스럽게 운전하는 사람, 문을 잘 잠그는 사람, 낙제에 대한 불안 때문에 시험준비를 철저히 하는 사람에게는 이점이 있는 것이다."^{보르빈 반델로브, 『불안, 그 두 얼굴의 심리학』} 불안은 미래를 준비하게 하고, 불확실성의 조건들을 확실성의 조건으로 바꾸도록 우리를 이끈다. 아울러 불안이 성공을 위한 동력이 될 수 있다는 증거는 많다. 괴테, 브레히트, 사무엘 베케트, 카프카와 같은 유명 작가들도 불안장애를 앓았다고 한다. 소설가 존 스타인벡은 불안과 공포증 때문에 알코올 중독자가 되었고, 〈절규〉라는 걸작을 남긴 노르웨이 화가 에드바르 뭉크와 정신분석을 하나의 학문으로 창시한 지그문트 프로이트는 불안장애를 앓았다. 이들에게 불안은 장애가 아니라 탁월한 예술창작이나 위대한 학문을 낳은 원동력이 되었다. "불안은 인간이라는 존재의 일부다."^{보르빈 반델로브, 앞의 책} 이미 우리 존재의 일부가 되어버린 불안은 누구도 피해 갈 수가 없다. 피할 수 없다면, 즐겨라! 현실적 근거가 있는 불안이라면 충분히 그럴 수 있다.

뱀 :
불안에서
발현되는
진화의 힘

        뱀만큼 매혹과 혐오라는 양가감정
이 투사되는 동물은 드물다. 인류 문화에서 뱀 상징은 모든 동물 상
징 가운데 가장 널리 퍼져 있다. 뱀이 상징하는 바는 항상 복잡하고
중의적이다. 한 상징사전은 뱀에 대해 이렇게 설명한다. "상징적으
로 볼 때 뱀은 대지의 신비, 물, 어둠, 지하세계와 맞닿아 있다. 또한
뱀은 자기 충족적이고, 때로는 유독하며, 냉혹하고, 아주 은밀하다.
그리고 발도 없이 신속하게 미끄러져 사라질 수 있고, 마술처럼 자
기보다 큰 생물을 삼킬 수 있으며, 허물을 벗고 다시 젊어질 수도 있
다. 뱀의 형태는 다른 특징, 즉 물결치는 파도와 지형, 구부러진 강
물, 덩굴, 나무뿌리, 하늘의 무지개, 벼락, 우주의 나선형 운동 등도
암시한다."잭 트레시더, 「상징이야기」 뱀은 구불구불한 영혼, 팔과 다리가 없고,
비늘이 돋은 배로 땅바닥을 기며, 독이빨을 가진 동물이다. 그렇다
고 뱀이 매우 공격적인 성향을 가진 동물은 아니다. 극히 일부를 빼
고 뱀들은 저를 공격하는 상대를 향해 내응의 수단으로 물거나 대가

리를 들고 위협적으로 달려든다. 뱀은 대개는 조용한 사냥꾼이지만 역사적으로 유혹과 기만의 존재로 낙인찍히며 혐오 동물이 되었다. 인류의 가장 오래된 경전에서 뱀이 인류에게 죄와 죽음을 가져온 유혹자로 나타난 탓이다. 그 신화에서 뱀은 악마의 사주를 받은 유혹자로 등장해서 인류의 첫 여자를 거짓말로 유혹해서 죄에 빠뜨렸다. 그때 이후로 뱀은 저주를 받은 존재로, 인류의 미움을 사는 공공의 적이 되었다.

뱀은 비늘로 뒤덮인 길쭉한 몸뚱이를 가진 파충류다. 다리가 없어 배를 밀며 앞으로 나아간다. 구불구불한 몸과 땅속에 구멍을 뚫고 그 안에 사는 이 음습하고 교활한 지하의 영혼! 인류 역사에서 뱀만큼 부정적이고 혐오의 대상이 되었던 동물이 또 있었던가! 기독교에서 뱀은 사탄의 현신이고, 늘 거짓말을 하는 입을 가진 사악한 유혹자로 최초의 인류를 죄악에 빠뜨린다. 그렇게 인류 종족의 영원한 적이 되어버린 이 뱀에게 씌워진 오명과 불명예는 쉽게 벗을 수 있는 멍에가 아니다. 인류의 선조 때부터 뱀은 미움을 사면서 "동물 생활의 모든 우월한 형태들 중에서 가장 미움받는 형태가 되었다." _{D. 모리스, 아르멜 르 브라 쇼파르, 『철학자의 동물원』에서 재인용} 그 뱀에 대해 아르멜 르 브라 쇼파르는 이렇게 쓴다. "주석학자들에 의하면 뱀은 그렇게 해서 근본 진리들 사이로 슬그머니 끼어드는 존재가 된다. 유혹·책략·사기 협잡·기만이 뱀을 정의한다. 루터는 '비뚤어진' 거짓말은 '기어다닐 때나 몸을 세울 때나 결코 바르게 될 수 없는 뱀처럼 휘어진다'고 말한다. 푸리에^{C.Fourier}에게 뱀은 '중상모략의 상징'이다. 위험하고 욕망을 나르는 뱀은 음탕함, 그 자체가 된다. 뱀은 관능적인 움직임, 우리에게도 내재할 수 있는 짐승들과 공통된 그 관능성sensualitas과 악의 경향을 표현한다. 뱀의 불길한 요인은 나중에 보게 될 것처럼, 악 그 자체인 악마와 직접으로 관련된 중세 르네상스 시대에 증대된다."아르멜 르 브라 쇼파르, 앞의 책

차라투스트라에 의해서 뱀은 "태양 아래 가장 현명한 동물"로 다시 발견되었다. 차라투스트라가 처음 만난 뱀을 적대적으로 대하지 않았다는 점에 주목하자. 차라투스트라는 무화과나무 아래에서 잠이 들어 있었고, 그때 뱀이 다가와 차라투스트라의 목을 물었다. 차라투스트라가 놀라 비명을 지르며 깨어났다. 그 순간 뱀은 자기가 문 것이 차라투스트라라는 걸 알았다. 뱀은 미안하고 난처한 기색을 보였지만, 차라투스트라는 뱀에게 적당한 때에 자신을 깨워줬다고 고마워했다. 뱀은 차라투스트라의 몸에 제 독이 퍼져 죽을 것이라고 서글프게 말했지만, 차라투스트라는 미소를 지으며 "용이 뱀의 독으로 죽은 적"은 없었다며, 뱀에게 독을 다시 가져가라고 말한다. 뱀과 차라투스트라의 첫 조우의 장면을 보자. "어느 무더운 날, 차라투스트라는 더위를 피해 무화과나무 그늘에 누워 잠을 자고 있었다. 얼굴을 팔에 묻고 있었는데, 그때 살무사 한 마리가 다가와 그의 목덜미를 물었다. 차라투스트라는 너무 아파 소리를 지르고 말았다. 얼굴에서 팔을 거두고 보니 뱀이 아닌가. 차라투스트라의 눈빛을 알아본 뱀은 서툴게 몸을 돌려 도망치려 했다. 그 모습을 본 차라투스트라가 말했다. '삼가, 기나리라. 나 아직 내게 고맙다는 인사를

하지 못했으니! 가야 할 길이 먼 나를 네가 제때에 깨워주지 않았는가.' 그러자 살무사가 안됐다는 듯이 말했다. '그대의 길은 얼마 남지 않았다. 내 독은 치명적이다.' 이 말에 차라투스트라는 빙그레 웃고는 말했다. '뱀에 물려 죽은 용이 일찍이 있었던가? 독을 다시 거두어들여라! 너 그것을 내게까지 줄 만큼 넉넉하지 못한 터에.' 그러자 그 살무사는 다시 차라투스트라의 목덜미로 달려들어 상처를 핥았다."니체, 「살무사에 물린 상처에 대하여」 차라투스트라는 뱀에 대해 아무런 적의도 없었을 뿐만 아니라 뱀이 지혜를 가진 동물이고, 자긍심이 높다고 말해왔다. 그래서 평소에 "나는 더욱 영리해지고 싶다! 나의 뱀처럼 철저하게 영리해지고 싶다"라고 말하기도 했다. 무화과나무 그늘 아래 누워 잠든 자신을 뱀이 문 것은 단지 실수였다는 것을 알았기 때문에 뱀을 용서하고 관대하게 대했다.

차라투스트라가 뱀과 만나는 두번째 대목은 사뭇 극적이다. 물론 이것을 사실로 받아들여서는 안 된다. 차라투스트라의 환영 속에서 일어난 일이다. 달이 비치는 밤, 한 양치기가 쓰러져서 몸을 뒤틀고 있고, 그 옆에서 개가 시끄럽게 짖고 있었다. 차라투스트라가 다가가서 들여다보니, 양치기의 입에 시커멓고 묵직한 큰 뱀 한 마리가 매달려 있었다. 뱀은 양치기의 입 안으로 기어들어가 그의 목구멍을 물고 놓아주지를 않았다. 놀란 차라투스트라가 뱀을 힘껏 잡아당겨 보았지만 뱀은 꿈쩍도 하지 않았다. 자, 뱀에게 목구멍을 물린 젊은 양치기는 어떻게 되었을까? "정말이지 내가 그때 보았던 것, 그와 같은 것을 나 일찍이 본 적이 없다. 몸을 비틀고 캑캑거리고 경련을 일으키며 얼굴을 찡그리고 있는 어떤 젊은 양치기가 눈에 들어오는 것이 아닌가. 입에는 시커멓고 묵직한 뱀 한 마리가 매달려 있었다. 내 일찍이 인간의 얼굴에서 그토록 많은 역겨움과 핏기 잃은 공포의 그림자를 본 일이 있던가? 그는 잠을 자고 있었나? 뱀이 기어 들어가 목구멍을 꽉 문 것을 보니. 나는 손으로 그 뱀을 잡아당기고 또 잡아당겼다. 소용없는 일이었다! 아무리 힘껏 잡아당겨도 뱀은 꼼짝하지 않았으니. 그때 내 안에서 '물어뜯어라! 물어뜯어라!'라고 소리치는 어떤 것이 있었다. '대가리를 물어뜯어라! 물어뜯어라!' 이렇게 외쳐대는 것이 내 안에 있었던 것이다. 나의 공포, 나의 증오, 나의 역겨움, 나의 연민, 내게 있는 좋고 나쁜 것 모두가 한 목소리로 내 안에서 외쳐댄 것이다."니체,「환영과 수수께끼에 대하여」 차라투스트라는 제가 본 목구멍을 뱀에 물린 채 캑캑거리는 양치기가 "하나의 환영, 하나의 예견"이라고 말한다. 그것은 무엇을 위한 환영이고, 무엇에 대한 예견이었을까? 그 다음 대목을 보자. "나 그때 그 비유 속에서 본 것, 그것은 무엇이었나? 그리고 언젠가는 반드시 나타나야 하는 그 사람은 누구이고? 목구멍 속으로 뱀이 기어든 그 양치기는 누구인가? 더없이 무겁고 검은 온갖 것이 그 목구멍으로 기어 들어가게 될 그 사람은 누구인가? 양치기는 내가 고함을 쳐 분부한 대로 물어뜯었다. 단숨에 물어뜯었다. 뱀 대가리를 멀리 뱉어내고는 벌떡 일어났다. 그는 이제 더이상 양치기나 여느 사람이 아닌, 변화한 자, 빛으로 감싸인 자가 되어 웃고 있었다! 지금까지 이 지상에 그와 같이 웃어본 자는 없었으리라!"니체, 앞의 책 젊은 양치기는 뱀에게 목구멍을 물려 사지를 떨며 죽어가다가 절명 직전에 뱀의 몸통을 물어뜯고 살아난다. 그는 뱀 대가리를 멀리 뱉어내고는 벌떡 일어난다. 양치기는 살아났을 뿐만 아니라 웃는다. 세상에서 가장 환한 웃음을 웃는 자로 변신한다. 차라투스트라에 따르면, 그는 "여느 사람이 아닌, 변화한 자, 빛으로 감싸인 자"가 되어 웃는다. 이 환한 웃음은 존재 내면에서 일어난 우월한 형질 변경의 신호이자 상징이다. 고병권은 이렇게 해석한다. "환형環形 동물 뱀, 그것이 가하는 끔찍한 고통은 일종의 시험대다. 그것을 긍정하고 환하게 웃을 수 있는가. 그 무거움을 단숨에 벗어던지고 가볍게 춤출 수 있는가. 거기에 영원회귀와 위버멘쉬의 비밀이 숨어 있다." 고병권, 『니체의 위험한 책, 차라투스트라는 이렇게 말했다』 춤을 추려면 먼저 몸이 가벼워야 한다. 춤추며 웃는 자! 춤은 육체의 물질성에 대한 도발이고, 마음 안에서 일어나는 기쁨의 가벼움에 대한 찬양이다. 춤은 우리 몸을 도구로 쓴다. 그러나 춤은 도구로 쓴 그 몸으로 회귀한다. 몸은 춤의 시작이요 끝, 알파요 오메가인 것이다. 춤은 몸에서 시작되어 그 몸을 벗어나 공중으로 더 높이 도약하려는 몸짓이지만 그 궁극은 다시 몸으로 돌아오는 것이다. "몸이 도구인 춤은 특히 우리의 물질적이고 육체적인 본질을 표현하고 찬양한다. 춤은 그 찬양의 일부로서 성성sexuality을 찬미하고 고귀하게 하며, 그 형식과 동작은 생명에 필요한 힘들과 조화를 이루고 그 힘들을 상징한다." 엘렌 디사나야케, 『미학적 인간 ― 호모 에스테티쿠스』 춤은 우리의 도약하려는 본능과 우리 안에 깃들어 있는 더 강하고 아름다운 존재에 대한 찬미의 몸짓이다. 춤을 출 때 우리는 우리의 한계를 넘어간다. 자기를 넘어선 존재, 그가 바로 위버멘쉬가 아니던가!

　니체는 차라투스트라가 웃으며 춤추는 자라고 말한다. 춤은 가장
훌륭한 철학자의 이상이자 추구해야 할 예술이다. "춤을 추는 자 차
라투스트라, 날갯짓을 해가며 아는 체하는 경쾌한 자 차라투스트라,
온갖 새들에게 눈길을 보내며 날 채비를 마치고 날 각오를 하고 있
는 자, 행복하고 마음 가벼운 자."니체,「보다 지체가 높은 인간에 대하여」 목구멍을
물어뜯는 무거운 뱀을 물리친 젊은 양치기도 웃고, 차라투스트라도
웃는다. 웃는 자가 되려면 먼저 마음에 있는 근심과 걱정을 털어버
려야 한다. 젊은 양치기는 그의 목구멍을 물고 몸에 매달렸던 묵직
한 뱀의 대가리를 끊고 멀리 내던졌다. 그리고 웃었다. 웃음은 하나
의 출구다. 웃는 자는 억압과 불행에서 단숨에 벗어난다. "무거운 것
모두가 가볍게 되고, 신체 모두가 춤추는 자가 되며, 정신 모두가 새
가 되는 것, 그것이 내게 알파이자 오메가라면. 진정, 그것이야말로
내게는 알파이자 오메가렷다!"니체,「일곱 개의 봉인」 웃는 자는 더 바라지 않
는다. 웃음이 바로 궁극의 그것이기에. 웃음과 춤은 마침내 그가 제
삶을 한없이 무겁게 만드는 중력의 영에서 해방되었다는 신호다. 니
체는 지상의 가장 큰 죄악은 웃음을 불행을 가져오는 경박함이라고
폄하고 부당하게 배척한 것이라고 말한다. 웃음을 "이 왕관, 장미
꽃으로 엮은 이 왕관"이라고 한다. 그리고 더 높은 단계의 존재로 진
화하기 위해 반드시 웃음이 필요하다고 말한다.

　"내 형제들이여, 그대들의 가슴을 펴라. 활짝, 더 활짝! 그리고 다

리도 잊지 마라! 너희들의 다리도 올리려무나, 그대들 훌륭한 무용가여, 그대들이 물구나무를 선다면 더욱 좋으리라! 웃는 자의 이 왕관, 장미꽃으로 엮은 이 왕관, 나는 스스로 이 왕관을 머리에 썼노라. 그리고 나 자신이 내 웃음을 신성한 것으로 말하노라…… 무용가 차라투스트라, 날갯짓으로 아는 체하는 경쾌한 차라투스트라, 온갖 새들에게 눈짓하며 날 준비를 마치고 각오하는 자, 행복하고 마음이 가벼운 자, 웃고 있는 예언자 차라투스트라. ……높이뛰기와 넓이뛰기를 좋아하는 자, 나 자신이 이 왕관을 내 머리에 얹었노라! 웃는 자의 이 왕관, 장미꽃으로 엮은 이 왕관, 형제들이여 이 왕관을 그대들에게 던져주노라! 나는 웃음을 신선하다고 말하노라. 보다 높은 인간들이여, 내게 배울지어다 ─ 웃음을."니체,「보다 지체가 높은 인간들에 대하여」요약,「비극의 탄생」서문 ─「자기비판의 시도」

웃는 자의 왕관을 머리에 이고 나타난 차라투스트라는 인간들에게 웃는 법을 가르친다. "보다 높은 인간들이여, 내게 배울지어다 ─ 웃음을." 오로지 사람만이 웃는다. 웃음은 마음에서 일어나는 기쁨의 표현일 뿐만 아니라 긍정으로 전환하는 힘이다. 차라투스트라가 최후의 변신을 위해 준비한 것이 바로 춤과 웃음이다. 춤이 그렇듯이 웃음도 무거움을 가벼움으로, 불안과 공포를 평화와 기쁨으로 바꾼다. 행복한 자가 웃는 게 아니라 웃는 자가 행복한 자다! 차라투스트라는 무용가, 날갯짓을 하며 높이 비상하려는 자, 행복한 자, 웃고 있는 예언자다. 차라투스트라가 인류에게 온 것은 바로 그의 웃음을 가르치기 위함이다. 차라투스트라는 "형제들이여, 이 왕관을 그대들에게 던져주노라!"라고 하지 않는가! 불안과 공포에 빠진 사람들은 차라투스트라의 웃음을 배워야 한다. 웃음, 더 높은 것으로 날아오르려는 자의 날갯짓!

금서에 열광하는 사회

불개 : '국가'와 '교회'라는 우상

금서에
열광하는
사회

2008년 국방부가 갑자기 장병들이 읽어서는 안 될 금서목록을 내놓았다. 뜻밖에도 2007년 가을에 나온 경제학자 장하준의 『나쁜 사마리아인』이 그 금서목록에 끼어 있었다. 독자들의 기억에서 잊혀져가던 이 책이 '반미, 반정부' 사상을 담고 있다고 금서목록에 들어감으로써 단박에 주목을 받았다. 그 뒤로 이 책은 50만 부가 넘게 팔려나갔다. 국방부의 금서목록 소동은 어처구니없는 일이었다. 이 책은 '반미, 반정부'와 무관하거니와 장병들의 의식을 좀먹고 해롭게 할 어떤 근거도 없었다. 어쨌든 이 일로 장하준은 한국 사회에서 주목받는 경제학자로 떠올랐다. 때때로 책들은 위험하다. 특히 부자와 야만의 권력 집단에게는 치명적이다. 더러는 부자와 권력자들이 돈과 권력의 힘을 빌려 성가시고 '몹쓸' 책들을 검열하고 숨통을 끊어놓는 이유도 그 때문이다. 소위 '금서'를 만드는 것이다. 그들은 정금正金과 같은 지식이나 사상과 사람을 차단시킴으로써 "이성을 부지와 불힙리라는 잡초 더미"니컬러스 J 캐롤

^{리드스·마거릿 볼드·돈 B 소바, 『100권의 금서』}에 묶어놓는다. 그래야만 제가 가진 돈과 권력의 안녕을 유지할 수 있기 때문이다. 인류 역사를 보면 책들은 자주 불태워졌다. "인화성 강한 물질로 만들어진 책은 불의 좋은 먹잇감이었다. 책들의 화형식이 있기 전부터 불태워진 장서들이 있었고, 우연이든 아니든 간에 그들이 출판한 책들과 함께 화형당한 출판업자와 인쇄인도 있었다."^{브뤼노 블라셀, 『책』} 그렇다. 책이 자주 불태워진 것은 그것이 불에 타기 좋은 종이라는 재료로 만들어지고, 종이 위에 세상을 혁신시킬 만큼 위험한 지식과 사상이 적혀 있는 까닭이다.

금서는 권력자들이 이념과 사상을 독점하고 통제하며 생겨난다. 권력자들은 국가의 안위를 위협한다고, 혹은 사회의 미풍양속을 거스른다고 낙인을 찍어 금서를 만든다. 금서란 "어느 곳에서나 있으면서도, 아무 데도 없는" 책이다. 금서는 사상 통제, 사회 통제의 한 방법적 장치요 기술이다. 금서의 역사는 인류의 역사만큼이나 긴데, 어떤 책이 금서가 되는 것은 대략 다음 네 가지 이유에서다. 우선 많은 책들이 정치적 이유에서 금서가 되었다. 이른바 정치적 검열이다. 독일의 나치 정권이 그랬고, 소련의 스탈린 공산정권이 그랬고, 박정희의 유신체제가 그랬다. 그들은 권력의 안위에 위험이 될 만한 사상이나 정보, 생각과 의견이 널리 퍼지는 걸 막기 위해 책들을 검열하고 책 만드는 사람을 위협하고 감옥에 가두기도 했다. 그 뒤를 잇는 게 종교적 검열이다. 이단이라고 불리는 것들, 소수자들이 믿고 따르는 종교 경전들이 금서가 되었다. 그 다음은 '외설'과 '음란

물'로 규정된 책들이다. D.H. 로렌스의『채털리 부인의 사랑』, 제임스 조이스의『율리시즈』, 블라디미르 나보코프의『롤리타』, 헨리 밀러의『북회귀선』, 마광수의『즐거운 사라』, 장정일의『내게 거짓말을 해봐』등등이 이에 해당한다. 끝으로 사회의 풍속과 통념에 반하는 책들이 검열을 당하고 금서의 운명에 처하게 된다. "표현, 인종 문제, 약물 사용, 사회 계층, 성 정체성 등 독자들에게 해를 미칠 수 있다고 여긴 여러 가지 사회적 견해 차이 때문에 검열"니컬러스 J 캐롤리드스 · 마거릿 볼드 · 돈 B 소바, 앞의 책당한다.

금서는 금지의 규범과 모럴, 그리고 금서의 권력을 휘두르는 자들에 대한 저항의 역사도 함께 만든다. 책들은 금지되고 불태워졌지만 그 소동 속에서도 질기게 살아남는다. 금서들은 권력의 음모를 넘어서서 살아남고, 어떤 책들은 불멸의 고전으로 추앙받는다. 놀라지 마시라.『성서』와『코란』도 한때는 금서였다.『성서』는 중세의 영국과 스페인에서 금지되고, 20세기에는 공산주의 국가들에서 금지되었다. 1926년 소련 정부는『성서』를 포함한 일체의 종교서적을 도서관에서 치우도록 했다. 중국은 1960년대에서 1970년대에 걸친 문화대혁명의 시기에『성서』를 불태우고 교회들의 문을 닫도록 명령했다. 1215년 가톨릭은『코란』을 금지시키고 이슬람교도를 탄압하는 법을 선포했다. 1995년 말레이시아 정부는『코란』을 금서로 정했다. 20세기의 소련과 중국에서도『코란』을 연구하고 읽는 것이 금지되었다. 지금은 널리 읽히는 파스테르나크의『닥터 지바고』도, 조지 오웰의『1984』도, 몽테뉴의『수상록』도, 토마스 모어의『유토피아』

도 금서였다. 금서는 역설적으로 그 사회의 정치사상이 누린 자유의 수위와 함께 그 지형도를 드러낸다. 나쁜 권력이 더 많은 금서를 양산한다. 그러니까 금서목록이 길면 길수록 그 시대는 사상의 자유가 그만큼 적었음을 드러내는 것이다.

유신정권이 무너진 뒤 민주주의의 열망을 짓밟으며 신군부가 세운 제5공화국은 신문과 잡지를 없애고, 수많은 금서들을 만들었다. 도둑이 제발 저린다고, 그들은 진보적인 사상을 담은 모든 책들을 두려워했다. 1980년대만큼 금서가 많았던 시대도 드물다. 이는 1980년대가 사상과 이념의 자유가 억압받던 시대라는 증거이다. 제5공화국 권력은 노골적으로 언론을 통제하고 채찍과 당근으로 길들이기를 했다. 정부에서 '보도지침'이라는 걸 언론사에 보내 보도방향과 내용을 강제적 가이드라인에 따르도록 요구했다. 권력 기관은 언론사를 상대로 회유를 하고 압력을 넣고 윽박을 지르며 여론을 권력 유지에 유리한 방향으로 조작했다. 한편으로 언론사에는 온갖 특혜를 베풀며 독점기업으로 자라도록 도왔다. 그 '당근'에 길들여진 언론사는 권력 남용을 견제하고 비판하는 기능을 스스로 내놓았다. 제도권의 신문과 방송이 채찍과 당근에 길들여져 항상 '태평성대'를 읊조리고 '용비어천가'만을 부르자, 출판 쪽에서 권력 비판과 견제를 떠맡으며, 권력과 날선 대립을 하며 전선을 만들었다. 진보적 출판인들이 이끈 '의식화' 출판활동이 당시의 학생운동이나 노동운동의 뿌리에 자양분을 주고 그 세력이 자라도록 했다. 이를 눈치 챈 정부의 출판에 대한 성가신 간섭이 늘고 짓누름의 강도도 더 세졌다.

"출판물을 이념 전파의 진원지로 파악한 정권은 출판사·서점 등에 대한 탄압을 강화했다. 서점과 출판사는 수시로 압수수색의 대상이 되었고, 공안기관은 멋대로 출판물을 압수해갔다. 심지어는 출판되지 않은 원고마저도 압수대상이 되었다. 서점 주인과 출판사 직원이 구속되는 것은 다반사였고, 이념서적을 소지한 것만으로도 무거운 국가보안법 처벌 대상이었다. 공안기관은 정기적으로 불온도서 목록을 작성해 배포했고, 그에 근거해 압수수색과 구속이 이루어졌다."임영태,『대한민국 50년사 1』권력의 간섭과 누름에도 불구하고 이념서적들은 쏟아져 나왔다. 학생과 청년들은 그 책들을 돌려 읽으며 현실에 대한 새로운 인식에 눈떴다. 그때 금지되었던 수많은 책들이 살아남았지만 반면에 금지의 권력을 휘두른 권력자들은 역사 저편으로 사라졌다. 예를 들면『자본론』『해방 전후사의 인식』『페다고지』『타는 목마름으로』『전환시대의 논리』같은 책들은 1980년대의 대학가에서 가장 널리 읽혔던 대표적인 책들이다.

1970년대에서 1980년대에 이르기까지 '사상의 은사'로 청년 학생들에게 존경을 받은 리영희는『우상과 이성』과『8억인과의 대화』라는 책 때문에 1977년 11월 23일에 투옥된다.『현대사 연표』에는 "1977년 11월 23일,『우상과 이성』과『8억인과의 대화』가 반공법 위반 도서로 이영희 체포되다"라고 기록되어 있다. 리영희 책들을 펴낸 창작과비평사의 백낙청과 한길사의 김언호도 입건되었다. 리영희는 1969년 베트남전쟁과 국군 파병에 비판적 입장을 밝혀 박정희 정권에 의해 조선일보사에서 강제해직 당하고, 다시 1971년 군부독재에 항의하는 '64인 지식인 선언'으로 언론사에서 강제해직 당하고, 이어서 군부독재 · 유신체제 반대 '민주회복국민회의' 이사로 활동하다가 1976년 교수직에서 강제해직 당한다. 1974년에 『전환시대의 논리』를 내고, 1977년에 『우상과 이성』과 『8억인과의 대화』를 잇달아 펴내며 폭압적인 유신체제에 온몸으로 저항하고 냉전주의 일변도의 사회분위기에 새 시각을 제시한 지식인으로 주목을 받는다. 연행당하고, 취조와 고문을 당하고, 수감되었던 그때의 경험을 그는 이렇게 털어놓는다. "당시의 정보부나 군 수사대에 끌려간 사람들의 취조 과정은 다 비슷했겠지요. 모든 것이 다 고문이지. 사흘 동안 잠을 재우지 않고, 네 명의 대공반 수사요원이 번갈아가면서 심문을 하지요. 자기들이 미리 짜놓고 요구하는 답변을 끄집어내기 위해서 같은 사항을 계속 반복해서 물어요. 자기들이 원하는 답변이 안 나오면 몇백 번이고 반복합니다. 결국 누구나 지쳐버리게 되지. 무지막지한 고문이지. 도저히 빠져나갈 수 없는 절대적 좌절감과 공포감에 빠지게 만들어요. 버틸 장사가 없어. 나흘 닷새 지나면 결국은 요구하는 대로 대충 쓰게 되지요."^{리영희·임헌영, 『대화』} 리영희는 '공산주의자'로 조작되고, 그의 책들은 금서로 묶였다.

1970년대 중반 이후 무수한 책들이 금서로 묶였다. 이런 책들을 통해 많은 젊은이들이 우리 사회의 변혁주체로, 열혈운동권 분자로 거듭났다. '사상의 은사'라는 명성을 얻은 리영희의 책들, 저항시인의 대명사였던 김지하의 시집들, 그리고 마르크스, 레닌, 마오쩌둥, 김일성과 관련된 저작물들은 당연히 금서들이었다. 6공화국이 들어서자 5공화국 시절의 일부 금서들이 해금되는 등 이념서적에 대한 규제가 다소 느슨해진다. 1988년 10월 11일 당시 이종남 검찰총장은 북한의 실상을 단순 소개하거나 마르크스 레닌주의에 대해 객관적으로 풀이한 책들을 더는 처벌하지 않는다고 발표한다. 일종의 유화정책이다. 그러나 그 뒤로 북한 바로알기 운동의 바람을 타고 북한의 사상과 이념을 담은 책들이 쏟아지고, 마르크스 레닌주의 이념을 소개하는 책들이 무더기로 출판되자 공안권력은 크게 당황한다. 공안권력은 태도를 바꿔 수시로 출판사와 서점에 대해 압수수색을 하고, 금서들을 수거해간다. 심지어는 진보의 색깔을 조금이라도 드러내는 학술서적까지 국가보안법으로 문제를 삼을 지경이었다. 1989년 1월부터 그해 7월까지 출판사를 압수수색한 것이 93회, 서점을 압수수색한 것이 21회, 출판관계자를 구속시킨 게 26명이나 되었다. 금서가 늘고 그것을 처벌하는 법들은 무거워졌지만 금서들은 더 활발하게 지하에서 유통되었다. 권력의 힘이 누르면 누를수록 그 반동의 힘도 더욱 커진다는 뻔한 사실을 권력자들만 몰랐다. 전쟁과 분단 과정에서 북쪽으로 올라간 많은 작가나 시인들의 책들도 1980년대 후반에서야 해금 조치되어 금서라는 족쇄를 벗을 수가 있었다. 1987년이 되어서야 정지용, 김기림, 백석, 이용악, 오장환, 임화의 시들을 읽을 수 있고, 이기영, 박태원, 이태준, 김남천, 한설야의 소설들도 읽을 수 있었다. 비로소 반쪽짜리 문학사가 온전해질 수 있었다.

금서의 가장 가혹한 운명은 불태워지는 것이다. 진시황은 승상의 직위에 있던 이사李斯를 시켜 시, 서, 제자백가의 책들을 금서로 지정하고 이 책들을 거둬들여 불태운다. 그 속사정은 다음과 같다. 진시황 34년기원전 213년 함양궁에서 주연이 베풀어지고 박사 70명이 축수하는 행사가 있었다. 이때 복야 주청신이 나서서 진시황이 제후를 평정하고 군현제가 실시되어 천하가 평안해짐을 진시황의 공적으로 찬양하자 박사 순우월이 진시황의 군현제가 은주시대의 분봉제보다 낫지 못하다고 비판한다. 이 비판에 분심을 품어 발끈한 승상 이사가 나서서 첫째, 진의 역사를 기록한 『진기秦記』를 제외하고 모든 6국 서를 태우고, 둘째, 박사관이 직무상 갖고 있는 것을 제외하고 천하에 『시경』과 『서경』 및 제자백가서를 소지하고 있는 자는 군수와 군위에게 바치게 하여 태워버리고, 이 명령이 있은 뒤 30일이 지나고 태우지 않은 자는 경형에 처하고 아울러 '성단城旦*'에 복역시키고, 셋째, 사사로이 『시경』과 『서경』을 담론하는 자는 사형에 처하고 옛 것으로서 현실을 비판하는 자는 멸족시키고, 이를 알면서도 이르지 않는 자는 같은 죄목으로 다스리고, 넷째, 의약·복서卜筮·종수種樹 등의 서적은 태우지 말고, 다섯째, 사학私學을 엄금하고 국가의 법령을 배우고자 하는 자는 관리를 스승으로 삼을 것 등을 명한다. 『사기』「시황본기始皇本紀」에 이렇게 적혀 있다. "사관이 기록한 것으로는 진나라에 관한 것 외에는 모조리 태워 없앤다. 시서, 백가의 저서를 소지하고 있는 자가 있다면 군수에게 제출시켜 태워 없앤다. 다만 박사가 직무상 소지하고 있는 것은 예외에 둔다. 감히 시서에 대하

* 4년간의 축성 노역

여 논의하는 자가 있으면 사형에 처한다. 옛날의 예를 들어 현대를 비판하는 자는 일족을 몰살하는 형에 처한다. 위반자를 알면서도 방치하는 관리는 같은 죄로 처리한다." 진시황은 진나라 역사를 기술한 책을 빼고 그밖에 천하의 서적을 몰수해 불태우고, 유학자 460명을 붙잡아 들여 생매장을 시킨다. 이 끔찍하고 황당한 소동과 문투가 어딘지 낯익지 않은가?

독일 시인 브레히트가 쓴 「분서焚書」라는 시가 있다. 분서 명단에서 제가 빠진 것에 아연실색한 사람이 "나의 책을 불태워다오!"라고 호소하는 시다. 히틀러의 분서 소동을 조롱한 시다. 1935년 5월 베를린 대학 광장에서 토마스 만, 레마르크, 앙드레 지드, 에밀 졸라, 웰스, 프로이트, 마르셀 프루스트, 아인슈타인, 마르크스의 책들이 '퇴폐적 저술'로 낙인찍혀 불탔다. 무려 131명이나 되는 저작자들의 책들이 불에 타 사라졌는데, 그 명단에는 카프카, 츠바이크, 호프만스탈과 같은 작가, 후설, 카시러, 마르틴 부버와 같은 철학자들도 있었다. 그 명단에서 빠진 '양심적인 작가들'은 얼마나 씁쓸했을 것인가! 이런 맥락에서 "위험한 지식이 담긴 책들을 공개적으로 불태워버리라고/이 권력이 명령하여, 곳곳에서/황소들이 끙끙대며 책이 실린 수레를/화형장으로 끌고 왔을 때, 가장 뛰어난 작가의 한 사람으로서/추방된 어떤 시인이 분서 목록을 들여다보다가/자기의 책들이 누락된 것을 알고/깜짝 놀랐다. 그는 화가 나서 나는 듯이/책상으로 달려가, 집권자들에게 편지를 썼다./나의 책을 불태워다오! 그는 신속한 필지도 써내려갔다./나의 책을 불태워다오!/그렇게 해다오! 나의 책을 남겨놓지 말아 다오! 나의 책들 속에서/언제나 나는 진실만을 말하지 않았느냐? 그런데 이제 와서/너희들이 나를 거짓말쟁이 취급하는 까닭이 무엇이냐!/나는 너희들에게 명령한다/나의 책을 불태워다오!"라는 브레히트의 시를 읽는다면 공감을 할 수 있으리라. 진시황도, 히틀러도, 스탈린도, 박정희도, 전두환도 다 책을 태운 전력이 있는 권력자들이다. 책을 태우고 없애는 자들은 그 권력으로 사람을 태우고 없앨 수도 있다. 대개의 금서는 권력자의 편에서 보자면 '위험한 지식이 담긴 책들'이다. '위험한 책'들은 주류의 가치체계를 뒤흔들고, 권력의 기반을 침식한다. 혁명으로 세워진 나라조차 나중에는 새로운 혁명의 불씨를 가진 책들을 금서로 만들고 출판인들을 탄압한다. 그게 권력의 생리요 속성이다. 권력자들이 저를 위협하는 책에 진저리치고 광분하는 것은 어쩌면 당연한 일이다. 금서들은 낡은 사회를 뒤엎고 새로운 사회를 향해 나아가게 한다. 검열과 분서, 투옥과 사형이 금서들을 막아내지 못하고, 금서들이 지핀 혁명의 불꽃은 권력의 힘으로 아무리 눌러도 끝끝내 진화하지 못한다.

니체의 동물 은유 철학에서 만날 수 있는 이색적 동물이 불개다. 인간이 건설한 문명세계 속으로 가장 먼저 투항한 동물이 개들인데, 개들이 본디 갖고 있던 야생의 거칢과 난폭함은 길들임의 과정에서 사라졌다. 개들이 충직한 노예처럼 복종하자 사람들은 개들을 곁에 두고 살게 되었다. 주인의 발 아래 엎드려 명령을 기다리는 개들은 어떤 경우에도 주인의 명령을 거역하는 법이 없다. 개들은 사람이 다른 동물을 사냥하고 길들이는 조력자로 활동했다. 개들의 야수성이 순치되자 사람과 동거하게 됨으로써 사람이 야생의 다른 동물들을 제압하고 지배하는 데 결정적인 수훈을 세운다. 하지만 개는 여전히 경멸의 대상이다. 어느 문명에서나 가장 나쁜 욕들은 개와 관련이 있다. 왜 그럴까? 사람들은 개들이 사납고 악의를 본성으로 갖고 있고, 추잡하고 방탕하다고 믿기 때문이다.

사실상 개들이 점점 더 길들여지고 사람과 점점 더 가까워진 이후로 강화된 긍정적인 암시적 의미로도 모순된 경멸조의 표현을 결코 없애지는 못했다. 즉 개들의 위험성과 사나움. 프랑스 극작가 라신이 〈아탈리〉에서 언급하는 '탐욕스런 개들'은 피로 갈증을 채우는 이들이고, 칼뱅에게는 이성이 비어 있는 담론 속에 짖어대는 짐승들이다. 사실 에라스무스는 '모두들 단 하나의 같은 종족 속에 둘러싸여 있는' '무수한 개의 형태들'이 있다고 주목한다. '모두 개라고 불리는' 블러드하운드·그레이하운드·스패니얼·푸들 등에게 맥베스는 다른 성질들을 부합시킨다. 날쌘, 느린……, 그리고 '인간들도 마찬가지'라고 결론짓는다. 이렇듯 종의 다양함 속에서 개는 혼자서 인간 기질의 온갖 색조를 형상화할 수 있을 것이다. 그러나 섬세하기도 한 명암의 차이에 공통된 표현들이 결부되는 일은 드물고, 선악 이원론적인 경향에 따라 나쁜 개들을 착한 개들에 보다 야비하게 대립시킨다. 나쁜 개들은 야성적이고, 늑대와 가깝고, 길 잃은 개들이며, 때로는 오늘날보다 예전에는 훨씬 많던 광견병을 옮기고, 후자와 달리 주인 없는 개들이다. 아르멜 르 브라 쇼파르, 「철학자들의 동물원」

개들의 처지에서 보자면, 자신들에게 덧씌워진 이런 나쁜 이미지는 통탄할 일이 아닐 수 없다. 개는 "인간 기질의 온갖 색조를 형상화"하는 동물이지만, 여러 문명권 안에서 나쁜 것, 불명예, 오점의 상징으로 통용된다. 차라투스트라가 만난 '불개'는 역겨운 개들의 종에서 진화된 종이다. 불개는 입으로 불을 뿜어 사람들의 눈을 현혹하는 묘기를 부린다. 이 불개에 대한 차라투스트라의 시선은 싸늘

하다. 왜냐하면 불개의 진실, 불개의 전모를 이미 꿰뚫어보고 있기 때문이다. 차라투스트라는 불개의 기만적인 속성을 들여다보고 있었다. 불개들은 심연 속에 사는데 그렇기 때문에 사람들은 속고 또 속아 넘어간다. 불개들은 심연에 웅크리고 있지만 심연의 정신을 대변하지는 않는다. 불개의 능변은 대부분 거짓이고, 불개의 심층은 너무 많이 표층에서 영향을 취한 것이다. 불개는 고상한 척 하지만 실은 역겹고 거짓과 위선에 찬 동물이다.

다음은 차라투스트라가 소개한, 그가 불개와 나누었다는 대화다.

차라투스트라가 말했다. "이 대지는 피부로 덮여 있다. 그런데 이 피부는 여러 가지 병으로 신음하고 있다. 그 병 가운데 하나가 '인간'이라는 존재다. 또 다른 병이 있는데 '불개'가 바로 그것이다. 사람들은 이 불개에 대하여 허다하게 자신을 속이기도 하고 속기도 했다.

나는 그 비밀을 알아내기 위해 바다를 건너 항해했다. 그리고 진실을 적나라하게 보았다. 참으로! 발끝에서 목에 이르기까지 적나라하게.

나 이제 불개의 정체를 낱낱이 알겠다. 노파뿐만이 아니라 모두가 두려워하는 악마, 분출의 악마와 전복의 악마의 정체까지도.

'나오라, 불개여. 너의 심연에서! 그리고 그 심연이 얼마나 깊은지를 고백하라! 네가 뿜어내고 있는 것은 어디에서 오는 것인가?' 나는 소리쳤다.

'너 마음껏 바닷물을 들여마시나보다. 소금에 절인! 너의 짜디짠

웅변이 그것을 말해주고 있으니! 너 심연에 살고 있으면서 영양만은 표면에서, 그것도 너무 많이 섭취하고 있구나!

나 너를 기껏 대지의 복화술사 정도로 보고 있다. 그리고 전복의 악마와 분출의 악마가 하는 말을 들을 때마다 나는 저들도 너와 같이 짜디짜고, 거짓되며, 천박하다는 것을 확인할 수가 있었다.

너희들은 울부짖을 줄 알며 타다 남은 재를 뿌려 주변을 어두컴컴하게 만들 줄도 안다! 너희들이야말로 더할 나위 없이 요란한 허풍쟁이들이다. 게다가 진흙을 뜨겁게 끓어오르게 하는 술법을 잘도 배웠구나.

너희들이 있는 곳이라면 그 주위에 반드시 진흙이 있어야 하고 해면질과 속이 숭숭 뚫린 것, 그리고 짓눌린 것이 많이 있어야 한다. 그런 것들은 원한다. 자유로워지기를.

너희들 모두는 무엇보다도 열렬히 '자유'를 외쳐댄다. 그러나 그 많은 외침과 자욱한 연기가 크나큰 사건들을 에워싸는 것을 보면서 나는 그만 그 '크나큰 사건들'에 대한 믿음을 잊고 말았다.

나를 믿으라, 나의 벗 지옥의 소란이여! 더없이 크나큰 사건들, 그것은 우리들의 더없이 요란한 시간이 아니라 더없이 적막한 시간이다.

새로운 소란을 일으키는 사람이 아니라 새로운 가치를 창출하는 사람 주위로 세계는 돈다. 소리없이 그렇게 조용히 돈다.

실토하라! 너희들이 일으키는 소란과 연기가 사라지고 난 후에 보면 실제 일어난 일이 별로 없다는 것을. 도시가 온통 미라가 되고 입상들이 진흙 속으로 내팽개쳐져 있다 한들 그게 무슨 대수인가!

나 입상을 전복시키는 자들에게 말을 하련다. 소금을 바다에 던지고 입상을 진흙에 내팽개치는 것 이상의 어리석은 짓은 없다고.

너희들이 해대는 경멸이라는 진흙 속에 입상들은 쓰러져 있었다. 그러나 그 경멸에서 생명이 다시 자라나며 생기 있는 아름다움이 다시 자라나리니 이것이 곧 입상들의 법칙이렀다!

입상은 전보다 더 성스러운 모습으로, 고뇌에 찬 듯하면서도 매혹적인 모습으로 다시 일어나리라. 일어나서는 그를 전복시킨 너희들에게 감사하리라, 전복자들이여!

왕과 교회, 노쇠한 모든 것과 덕스럽지 못한 모든 것에게 나 충고하는 바이니, 부디 전복되도록 하라! 그래야 너희들은 다시 생명을 얻게 되고, 덕이 너희 자신에게 돌아오게 될 것이다!"니체, 「크나큰 사건에 대하여」

불개들은 덕이 아니라 악과 부덕으로 명성을 쌓는다. 차라리 그들은 질병의 일종이다. 차라투스트라는 에두르지 않고 '교회'와 '국가'라는 불개들이 있고, 이 불개들은 위선에 찬 존재라고 말한다. 불개들은 "대지의 복화술사"다. 차라투스트라는 그들이 "전복과 폭발의 악마들"과 닮은 존재들이고, "짜고, 거짓말하고, 천박하다는 것"을 알았다. 불개는 무엇보다도 먼저 '국가'를 상징한다. "국가라니? 그것은 무엇인가? ……국가란 온갖 냉혹한 괴물 가운데서 가장 냉혹한 괴물이다. 이 괴물은 냉혹하게 속여댄다. 그리하여 그의 입에서는 '나, 국가가 곧 민족'이라는 거짓말이 스스럼 없이 기어나온다."니체, 「새로운 우상에 대하여」 **국가는 온갖 냉혹한 괴물 중에서도 가장 냉혹한 괴**

물이다. 왜? 국가는 그 시작부터 피와 살상을 부른다. 그런 무고한 희생을 치르지 않고 탄생한 국가는 없다. 국가는 적과 동맹을 가르고, 동맹이 아닌 쪽의 힘을 가진 자들을 굴복시키고 그들의 인정과 복종을 끌어내기 위해 파괴적인 위력을 사용한다. 아울러 어느 시대를 막론하고 '전쟁'을 결정하는 국가는 최대의 살인마다. 전쟁에서의 살상행위는 처벌받지 않는다. 국가는 끊임없이 전쟁을 기획하고 국민을 전쟁이라는 사지死地로 내몬다. 전쟁만이 국가의 존재 이유가 되기 때문에 그들의 무차별적 살상이 불가피한 전쟁을 일으킨다. 국가는 외부의 적들에게서 국민의 생명과 재산을 지켜주겠다고 약속하지만, 그 스스로가 전쟁을 제 생존수단으로 삼는 전쟁-기계다. 국가는 모든 형태의 폭력을 규제하고 금지한다. 그러나 정작 자신들의 폭력에 대해서는 국가 사회의 안녕을 수호하기 위해 불가피한 것이라고 정당화한다. 국가를 지탱하는 힘과 권력은 바로 그 폭력의 전유를 통한 것이다. 국가는 그 폭력의 전유를 통해 자신을 우상화하고 국민의 복종을 이끌어낸다. 국가라는 거대 괴물이 보기에 국민은 오로지 배를 채우기 위해 으르렁거리는 짐승들이다. 국민이라는 짐승들은 교화가 필요한 저속한 정신을 갖고 있고, 변덕스럽고 소심하게 행동한다. 만인은 만인에 대해 늑대들이다. 그들은 걸핏하면 먹이와 영토를 두고 싸운다. 늑대들은 그것을 삶을 위한 투쟁이라고 부른다. 국가는 그 싸움과 온갖 갈등들에 대한 해결사 노릇을 하려고 한다.

"좋은 사람과 나쁜 사람을 가리지 않고 모든 백성이 독배를 들어

죽어가는 곳, 그곳을 나는 국가라고 부른다. 좋은 사람 나쁜 사람 가리지 않고 모든 백성이 자기 자신을 상실하게 되는 곳, 그곳을 나는 국가라고 부른다. 그리고 모든 사람이 서서히 자신의 목숨을 끊어가면서 '생'은 바로 그런 것이라고 말하는 곳, 그곳을 나는 국가라고 부른다."니체, 앞의 책 이게 국가라는 우상의 실체다. 국가라는 괴물은 끊임없이 자신이 위대하고, 자신의 권력이 신에게 위임받은 것이라고 외친다. 국가의 선전 속에서 애국은 지고의 가치가 된다. 국가의 그런 선전에 넘어간 사람들은 국가라는 우상 앞에 무릎을 꿇는다. "보라, 어떻게 국가가 이들 많은 ― 너무나도 ― 많은 ― 자들을 꼬드기는지를! 어떻게 국가가 저들을 입에 넣고 씹고 되씹어대는지를! '이 땅에서 나보다 더 위대한 것은 없지. 나 질서를 부여하는 신의 손가락이니까.' 국가라고 하는 괴물은 이렇게 외쳐댄다. 순진하고 귀가 얇은 자와 근시안적인 자만이 그 앞에서 무릎을 꿇는 것도 아니다!" 니체, 앞의 책 국가의 기원은 모호하다. 그럼에도 국가는 하나의 크고 중요한 짐승이 되었다. 이것이 바로 불개다. 이 불개는 스스로 선이고 정의라고 주장한다. "순진하고 귀가 얇은 자와 근시안인 자"들이 먼저 그 앞에서 무릎을 꿇는다. 그 다음에 대부분의 사람들이 무릎을 꿇고 경배를 바친다. 국가는 하나의 법체계를 갖고 있고, 대개는 하나의 언어로 소통하는 언어 공동체이고, 하나의 화폐 단위로 가동하는 경제 공동체이며, 주로 성인 남자에게 국방의 의무를, 모든 국민에게는 납세의 의무를 지우는 추상적 공동체다. 이 국가라는 이름을 가진 불개에 대해 차라투스트라는 그다지 좋게 말하지 않는다. 차라두스트라에 따르면, 국가는 백성들이 독배를 들게 되는 곳, 자신을 잃게 되는 곳, 서서히 자신의 목숨을 끊어가면서 그것을 생의 불가피한 운명으로 받아들이는 곳이다. 인간을 삶이 아니라 죽음으로 이끄는 우상이 바로 국가다. 자, 국가의 실체는 거의 다 드러났다. 그것은 생명을 주겠다고, 국민을 생명의 길로 안내하겠다고 주장하지만, 실은 죽음으로 이끈다. 그것은 거짓과 위선으로 감싸여 있고, 정의라는 이름으로 포장되어 있지만, 바닥없는 불모화의 다른 이름이며, 애초부터 정의와는 아무 관련이 없다.

'교회'는 국가의 일종이다. 뿐만 아니라 "그것도 실로 가장 기만적인 일종." 교회는 국가와 마찬가지로 코와 입으로 불을 내뿜고 "연기와 울부짖음으로 얘기하길" 좋아한다. 교회는 저의 위선과 거짓말을 호도하기 위해 연기와 울부짖음이라는 쇼를 하는 것이다. 대중은 그것에 속아 넘어간다. 교회와 국가는 그 기원이 같다. 그들은 신도와 국민에게 헌신과 복종을 요구한다. 스스로 일군 재산은 물론이거니와 더러는 생명까지 바칠 것을 요구한다. 죽음이 사는 것이고, 사는 것은 불명예라고 호도한다.

나는 불개 앞에서 이렇게 말했다. 그러자 그 개는 기분이 언짢은 듯이 내 말을 가로막고는 물었다. "교회라고? 그게 도대체 무엇인가?"
나는 대답했다. "교회, 그것은 일종의 국가지. 그것도 가장 거짓말 잘하는. 너 위선에 찬 개여, 조용히 하라! 그 누구보다도 네 자신이 너 같은 부류의 존재를 잘 알고 있지 않은가!

너와 마찬가지로 국가도 위선에 찬 개의 일종이다. 국가 또한 너처럼 연기와 울부짖어가며 말하기를 좋아한다. 그 또한 너처럼 사물의 뱃속 깊은 곳으로부터 우러나오는 말을 하고 있다는 것을 사람들로 하여금 믿도록 하기 위해.

국가는 어디까지나 이 지상에서 가장 중요한 짐승이 되고 싶은 것이다. 사람들이 국가를 그렇게 믿고 있는 것도 사실이고."

내가 이렇게 말하자 그 불개는 질투심에 눈이 어두워 미친 듯이 사나워졌다. 그는 소리쳤다. "뭐라고? 이 지상에서 가장 중요한 짐승이라고? 게다가 사람들도 그렇게 믿고 있다고?" 그토록 많은 입김과 귀에 거슬리는 소리가 그의 목구멍에서 터져 나오는 바람에 나는 그가 분노와 질투로 질식할지도 모른다고 생각했다. 니체,「크나큰 사건에 대하여」

교회 역시 국가와 마찬가지로 불개다. 이 불개들은 위선적인 개이고, 연기와 울부짖음으로 얘기하길 좋아한다. 사람들에게는 자신의 말들이 만물의 배로부터 나오는 거라고 속인다. 다시 말해 오래된 진리, 근본의 진리라고 속인다. 이 불개들은 자신들이 신의 권능을 대신한다고 주장하고, 자신을 믿는 사람들에게는 영생과 천국이라는 선물을 약속한다. 그들은 그렇게 지상에서 가장 중요한 짐승이 되었다. 교회라는 불개들은 자신을 우상화하고, 사람들로 하여금 자신에게 경배하도록 이끈다. 한국의 거대 교회들은 진리를 거슬러서는 아무것도 할 수 없고, 오직 진리를 위해서만 무언가를 할 수 있는 하느님의 말씀의 공동체가 아니라 거대 우상의 프레임을 보여준다.

이 불개들은 예수의 마음을 품고 있지 않고, 사도 바울이 보여준 행적을 따르지도 않는다. 사도 바울은 30년간 예수에게서 비롯된 복음을 전파하다가 순교한 사람이다. "그의 삶과 가르침은 아직도 그리스도교의 기본 토대"^{오강남, 「종교, 심층을 보다」}였던 사도 바울이 강조한 것은 '비움'이다. 사도 바울이 그리스도교 신자 집단에게 보낸 편지에 그 사실이 고스란히 드러난다. "여러분 안에 이 마음을 품으십시오. 그것은 곧 그리스도 예수의 마음이기도 합니다. 그는 하나님의 모습을 지니셨으나, 하나님과 동등함을 당연하게 생각하지 않으시고, 오히려 자기를 비워서 종의 모습을 취하시고, 사람과 같이 되셨습니다. 그는 사람의 모양으로 나타나셔서, 자기를 낮추시고 죽기까지 순종하셨으니, 곧 십자가에 죽기까지 하셨습니다."^{「빌립보서」 2장, 5~6절} 사도 바울은 빌립보의 그리스도인들에게 그리스도 예수의 마음을 품으라고 권면한다. 예수는 하나님과 같은 모습이었으나, 자신을 비워 종이 되었고, 마침내는 죽기까지 순종하는 모습을 보였다. 자기를 낮추고 비움, 그리고 생명을 내주기까지 이타적인 희생과 무조건적인 헌신을 실천했다. 이게 참다운 교회가 가야 할 길이다. 그러나 이것들은 오늘의 한국 거대 교회들이 보여주는 행동 양태와는 크게 다르다. 무엇보다도 그들은 자신을 낮추고 비우지를 못한다. 그들은 자신을 높이고 자신의 욕망을 채우려고만 한다. 차라투스트라의 일갈을 들어보라! "너처럼, 국가는 한 마리의 위선적인 개다. 너처럼, 국가는 연기와 울부짖음으로 얘기하길 좋아한다, 너처럼, 만물의 배腹로부터 말하는 거라고 믿게 만들기 위해서." 거대 교회들은 부끄러운 줄도 모르고 국가와 같은 행태로 제 현존을 드러낸다. 대지에 들러붙어 번져가는 질병에 불과한 이 불개들은 병폐와 타락을 갑옷처럼 입고 권세를 휘두른다. 이 불개들은 무엇인가? 이들은 현실에서 세속화된 교회 권력, 포퓰리즘에 물든 국가 권력의 형태로 나타난다. 세속화된 교회들은 대형화·배금주의·세습 따위의 유혹에 쉽게 굴복한다. 오늘날 한국 사회에서 세속화된 교회들은 나사렛의 가난한 목수 아들로 태어나 가난한 자들의 윤리의식을 체화하고, 세상의 가장 낮은 곳에서 미천한 신분으로 가난한 자들과 어울리던 젊은이의 가르침에 기초한 "그리스도교의 기본 토대"와 얼마나 다른가! 이들이 잘하는 것은 가난한 자 등치기, 자기 배불리기, 사통하기, 교회권력을 두고 패권 싸움하기 따위다. 포퓰리즘에 물든 국가 권력들은 어떤가? 이들은 입만 열면 국민들을 위한다고 번드르르한 말들을 늘어놓지만 사실은 자기 권력의 유지와 기득권을 지키는 데 더 관심이 몰려 있다. 이들은 사람들의 믿음을 끌어내기 위해 '복화술'을 하기도 하고, 국민의 충성을 바치라고 요구할 때는 "연기와 울부짖음"으로 소란스러운 쇼를 벌이기도 한다. 하지만 이들이 궁극적으로 추구하는 것은 '존재와 생성'의 권력이 아니라 '죽음과 배제'의 권력이다. 이들은 본질에서 국민을 포획하는 기계, 전쟁-기계에 지나지 않는다. 차라투스트라가 이들의 실체를 폭로하자 불개들은 목구멍에서 "굉장히 많은 김과 끔찍한 소리"를 내며 괴로워한다.

차라투스트라가 이 불개의 실체적 진실을 폭로하자 불개들은 분노와 질투로 몸부림친다. 차라투스트라는 화를 내고 헐떡이는 이 불개들이 짐짐해지기를 기다렸다기 또 다른 불개, "대지의 심장으로부터 우러나오는 말을 하는 불개"에 대해 말한다. "그의 숨결은 황금과 황금의 비를 내뿜는다. 그의 심장이 원하는 일이다. 타고 남은 재, 김과 뜨거운 진흙이 그에게 다 무엇인가! 그에게서 오색찬란한 구름과도 같은 웃음이 터져나온다. 그는 너의 거렁거렁하는 소리와 가래침과 복통을 싫어한다. 황금과 웃음. 그는 그것들을 대지의 심장에서 끄집어낸다. 너 또한 알고 있어야 할 일이거니와 대지의 심장이 황금으로 되어 있기 때문이다."_{니체, 앞의 책} 또 다른 불개들은 그 숨결로 "황금과 황금빛 비"를 뿌리고, "오색찬란한 구름과도 같은 웃음"을 가졌다. 앞서 우리는 니체 철학에서 웃음이 얼마나 큰 긍정적인 의미를 갖는가에 대해 살펴보았다. 이 "웃는 불개"들은 사이비 불개들이 끙끙거리고, 토하고, 복통으로 괴로워하는 것에 대해 마음으로 언짢아한다. 이 불개들이 사람들을 속이기 위해 대지의 복화술사 같이 말하고, 연기와 울부짖음으로 자기를 위장한다는 사실을 꿰뚫어보고 있는 까닭이다. 차라투스트라 앞에서 소동을 벌이던 사이비 불개들은 수치스러움에 꼬리를 내리고 기어들어가는 소리로 멍멍 짖어댄다. 사악한 불개들은 더이상 차라투스트라의 말을 듣고 있을 수가 없었다. 그래서 얼른 자기의 동굴로 기어들어가 숨어버린다.

가족 이기주의라는 유령들

타조 : 참을 수 없는 존재의 무거움

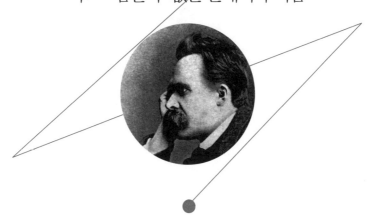

가족
이기주의라는
유령들

2011년 연초에 터진 두 가지 사건이 눈길을 끌었다. 하나. 경찰 간부 A씨가 제 어머니를 살해한 사건이다. 그동안 계좌와 행적추적을 통해 밝혀진 것은 A씨 어머니가 최근 주식투자에 지나치게 몰두하고, 그 과정에서 상당한 빚을 졌다는 것이다. 어머니의 주식투자 실패와 여기저기서 끌어다 쓴 사채 이자로 허덕이는 것을 보고 A씨는 보험설계사로 일한 어머니와 공모해서 척추장애 때 6천여만 원을 보상받는 보험에 든 후 범행에 나선다. A씨는 가족에게는 강도 사건으로 어머니의 척추가 다쳤다고 설명하고 보험회사에는 뺑소니 사고로 위장하려 했다고 진술한다. 여러 가지 의문점들이 있지만, 핵심은 경찰 간부 A씨가 주식투자 실패로 생긴 어머니의 빚을 갚으려는 목적으로 보험사기를 저지르려다가 사고로 어머니를 죽게 한 패륜 사건이다. 다른 하나. 감사원장 후보자로 지명되었다가 주저앉은 사람의 이야기다. 그는 "철저한 자기관리를 통해 높은 도덕성과 청렴성을 유지해왔고, 공직기강 분야의 깊은 전문성을 바탕으로 매사에 공정하고 소신 있는 자세로 어떤 외압에도 흔들림 없이 맡은 바 소임을 훌륭히 수행해왔다"고 주장했지만, 야당은 물론이거니와 여당 내부에서도 치명적인 흠결이 있다는 여론이 일어 자진 사퇴의 형식으로 물러났다. 그는 검사로 있을 당시 15년간 아홉 차례 이사를 다녔는데, 그것은 실제 이사가 아니라 서류상의 전출입신고였다. 부동산 투기 혐의가 따를 수밖에 없었다. 두루미는 미역 안 감아도 새하얗고 까마귀는 먹칠 안 해도 새까맣다는 명언을 남긴 그였지만 인사청문회에서 설 기회조차 얻지 못한 채 낙마했다. 그가 저 혼자 잘 먹고 잘 살자고 위법을 저지른 것은 아닐 터다. 한 집안의 식솔들을 거느린 가장으로서 부양책임의 무거움을 가졌고, 아마도 그 무거움이 그를 법이 정한 것을 넘어서서 행동하도록 했을 것이다. 그 탈법의 뒤에는 가족 이기주의라는 유령이 숨어 있다.

가족이란 대개는 한지붕 아래 사는 부모와 자식들로 이루어진 혈연관계로 묶여 있는 소집단이다. 아버지의 슬하를 떠나 한 여자와 결혼을 하고 아들을 낳았을 때 나는 독립된 가족을 이루었다고 말할 수 있다. 아들이 태어났을 때 나는 다른 무엇보다 나의 보살핌을 받아야 할 작고 무력한 존재가 나타났음을 깨달았다. 이제까지 내 삶은 내 자아의 만족을 위해서만 살아왔다. 젊은 시절에 자아는 내가 감당해야 할 유일한 현실이었다. 이제 아들이 생겼고, 그것이 내가 감당해야 할 새로운 현실이 생겨났음을 뜻했다. 그것은 나의 삶이 그 전과는 달라져야만 한다는 확실한 이유가 되었다. "나는 내 측근

이 아닌 이상 타인에 대한 열정은 없다. 오직 나의 존재만이 내게 명백하고 본질적이며, 그것만이 내 관심을 받아 마땅하다. 아이를 갖는다는 것은 자아를 유일한 현실로 삼으려는 이런 성향과 일상생활에서 항구적으로 싸워야 한다는 것을 말한다."^{티에리 타옹, 『예비 아빠의 철학』} 나는 내가 일군 독립된 가족 안에서 아버지라는 위치를 점유한다. 그것은 슬하의 식구들을 먹여 살리기 위해 일을 해야만 하는 의무가 있음을 뜻한다. 가족을 부양하는 것은 그 어떤 이유로도 태만하거나 방기할 수 없는 숭고한 의무이다. 나는 왜 아버지가 되려고 했을까? 나는 내 자아와 꿈과 의식을 옥죄는 아버지의 구속에 반항했던 사람이다. 나는 아버지의 원칙, 아버지의 가치관, 아버지의 훈육에 반발해서 가족에서 탈주한 청년이다. 나는 혼자 불안정하게 떠돌았다. 존재 기반의 불안정에 지칠 무렵 나는 안정을 찾아 결혼을 하고 아이를 낳고 가족을 만들었다. "나는 아들이 내 인생의 전부가 되어 이제부터 나의 삶이 오로지 그를 중심으로 돌아가고 내가 오직 아들만을 위해 살게 될 가능성을 경계한다. 자아를 상실하고 아버지로서의 역할에 병적으로 시달리는 노예가 되어, 자기 아이들을 위해 전적으로 희생하는 인간이 된다는 것은 우려스러운, 심지어 두려운 일이다."^{티에리 타옹, 앞의 책} 물론 나는 "아버지로서의 역할에 병적으로 시달리는 노예"가 되지는 않았지만 세 아이의 아버지가 되어 서른 해를 살았다. 나는 아버지가 되려는 모험에 뛰어들기 전에 아버지 노릇이 무엇인가에 대한 숙고를 하지 못했다. 그랬기 때문에 아마도 나는 좋은 아버지가 되지 못했을지도 모른다. 즉 "자아는 사라지고, 대개의 경우 아비지는 자기 문제와 피로와 외문을 혼자 짊어져야 한다"^티

에리 타옹, 앞의 책는 사실을 숙고하지 못했다.

대개의 사람들은 가족에게서 나오고, 가족과 연루된 채 삶을 꾸린다. 가족이란 한 인간의 내면이 길러지는 기초 환경이다. 가족 내부에서 어머니는 희생의 표상이다. 어머니는 자식들에게 몸과 생명을 주고 젖을 먹여 길러낸다. 어머니의 가사노동은 대부분 자식들의 필요를 감당하는 노동이다. "우스개 삼아 어머니를 업어보고/그 너무나 가벼움에 목메어/세 발짝도 못 걷네."이시카와 타쿠보쿠, 「우스개 삼아」 이시카와 타쿠보쿠의 짧은 시는 인고와 희생의 표상인 어머니의 노년을 보여준다. 맹모삼천孟母三遷의 교훈은 어머니의 지극한 사랑을 일러주는 유명한 고사다. 일찍이 남편을 여의고 혼자 몸으로 맹자를 키운 어머니는 맹자가 그릇된 길로 빠질까 여러 차례 이사를 한다. 묘지 근처에서 시장으로, 다시 학교 옆으로. 그렇게 아들에게 좋은 교육환경을 만들어주기 위해 이사를 하는 고생을 마다하지 않은 것이다. 아버지는 어떤가? "일요일에도 아버지는 일찍 일어나/암청색 추위 속에서 옷을 입고/주일 날씨 속의 노동으로 욱신대는 갈라진 손으로/불씨를 살려 불을 지폈다./누구도 그에게 고맙다는 말을 한 적이 없었다.//나는 깨어나 추위가 갈라지고 부서지는 것을 들었다./방들이 따스해지면, 그는 부르곤 했다,/그러면 나는 천천히 일어나 옷을 입었다,/그 집의 만성적 분노를 두려워하면서,// 추위를 몰아내고/내 좋은 구두까지 닦아놓은 그에게/무심히 말하면서./내가 무엇을 알았던가, 내가 무엇을 알았던가,/사랑의 엄격하고 외로운 과업들에 대해서?"로버트 헤이든, 「그 겨울 일요일들」 이 시는 한겨울 새벽의 추위 속에서 가족들을 위해 말없이 노동하는 아버지의 모습을 그린다. 아버지가 일찍 일어나 자식들이 잠든 방의 아궁이에 불을 지피지 않았다면 내 새벽잠이 그토록 아늑했을 것인가. 어머니와 아버지가 치른 "사랑의 엄격하고 외로운 과업들" 중에서 가장 큰 것은 자식을 낳고 길러내는 일이다. 좋은 어머니와 아버지 밑에서 식욕이나 성욕과 같은 생물학적 본성 말고 사람으로서의 중요한 도리와 덕, 그리고 윤리적 기질들도 배운다. 부모 노릇 하기의 고달픔은 부모가 되어서야 비로소 깨닫는 일 중의 하나다.

프란츠 카프카의 단편소설 「변신」은 가족의 의미에 대해 새로운 생각의 지평을 열어준다. 평범한 직장인이었던 그레고르는 어느 날 아침 깨어보니 흉측한 '벌레'로 변해 있었다. 카프카는 아무런 부연 설명 없이 이 황당하고 비현실적인 상황을 독자 앞에 제시한다. 이로 인해 가족의 일상적인 삶이 갑자기 낯설고 비일상적인 상황으로 뒤집어지고 만다. 처음에 가족들은 이 '벌레'를 자신들이 돌봐야 할 아들이자 오빠로 여기지만 시간이 흐르면서 이 '벌레'가 가족의 공동생활에 커다란 장애가 됨을 깨닫고 죽음에 이르도록 방치한다. 사실 주인공이 벌레로 변신했지만 자기동일성마저 잃어버리거나 손상된 것은 아니었다. 누이동생의 바이올린 연주를 들으면서 "이처럼 음악 소리에 감동을 받는데도 내가 벌레란 말인가?"라는 그의 탄식에 그대로 드러난다. 그는 흉측한 변신에도 불구하고 엄연히 그들 가족의 아들이고 오빠였다. 그러나 그는 벌레가 됨으로써 보편적이고 규범적인 가족외 일상성에서 튕겨나간다. 가족이라는 영토에서 벗어나 타자로 탈영토화하는 것이다. 가족들은 가족 내부에서 타자가 되어버린 그를 불편해하고 느닷없는 재앙으로 받아들인다. 그를 소외시키고 내쫓는 가족의 이기적인 선택은 일체의 경제력을 잃고 일방적으로 가족의 부양을 받아야만 될 처지에 이르고 만, 전락한 그에 대한 가족의 단죄이다. 누이동생은 벌레로 변신한 오빠 방에 신문과 음식을 넣어주는 등 연민을 보이지만 나중에는 주먹을 휘두르고 위협적인 눈초리를 보내고 오빠가 입에 대지도 않은 음식을 빗자루로 쓸어담아 쓰레기통 속으로 던져버린다. 아버지는 그레고르 잠자를 향해 사과를 던지며 벌거벗은 혐오감을 거침없이 드러낸다. 사과가 그의 몸통에 박혀 썩어가고, 결국 그는 소외되고 방치되다가 죽음에 이른다. 그 사체는 청소부 할멈에 의해 쓰레기로 처리되고, 가족들은 기분전환을 위해 소풍을 떠난다. 카프카는 숭고함으로 포장된 가족이 실은 배제와 차별화의 원리에 의해 움직이며, 억압과 폭력으로 자기동일성을 유지하는 유기적 조직체임을 꿰뚫어본다. 카프카는 「변신」에서 가족 안에서 타자가 되어버린 자가 겪는 비범한 고독에 대해서 쓰며, 가족이라는 환상의 장막으로 뒤덮여 있던 그토록 잔인한 진실을 까발려 일러바친다. 카프카는 바로 그것, 누구나 알지만 쉽게 말하지 못하는 그것, 가족이 마피아 집단과 마찬가지로 이익-착취-폭력에 의해 서로 얽혀 있는 더러운 관계임을, 아울러 우리가 그 '신성한' 가족 내부에서 날마다 겪으며 견디는 그 낯설고 끔찍하며 비일상적인 존재론적 고독에 대해서. 카프카는 「아버지께 드리는 편지」에서 이렇게 쓴다. "전형적인 하나의 가족이 의미하는 것은 일단 동물적인 관계이다." 가족이란 서로가 서로를 구순기□脣期적 욕망의 빨아들임으로 체화된 관계, 서로가 서로에게 빨아들이고 빨아먹히는 '검은 구멍'이 되는 관계이다. 나는 아버지와 어머니를 빨아먹는 검은 구멍이고, 아버지와 어머니는 나를 빨아먹는 검은 구멍이다. 그 상호적 빨아먹음은 가족의 울타리를 벗어나 탈주의 선을 타기 전에는 끝나지 않는다.

로맹 가리의 장편소설 『그로칼랭』은 우울하고 슬프고 유쾌하게, 가족의 외부에서 가족의 의미를 곰곰 씹어보게 한다. 『그로칼랭』은 카프카의 「변신」과 완벽한 역상을 이룬다. 파리에 사는 서른일곱 살의 독신남자 미셸 쿠쟁은 통계 일을 하는 직장인인데, 한 직장에서 일하는 동료 여성인 드레퓌스를 짝사랑한다. 소심한 그는 좋아하는 여성의 주변만을 어슬렁거릴 뿐 제대로 말도 걸어보지 못한다. "저번에 포르트 드 방브 역에서 구석에 어떤 아저씨 혼자 앉아 있는 텅 빈 지하철을 탄 적이 있다. 나는 객차 안에 그 아저씨 혼자 앉아 있다는 것을 곧 알아차리고 당연히 그 옆에 가서 앉았다. 한동안 그렇게 가다보니 우리 사이에 어떤 거북함이 자리잡았다. 온통 빈자리 천지였기에, 인간적으로 난감한 상황이었다. 일 초만 더 있으면 둘 다 자리를 옮겨 앉을 것 같았지만 나는 꼭 붙어 있었다. 그것은 몹시 두려운 일이었기 때문이다. 내 뜻을 이해시키기 위해 '그것'이라고 했다. 그때 아저씨가 매우 간단하고도 훌륭한 행동으로 나를 편하게 해주었다. 아저씨는 지갑을 꺼내더니 거기서 사진을 몇 장 꺼냈다. 그리고 소중한 가족을 소개하듯 사진을 한 장씩 보여주었다."로맹 가리, 「그로칼랭」 인구 친 민의 도시 파리의 텅 빈 지하철 안에서 주인공은 낯선 남자 곁에 꼭 붙어 앉는다. 고독과 대도시의 비인간화에 지친 주인공이 타자에게 친밀감을 느끼기 위해 취하는 행동이다. 낯선 아저씨가 "가족을 소개하듯" 보여준 사진에는 사람이 아니라 젖소가 찍혀 있다. 아저씨는 그에게 말한다. "이건 지난주에 산 젖소예요. 저지 좋이지요. 그리고 자, 이 돼지는 삼백 킬로그램이나 나가요." 주인공은 사람이 아니라 동물에게 애정을 쏟는 아저씨의 얘기를 들으며 감동을 받는다. 또 다른 대목이다. "돌아오는 길에는 여느 때처럼 내 자신감을 북돋기에 알맞은 사람 곁으로 가서 앉았다. 그 사람은 불편해 보였고, 차량 안은 반쯤 비어 있었다. 그 사람이 나에게 말했다. '다른 데 앉으면 안 됩니까? 자리도 많은데요.' 인간과의 접촉이 거북한 것이다. 한번은 우스울 정도였다. 어떤 괜찮은 사람과 내가 뱅센으로 가는 텅 빈 객차에 함께 타서 긴 좌석에 나란히 앉았다. 잠시 그대로 참다가 동시에 일어나 각자 다른 자리에 가서 앉았다. 끔찍했다. 전문가 포라드 박사에게 문의했더니 대도시권 주거 밀집 지역에서 천만 명에 둘러싸여 살면서 외로운 기분이 드는 것은 정상이라고 말해주었다."로맹 가리, 앞의 책 주인공은 삭막한 인간관계에 진저리치며 외로움에 떨다가 거대한 비단뱀 그로칼랭을 데려다 동거하기로 한다. 그러니까 『그로칼랭』은 가족 없이 혼자 사는 남자가 고독을 견디기 위해 거대한 비단뱀을 가족 삼아 동거하는 이야기이다. 주인공은 이렇게 말한다. "그로칼랭은 제 비단뱀 이름입니다. 제가 없으면 살 수 없으니까 애착을 보이지요. 교수님은 파리에 사는 비단뱀이 얼마나 고독한지 모르실 겁니다. 끔찍하지요. 절망적인 의미로 큰일이라 할 만한, 지독한 상황입니다."로맹 가리, 앞의 책 사람들은 고독에서 벗어나기 위해, 그 끔찍함과 "절망적인 의미로 큰일이라 할 만한, 지독한 상황"에서 탈주의 한 방편으로 연인을 만들고 가족을 만든다. 거대한 비단뱀마저 가족으로 받아들일 만큼 외로움이란 얼마나 끔찍한 일일까!

우울하고 복잡해진 머릿속에서 가족의 의미를 짚어보며 한동안 골똘해진다. 경찰 간부 A씨는 효자였고, 감사원장 후보자였던 이도 한 가정에서 존경받는 아버지였다. 무엇이 그들을 살인자로, 공직 부적격자로 전락하게 만들었을까. 두 사건에 대해 생각하면서 언뜻 우리 사회에 떠도는 가족 이기주의란 유령들의 그림자를 보았다. 이 유령들은 생존 처세술이란 가면을 쓰고 도처에 나타난다. 이 유령은 공익이 아니라 사익을 섬겨 제 뼈를 키우고, '부자되세요'라는 말의 남용에 담긴 뻔뻔함을 빨아들이며 제 몸을 살찌운다. 이 유령은 사람됨, 이타주의, 품격 따위를 싫어하고, 그 대신에 낙하산 타고 요직 차지하기, 뒷돈 받아 챙기기, 개발 정보 빼내 돈 될 만한 땅 사재기, 원칙주의에 물타기 따위를 좋아한다. 왜 그토록 많은 장관 후보자들이 재산 증식과정이나 제 자식들을 위한 위장 전출입과 같은 위법과 탈법 혐의에서 자유롭지 않은가? 왜 고위 공직자 청문회마다 위법·탈법·불법 사례가 끊이지 않고 들춰지는가? 고도성장기를 지나오면서 우리는 공익보다는 개인이나 자기 가족의 이익을 우선하며 살아왔다. 그 과정에서 크고 작은 탈법과 위법이 저질러졌는데, 그것들이 관행화되면서 죄의식이 옅어지고, 결국 한국 사회는 탈법 공화국으로 전락하고 말았다. 그 탈법의 핵심은 이기심과 탐욕이고,

특히 가족 이기주의이다. 우리를 그토록 뻔뻔함으로 내몬 것은 정직하게 사는 것보다 부자가 되는 것이 더 낫다는 그릇된 배금주의, 승자가 모든 것을 취하고 패자는 철저하게 짓밟히는 천박한 승자독식사회의 파렴치함이 일반화되었기 때문이다. 특히 나라가 국가부도 위기를 겪으며 많은 사람들이 직장에서 밀려나오며 우리 내면에 불안과 공포가 깃들었다. 그 결과로 이기심이 발호하고, 너나 할 것 없이 그 이기심이 시키는 대로 위법과 탈법을 저지르며 살아온 게 사실이다. "이기심의 만연은 한국인들을 한편으로 범죄자의 길로 떠밀고, 다른 편으로는 정신병동으로 밀어넣는다."_{김태형, 「불안증폭사회」} 양극화, 저출산, 직업 안정성의 감소, 극단적 경쟁주의, 환경 문제 등등 난제를 안고 한국 사회라는 기차는 미래를 불확실하게 하는 위기들이 도사린 고위험사회로 달려간다. 이렇듯 한국 사회를 고위험사회, 혹은 불안증폭사회로 내몬 것은 내 가족만은 잘 살아야 한다는 가족 이기주의이다. 가족 이기주의에는 타자에 대한 배려나 정의, 사회적 기회의 균등 따위가 들어설 틈이 없다. 가족이란 한 사회를 떠받치는 최소단위의 집단이다. 가족이 건강한 공동체로 바로 서야 공멸을 향해 달려가는 한국 사회라는 이 폭주기차를 정지시킬 수가 있다. 가족 이기주의는 사회의 건강을 좀먹는 대표적인 병소病巢이다. 시도 때도 없이 출몰하는 가족 이기주의라는 유령들이 사라져야 우리 사회가 건강해질 수 있다.

타조 : 참을 수 없는 존재의 무거움

길쭉하게 뻗은 목, 파충류만큼이나 작은 부피의 대뇌피질밖에 없을 게 분명한 주먹만 한 머리, 주변을 두리번거리며 살피는 커다란 눈, 어깨에 붙은 작은 날개, 그리고 길고 튼튼한 두 다리. 그게 타조의 모습이다. 타조는 조류이지만 날지 못하는 새다. 타조는 말보다 더 빨리 달릴 수 있는 주력走力이 있지만, 날 수는 없다. 타조의 날개는 공중으로 도약하고 비상하는 데 아무 쓸모도 없는 퇴행 기관이다. 나는 법을 잃어버린 새라니! 타조가 날지 못하는 것은 날개에 비해 지나치게 무겁고 커다란 몸통 때문이다. 타조를 노래하는 시인은 드물다. 한 시집에서 타조를 노래한 시를 찾아낸 것은 숲에서 잃어버린 구슬을 찾아낸 것보다 더 신기한 일이다.

실제로 보니
타조駝鳥는 새보다 낙타駱駝를 더 닮았다.

타조가 낙타보다 새에 더 가깝다는 증거로
날개라는 것이 달려 있기는 하다.
타조도 가끔은 가슴을 펴고 날갯짓을 하지만
깃털 몇 개로
큰 낙타를 하늘로 들어올려보겠다는 생각은
처음부터 단호하게 잘라버렸음이 분명하다.
타조를 처음 본 순간
나도 타조의 태도에 전적으로 동의했다.
타조의 이 확고한 의지는
나무 기둥 같은 다리로 곧게 뻗어나가
말굽처럼 단단한 발에 굳게 뿌리내리고 있다.
그 의지에 눌려
날개는 몸속으로 깊이 들어가
유난히도 길고 유연한 목으로 솟아오르고
말처럼 빠른 다리로 뛰어나가고 있다.
날지 못한다는 것만 빼면
타조는 나무랄 데 없이 완전한 새.
그래도 타조를 새라고 생각하니
낙타 같은 얼굴과 걸음걸이며
뱀같이 구불거리면서 먹이를 찾는 목 따위가
참을 수 없이 우스꽝스럽게 보였다.
타조는 이 우스꽝스러워 보이는 슬픔을
전혀 바꿀 생각이 없는 것 같다.

한참 동안 타조를 보고 나서
타조의 이 방약무인하고 당당한 슬픔에
나는 다시 한번 전적으로 동의하고 말았다.

소 닭 보듯
타조들이 높이 나는 새들을 보고 있다.

김기택, 「타조」

　새들은 '고체 상태의 바람'이지만 타조는 바람은 없고 그냥 고체
상태만 남은 것이다. 타조는 무겁다. 타조는 말처럼 빠르게 뛰는 조
류다. 타조에게 낙타는 가벼운 몸에 갇힌 무거운 영혼이고, 새는 무
거운 몸의 현실로 육화肉化된 가벼운 영혼이다. 시인은 빼어난 통찰
력으로 타조가 새보다는 낙타에 더 가까운 동물이라고 단언한다. 타
조가 보여주는 종種의 보편에서 벗어난 형태적 부조화는 연민을 불
러일으킨다. 시인은 그런 타조를 오랫동안 바라본 뒤에 "타조의 이
방약무인하고 당당한 슬픔에/나는 다시 한번 전적으로 동의하고 말
았다"고 적는다. 타조는 날개 대신에 비상하게 발달한 두 다리로 달
린다. 타조의 두 다리는 날개에서 진행된 오랜 퇴적작용의 결과다.
타조는 그렇게 공중에서 활공하는 능력을 반납하고 그 보상으로 대
지 위에서 질주하는 능력을 받는다. 타조가 보여주는 놀라운 주력은
탈진과 실패를 낳는 열등한 몸의 현실을 승화시킨 구체적인 사례다.
그러나 타조가 아무리 "나무 기둥 같은 다리로 곧게 뻗어나가/말굽
처럼 단단한 발에 굳게 뿌리내리고" "닭다 같은 얼굴과 걸음걸이"를

갖고 있더라도 새가 아닌 것은 아니다. 타조는 낙타의 몸에 새의 영혼이 깃든 동물이다. 태생적으로 몸과 영혼이 어긋난 이 터무니없는 조합이 타조의 운명을 기이한 아둔함으로 몰아간다. 새와 낙타가 공존하는 몸이라니! 타조는 몸속으로 날개가 매몰됨으로써 날지 못하는 새, 날개의 퇴행 흔적을 갖고 달려야만 하는 낙타의 운명을 수납한다.

타조의 동물성은 어떤 한계들에 대한 징후들을 드러내며, 즉 시간의 측면에서 현재에 종속되어 있고, 공간의 측면에서 신체가 점유하는 공간으로 그 존재 자체가 제한되어 있다. 그 점은 사람도 마찬가지이지만, 사람은 그 동물성이 구현된 신체의 한계를 벗어나 제 삶과 운명을 창조하는 그 무엇을 갖고 있다. 베르그송은 그것을 '나' '영혼' '정신'이라고 말한다. 그러니까 타조는 먹고 자고 교미하면서 종을 번식하는 자기 종의 유적 특성에 갇혀 있는 동물로, 정신의 자유로움과 "사상과 미를 응시할 수 있는 영혼, 이미 신성한 것에 동참하는 영혼"아르멜 르 브라 쇼파르, 『철학자들의 동물원』이 부재한 신체에 갇힌 우매함의 표상이다.

니체는 타조를 가리켜 "머리를 무거운 대지 속에 무겁게 처박고" 있는 새라고 말한다. 타조는 중력의 영에 지배되고 있는 대지에 머리를 처박고 있다. 타조는 어떤 경우에도 생각하고 판단하지 않는다. 외부에서 주어지는 자극에 대해 자동인형처럼 반응할 뿐이다. 타조는 결코 자기의 능력으로 넘을 수 없는 동물성이란 문턱에 걸려 "오로지 반사 작용, 본능, 역학을 통해서만 지배"^{아르멜 르 브라 쇼파르, 앞}^{의 책}되는 영역을 벗어날 수 없다. 타조는 자신을 타자화해서 보지 못하고, 자신의 삶과 행동들에 대해 주체로서의 인식이 부재한 까닭에 선과 악의 분별도 없다. 타조는 어떤 형이상학적 감수성도 타고나지 않았기에 자기가 왜 태어났는지, 그리고 왜 죽어야만 하는지에 대해 사색도 하지 않는다. 자기 안도 보지 못하고 자기 밖도 내다보지 못한다. 오로지 즉물적인 존재함 속에서만 움직이고 거주하는 우둔한 피조물이다. 동물성이란 애초에 그런 것이다. 타조는 선도 아니고 악도 아니다. 이성의 부재, 초월성의 부재는 타조로 하여금 동물의 배타적인 궁극성에 머물게 한다. 타조, "생명 보존과 종 번식이라는 동물의 배타적인 궁극성은 배와 성기와 연결되어 동물의 비천함을 표시"^{아르멜 르 브라 쇼파르, 앞의 책}하는 낙타에 가까운 새!

타조는 가장 빠른 말보다도 더 빨리 달린다. 그런 그도 아직은 머리를 무거운 대지 속에 무겁게 처박고 있으니. 아직 날지 못하는 사람도 이와 다를 바가 없다.

날지 못하는 사람은 대지와 삶이 무겁다고 말한다. 중력의 악령이 바라고 있는 것이 바로 그것이다! 그러나 가벼워지기를 바라고 새가 되기를 바라는 자는 먼저 자기 자신을 사랑할 줄 알아야 한다. 이것이 나의 가르침이다.

그렇다고 허약한 자나 병자가 하는 그런 식으로 자기 자신을 사랑해서는 안 된다. 자애라는 것조차도 그런 자들에게서는 악취를 풍기기 때문이다.

나의 가르침은, 사람들은 자기 자신을 건전하며 건강한 사랑으로 사랑하는 법을 배워야 한다는 것이다. 자기 자신을 참고 견뎌 냄으로써 쓸데없이 떠도는 일이 없도록 하기 위해서다. 니체, 「중력의 악령에 대하여」

타조의 비극은 무엇보다도 조류의 일종이면서도 공중을 활공하는 능력이 없다는 사실에서 비롯한다. 타조가 날 수 없는 것은 크고 무거운 몸통에 견줘 지나치게 작은 날개 탓이다. 무거움이야말로 타조의 수치가 아닐 수 없다. 무거운 몸은 중력의 악령들에게 가장 좋은 먹잇감이다. "무거움은 개인적인 방식으로 생각할 줄을 몰라 몸의 표정 속에서 굳어버린 영혼이다. 그것은 감히 영혼이 되지 못하고, 스스로 가면이 됨으로써 자신의 두려움을 감추는 영혼이다."베르트랑 베르줄리, 「무거움과 가벼움에 관한 철학」 무거움은 더는 상승할 수 없으며 오로지 추락의 운명을 받아들일 수밖에 없는 존재의 수치이다. 타조는 무거움의 영혼, 상승하는 법을 잊은 채 하강하는 영혼의 표상이다. 무거움은 피할 수 없는 숙명으로서의 저주다. 몸의 무거움은 높이와 예지를 빼앗긴 채 땅에 속박당한다. 니체는 "날지 못하는 사람은 대지와 삶이 무겁다고 말한다. 중력의 악령이 바라고 있는 것이 바로 그것이다!"라고 말한다. 몸과 정신이 무거운 자들은 어리석은 방식으로 무겁다. 가벼움을 잃어버린 자들은 대지와 삶이 무겁다고 말한다. "그것〔가벼움〕이 결핍될 때 땅은 하늘을 잃고, 밤은 낮을, 어둠은 빛을, 깊이는 표면을 잃게 된다. 그렇게 되면 모든 것이 무겁고, 어둡고, 난해하고, 침울해진다."베르트랑 베르줄리, 앞의 책 먼저 그들은 자기 자신을 사랑하는 법을 잊는다. 그들은 무거움으로 인해 자기 자신에게로 침잠한다. 무거움은 그 주체를 자기에서 멀어지게 만든다. 자기 안에 포박당하는 자들! 그게 무거움 때문에 하늘을 나는 기쁨을 잃고 땅으로 추락해버린 타조의 비극이다. 니체는 뭐라고 했던가? "가벼워지기를 바라고 새가 되기를 바라는 자는 먼저 자기 자신을 사랑할 줄 알아야 한다." 타조는 자기 안에 갇혀 움짝달싹도 하지 못한다. 그가 날기 위해서는 무거움과 단절하고 가벼움의 힘들로 자신을 채워야 한다. 그래야 새가 되어 다시 날 수 있다. 새들의 공중을 나는 능력은 오랫동안 인간이 품었던 불가능한 꿈이기도 했다. 어디 그뿐인가! 새들은 노래하고 인간의 말을 흉내내고 영리함을 뽐내고 그밖에 여러 재능들을 가졌다. 새들은 그런 다재다능함 때문에 사람들에게서 호의적인 평가를 받는다.

새들은 그들의 주된 특징을 이루는 나는 능력 외에 다른 으뜸패들, 즉 인간과의 유사성도 갖고 있다. 아리스토텔레스는 그들이 두 발을 가졌음을 강조한다. 새들은 "두 발을 갖고 있고, 이는 그들을 동물들 가운데 가장 뛰어난 동물로 만든다." 어떤 행동들은 적잖이 놀라울 뿐만 아니라 지성을 드러내기도 한다. 새들은 영리하거나 근면할 수 있고, '인간적인' 감정들을 드러낼 수도 있다는 것이 그것이다. 올빼미는 고대에는 지혜를 표현했고, 플라톤이 만일 그들이 표현할 수 있었다면 인간을 어떻게 평가했을까 자문하던 학은 아리스토텔레스에게는 총명함을 나타냈다. A. 파레는 새들의 둥지가 모든 석공들·목수들·건축가들을 능가한다고 생각했다. 둥지를 만드는 데 대단히 노련한 제비는 애기똥풀잎으로 새끼들의 붉은 눈을 뜨게 해줄 줄 안다. 일부 종들은 학·백조·펠리컨처럼 사회형태를 알기도 한다. _{아르멜 르 브라 쇼파르, 앞의 책}

타조는 새들이 갖는 거의 모든 형태의 재능이나 지혜를 갖고 있지 못하다. 퇴화된 날개, 무거운 몸통, 튼튼한 다리를 가졌을 뿐이다. 타조의 삶은 무거움 때문에 대지에 고착되어 있다. 혹시 당신도 "대지와 삶"이 무겁다고 느껴지는가? 그 무거움에 지쳐 한숨을 토해내는가? 그렇다면 당신은 타조의 유형에 속한다. 현재의 현전 속에서 중력의 힘과 함께 바닥으로 가라앉는 모든 존재는 우둔함과 무기력에 빠진다. "날지 못하는 사람은 대지와 삶이 무겁다고 말한다." 무거운 자들의 특징은 무기력하다는 것이고, 따라서 그들은 존재의 뿌리에 이르기까지 자신을 무기력 속에 방기한다. 레비나스는 무기력의 본질이 "짐으로서의 존재 자체에 대한 기쁨 없는 무력한 반발"이고, "미래에 대한 피로"라고 날카롭게 짚는다. "무기력의 본질적인 점은 행위의 시작에 선행하는 그 무기력의 위치, 이를테면 미래에 대해 취하고 있는 그의 방침이다. 무기력은 행위를 기권하는 데 따르는, 미래에 대한 사유가 아니다. 무기력은 그것의 구체적 충만함 속에서 미래에 대한 기권이다. 무기력이 노출시키는 존재의 비극은 더욱 심오하다. 무기력은 미래에 대한 피로이다. 시작은 부활의 기회로서, 싱싱한 기쁜 순간으로서, 새로운 국면으로서 무기력에게 간청하지 않는다. 이미 무기력은 피로라는 하나의 현재로서 시작을 아직 설익은 채로 달성했다. 무기력은, 홀로 있는 주체에게는 미래도 새로운 순간도 불가능하다는 점을 알려줄 것이다." _{에마뉘엘 레비나스, 「존재에서}

타조의 비극은 중력의 악령에 저항하지 않은 채 시작의 불가능성에 자기 존재를 유폐하고 무기력을 받아들였기 때문이다! 타조는 도무지 창조의 생성의 기쁨을 알지 못한다. 그런 점에서 타조는 차라투스트라와는 대척적인 자리에 서는 존재다. 차라투스트라는 "창조하는 자로서, 수수께끼를 푸는 자로서, 그리고 우연을 구제하는 자로서 나는 저들에게 미래를 창조할 것을, 그리고 이미 존재했던 모든 것을 새로운 창조를 통하여 구제하도록 가르쳤다."_{니체,「낡은 서판과 새로운 서판에 대하여」} 타조에게 내일은 아무 의미도 없는 날이다. 타조는 오늘만을 먹고 배설하는 날로서 받아들인다. 타조는 왜 내일을 가슴 뛰는 기대로 기다리지 않는가? 그것은 자기를 사랑하지 않기 때문이다. 중력의 악령이 바라는 것이 바로 그것이다! 차라투스트라는 가벼워지기를 바라고 새가 되기를 바라는 자는 "먼저 자기 자신을 사랑"해야 한다고 했다. 미래가 배제된 오늘이란 마비된 존재의 순간일 뿐이다. 타조의 수고와 노동 속에는 피로가 없다. 타조는 피로가 쌓이는 근육이 없기 때문이다. 타조는 피로를 모르고 웃음도 도무지 모른다. 타조는 단지 자기를 사랑할 줄 모르는 동물이다. 피로가 없어도 자기 존재에 대한 웃음이 결핍된 존재는 충분히 삶이 무겁고 고되다고 느낀다. 타조는 피로의 누적 없이 삶이 고되다고 느끼는 동물이다.

우리가 아직 요람에 있을 무렵 사람들은 우리들에게 묵직한 말과 가치를 지참물로 넣어주었다. '선'과 '악'이라는 지참물을. 그리고 그런 것이 있기에 우리는 생존해도 좋다는 것이다.

그리고 자기 자신을 사랑하는 일이 없도록, 제때에 그것을 막기 위해 사람들은 어린아이들을 불러 저들 곁으로 오도록 한다. 중력의 악령이 그렇게 만든 것이다.

이제 우리는 사람들이 우리에게 지침물로 준 것을 굳은 어깨에 짊어진 채 몸을 사리지 않고 험한 산을 넘어간다! 우리가 땀을 흘리기라도 하면 사람들은 말한다. "그렇다. 삶은 고된 것!"니체,「중력의 악령에 대하여」

타조는 새의 천성을 잃어버린 채 '선'과 '악'이라는 지침물을 등에 얹고 삶이라는 험한 산을 넘는다. 타조는 퇴화된 날개를 양쪽 어깨에 붙이고 서있는 코끼리다. 타조는 참을 수 없는 존재의 무거움에 대한 표상인데, 말할 것도 없이 타조를 무겁게 만든 것은 중력의 영이다. 중력의 영이 작용하는 것은 세상의 모든 강제와 율법, 그리고 도덕들이다. 그러니까 가벼워지기를 원하는 자들은 존재를 무겁게 만드는 중력의 영과 싸워야 한다. 먼저 분노하고, 저항해야 한다. 그런데 타조는 상승하는 법을 포기한 채 무기력 속으로 침수하고 말았다. 물론 처음부터 나는 법을 배울 수는 없다. 차라투스트라는 날기 위해 "먼저 서는 법, 걷는 법, 달리는 법, 기어오르는 법, 춤추는 법부터 배워야 한다"니체, 앞의 책고 말한다. 타조의 튼튼한 두 다리는 그의 불명예에 대한 징표 이상도 이하도 아니다. 나는 법을 잃어버린 타조는 존재함 그 자체가 치욕이다. 타조는 자신에게 쏟아지는 세간의 불명예와 치욕의 말들을 중력의 영에게 전가하고 회피한다. 타조, 그 참을 수 없는 존재의 무거움이라니!

이타주의는 왜 숭고한가?

독수리 : 심연의 응시자

이타주의는 왜 숭고한가?

개에게서 야성을 더하면 늑대가 되고, 소에서 야생을 더하면 들소가 된다. 인류는 오랜 세월에 걸쳐 거세를 하거나 길들이기 같은 인위적 방법으로 야생동물들을 가축으로 바꿔왔다. 자연은 가공과 변형이 가능하다. 오스트랄로피테쿠스에서 호모 하빌리스, 그 다음 호모 에렉누스, 그 다음 호모 사피엔스를 거쳐 오늘의 인류에 이른 뒤, 사람은 항상 사람이다. 사람들 하나하나는 우주에 버금갈 만한 복잡함을 머금은 존재들이다. 아울러 인류는 하나의 유적^{類的} 동일성에 묶어둘 수 없는 까닭에 하나의 본성론으로 묶을 수도 없다. 뇌라는 "수억 광년의 우주를 이해할 수 있는 1.5킬로그램짜리 작은 덩어리"^{매리언 다이아몬드}를 가진 자연의 종^種이면서 항상적으로 그것을 넘어서는 게 사람이다. 사람은 사람 일반이 아니라 고유한 성, 나이, 문화, 인격을 가진 개별자로 엄연하고, 제 인격의 현실태^{現實態}이며 미래 가능태^{可能態}로 살아간다. 우리가 산다는 것은 주어진 환경에서 삶을 향유한다는 뜻이다. 철학자 레비나스는 이 향유에 관해 이렇게 말한다. "지금 내가 살고 있는 이 땅으로 나는 충분하다. 나를 떠받쳐주는 땅은, 무엇으로 나를 떠받쳐주는가를 알려고 하지 않아도 나를 떠받쳐주고 있다. 내가 살고 있는 세계의 한 모퉁이, 일상적 처신의 세계, 이 도시, 이 지역 또는 이 거리, 내가 살고 있는 이 지평, 이들이 보여주는 외모에 나는 만족한다. 이들에게 나는 폭넓은 체계 속에 설 땅을 제공하지 않는다. 나에게 설 땅을 주는 것은 오히려 이들이다. 이들을 생각하지 않은 채 나는 이들을 영접한다. 나는 이 사물들의 세계를 순수한 요소처럼, 떠받쳐주는 이 없는, 실체 없는 성질처럼 즐기고 향유한다." 레비나스, 『전체성과 무한』, 강영안, 『타인의 얼굴』에서 재인용 이 향유의 개별성을 통해 우리 각자는 사람 일반에서 쪼개져서 '나'로서 살아간다. '나'와 다른 이질성을 구현하는 타자들의 세계를 자신의 세계로 변환시킨다. 그래서 레비나스는 "나에게 터전을 주고 나를 떠받쳐주던 세계의 이질성은, 욕구를 충족시키는 가운데, 자신의 타자성을 상실한다. …… 다른 것에 속했던 힘은, 포만飽滿 가운데 …… 나의 힘, 내 자신이 된다" 레비나스, 강영안, 앞의 책에서 재인용라고 말한다.

사람은 추악하면서도 동시에 숭고한 존재다. 사람은 자기 욕망을 채우기 위해 다른 생명을 죽이는가 하면 남을 구하기 위해 자기 생명을 바치기도 한다. 이렇듯 사람 안에는 '짐승'과 '성인'이 동거한다. 하지만 '짐승'들은 많고 '성인'은 드물다. 2001년 1월 26일 저녁 도쿄의 한 전철역에서 선로에 떨어진 취객을 구하려고 청년이 뛰어든다. 취객은 그 청년과 아무 관계가 없는 사람이었다. 그 청년은 다른 사람을 구하기 위해 제 생명을 희생하는 행동을 주저하지 않았다. 말 그대로 살신성인이다. 자기를 향한 이 살인이자 폭력 행위는 일본 주류사회에 큰 감동과 충격을 불러일으킨다. 그 청년을 추모하면서 눈물을 흘리는 일본인들이 많았고, 그의 아름다운 행위를 기려 여섯 해 뒤에는 영화가 만들어지기도 했다. 살아 있다는 것만도 충분히 기적이다. 제 생명을 버려 다른 생명을 살리는 것은 그보다 더한 기적이다. 이수현1974~2001은 그런 기적을 실현한 인간이다. 많은 사람들이 그 기적에 놀라고 감동한 것이다. 그는 죽음으로 향하는 유한한 제 삶을 타자를 위해 남김없이 씀으로 타자를 영접한다. 죽음이라는 무의미를 향한 존재를 의미의 존재로, 윤리적 주체로 거듭난 청년 이수현은 어떻게 그런 행동을 할 수 있었을까? 이것을 심리학에서는 '감정이입 이타주의 가설'로 설명한다. 타인이 고통스러워하는 것을 볼 때 우리 내면의 마음도 반응을 하고 그 반응은 원형적인 사회적 행동으로 나타난다. "우리는 자동적으로 그리고 무의식적으로 우리 마음 안의 고통을 흉내내면서 우리 자신의 기분이 나빠진다는 것이다. 추상적으로가 아니라 문자 그대로 기분 나쁘게. 우리는 타인의 부정적인 느낌에 감염되며 이 상태를 경감시키기 위한 행동을 할 동기를 부여받는다."마이클 S. 가자니가, 『윤리적 뇌』 타자가 사고를 당해 고통스러워할 때 우리도 타인의 감정 상태를 공유하며 반응한다. 네가 아프니 나도 아픈 것이다. 여러 심리학적 실험들이 이 가설을 증명한다. "타인의 고통에 반응하는 경향은 타고나는 것 같다. 신생아는 태어난 첫날 다른 신생아의 통증에 반응하여 운다는 것이 증명되었다."마이클 S. 가자니가, 앞의 책 청년 이수현의 아름다운 행동은 분명 우리가 본성에서 공유하는 계통발생론적 유산, 즉 타인의 고통에 자동적으로 반응하고, 살인과 근친상간을 금하고, 약한 자를 돌보고, 거짓말을 하거나 약속을 어겨서는 안 된다는 윤리적 본성보다 더 높은 단계에서 이루어지는 윤리적 섬광의 발현이다. 제 내면의 양심에서 솟구친 즉각적이고 절대적인 윤리적 명령이 그로 하여금 그와 같은 이타적 행위로 이끌었을 것이다. 그가 맑고 순수한 사람이고, 남보다 훨씬 더 높은 도덕성의 실천자라는 증거다. 물론 모든 이타적 행동에는 이기적 동기가 숨어 있다고 말하는 생물학자도 있지만, 청년 이수현의 이타적 행동은 인간의 본성에 대한 풀리지 않는 수수께끼를 던져준다.

생물학에서 사람은 지구 위의 많은 생물 중의 하나다. 종이란 개념은 어떤 편의를 위해서 형태학적 차이에 따라 지정한 임의적인 범주, 즉 "연속적인 계통발생 계열을 임의적으로 절단시켜 놓은 단편"_{로저 트리그, 「인간 본성과 사회생물학」}에 지나지 않는다. 현대 생물학은 종을 "상호 교배가 가능한 자연 개체군 집단으로, 그와 유사한 다른 집단으로부터 번식적으로 격리된 집단"_{로저 트리그, 앞의 책}이라고 설명한다. 인류는 동일한 생물학적 종이고, 그에 따라 "인간 형질의 원천으로서의 공통적인 유전자 풀^{pool}"_{로즈 트리그, 앞의 책}을 갖고 있다고 믿는다. 그렇다면 같은 유전적 형질을 갖고 태어난 사람들이 시대와 환경에 따라 각각 다른 문화를 일구고 똑같은 상황에서 제각각 다른 행위를 하는 것은 어떻게 설명할 수 있을까? 누구는 자기 이익을 위해 살인을 하고, 누구는 자기 이익과 무관한 타자를 위해 생명을 희생한다. 이 행위의 차이는 어떻게 설명할 것인가? 어떤 생물학자들은 고정된 인간 본성은 없다고 말한다. 철학자 오르테가 이 가세트도, 인류학자 애슐리 몬태규도, 진화생물학자 스티븐 제이 굴드도 불변하며 고정적인 인간 본성이란 존재하지 않는다고 믿었다. 다만 사람은 각기 다른 시공간적 연속성에 따라 나타난 역사상의 실재들이며, 개체에게 발현되는 인격들은 환경과 같은 우연적 산물에 가깝다는 것이다. 사람은 자연의 존재이며 동시에 그것을 넘어선다. 사람들에게 나타나는 인격들 하나하나는 단순한 유전자나 환경에 의해 만들어진 산물이 아니다. 사람은 동물보다 더 높은 도덕적 존재로 태어나고 우리 안에 각인된 도덕 감각이 우리를 동물보다 더 많은 이타적 행위를 하도록 한다. 사람은 자연에 작용하는 생물학의 법칙을 넘어서서 도덕과 종교를 발명하고, 그에 따라 더 높은 도덕성과 진리를 추구하는 존재인 까닭이다. 사람은 유전자의 조합 이상이고, 사회적 환경을 넘어서서 제 고유한 인격을 발현하는 존재이기 때문에 이수현과 같은 사람이 출현하는 것이다.

　우리는 이타성을 실현한 사람으로 체 게바라1928~1967를 기억한다. 볼리비아 정부군에 생포된 체 게바라는 1967년 10월 9일에 볼리비아의 작은 마을에 있는 학교에서 서른아홉의 나이로 사살되었다. 올리브그린색 전투복과 별이 그려진 베레모 차림, 그리고 깡마른 체구와 어깨까지 닿는 장발과 턱을 뒤덮은 수염을 한 사나이. 제 자식들이 혁명가들로 자라기를 바라고, 그들에게 혁명이 왜 중요한지, 그리고 각자가 외따로 받아들이는 것은 아무런 가치가 없다고 이른 아버지. 20세기가 낳은 혁명의 아이콘. 의사, 게릴라 대장, 대사, 토지 개혁위원회 위원장, 쿠바 국립은행 총재, 재무장관, 외교관, 뛰어난 저술가. 그게 한 사람이 20세기에 수행한 직책들이다. 그는 이렇게 말한다. "나는 다른 이들처럼 성공하고 싶었습니다. 유명한 발견자가 되는 꿈도 꾸었고, 인류에게 도움이 될 무언가를 위해 지치지 않고 일하고 싶었습니다. 그러나 지금 이 순간 나에게 그런 것은 개인적인 승리로밖에 보이지 않습니다. 나는 우리 모두들처럼 환경의 부산물이었던 것입니다."^{장 크로미에, 『체 게바라 평전』} 그를 바꾼 것은 여행이다. 그는 의사 자격시험에 합격한 뒤 라틴 아메리카 전역을 여행하는데, 그 여행이 그의 인생을 송두리째 흔들었다. 그의 꿈은 의사에서 혁명가로 바뀐다. "처음에는 학생으로, 나중에는 의사로서 나는 빈곤과 기아, 질병을 목격했습니다. 속수무책으로 어린아이가 죽어가는 것을 내버려둘 수밖에 없는 일이 우리 아메리카의 기층 민중들에게는 대수롭지 않는 현실임을 바라봐야 했던 것입니다. 그리하여 나는 유명한 학자가 되거나 의학상의 중요한 기여를 하는 것보다 더 중요한 무언가가 있으며 그것이야말로 민중을 직접 돕는 길이라는 것을 어렴풋이 깨달았습니다."^{장 크로미에, 앞의 책} 그는 아르헨티나 출신이지만, 쿠바에서 혁명의 영웅이 되었고, 볼리비아 정부군에 의해 사살되었다. 그에게 영달과 권세는 지겨운 것들이었다. 그는 항상 혁명의 적들에 둘러싸여 있었지만, 그런 현실에 불평하지 않았다. 오히려 "적이라는 존재로 하여 혁명가는 행복을 느낀다. 적은 근본적인 변혁을 달성하는 데 필요한 조건을 창출한다"^{장 크로미에, 앞의 책}라고 말한다. 누군가 불의와 불평등으로 인해 고통을 당할 때 그도 함께 아팠다. 그는 혁명가로 태어난 것이 아니라 불의한 세상이 그로 하여금 혁명가가 되도록 만든 것이다.

체 게바라가 평화롭고 안정된 미래가 약속된 삶의 행로를 벗어나 거칠고 위험한 미래를 선택한 것은 라틴 아메리카 민중들이 빈곤과 기아, 질병에 허덕이는 것을 목격한 뒤였다. 그가 그런 '인간'이 되도록 도운 것은 '책'이었다. 그는 무엇보다도 많은 책들을 지치지 않고 읽는 독서가였다. 1961년 2월 24일 체 게바라는 혁명국가 쿠바에서 산업부 장관직에 임명되자 부르주아 거주지역에 집을 마련하고 모처럼 자신만의 서재를 꾸몄다. 그가 읽은 책들, 그 서재를 채운 것은 어떤 책들일까? "약 2천 권의 장서들을 그는 벽을 따라 기다랗게 늘어선 5층짜리 선반에 꽂았다. 그곳에 그는 시몬 볼리바르의 흉상을 올려놓는 걸 잊지 않았다. 책꽂이 맨 위 칸에 그는 마르크스, 레닌, 스탈린의 저작을 비롯하여 쿠바 역사를 다룬 책들을 꽂았다. 그 아래로는 트로츠키와 가로디의 『자유론』과 마오쩌둥과 중국, 그리고 19세기 쿠바 혁명에 관한 저서들이 차지했다. 그 아래 칸 역시 라틴 아메리카 정치 지도자들의 저서들과 더불어 문학작품들이 도열하였다. 맨 아래 칸에는 물리학과 수학 계통의 저서들이 로맹 롤랑과 막스 폴-푸셰의 『프랑스 시선』, 마젤란, 에라스무스, 루이 14세, 그리고 볼리바르의 전기들과 나란히 하고 있었다. 그 외에 그가 자신의 흰색 소파 곁에 두고 있던 책들은 르네 뒤몽의 『잘못 나뉘어진 검은 아프리카』, 쥘르 로이의 『디엔 비엔 푸의 투쟁』, 허버트 마르쿠제외 『소련의 노멘클라투라』 등이었다. 한편 그의 집무실에 늘

놓여 있던 마테차 잔 곁에는 그의 애독서인 에르난데스의 『마르틴 피에로』와 두툼한 네루다의 시선집이 놓여 있는 걸 볼 수 있었다. 이런 다양한 독서야말로 체라는 인간의 다양한 면모를 보여주는 것이었다."장 크로미에, 앞의 책 그는 혁명가답게 마르크스, 레닌, 스탈린, 마오쩌둥, 그리고 라틴 아메리카를 이끈 정치지도자들의 책, 쿠바 혁명에 관련된 책들을 즐겨 읽었다. 그런 도서목록은 그의 이력과 부합되는 책들이다. 그가 물리학과 수학 책들, 프랑스 시와 네루다의 시들을 애독했다는 사실은 좀 의외의 일이다. 뒷날 많은 사람들이 증언하고 있듯 그는 마르크스주의라는 교조적 관점에 갇힌 사람이 아니다. 게릴라 생활을 할 때도 그는 배낭 속에 마르크스와 레닌의 책과 더불어 프로이트의 책들을 함께 갖고 다니며 읽었다. 그는 인류학과 사회학, 심리학, 철학 분야의 다양한 책들을 읽으며 삶과 세계에 대한 균형 잡힌 이해, 유연한 사유, 더 높은 수준의 도덕 감정으로 진화한 사람이었다.

　모든 생물은 자기 생존의 이익에 부합되는 행동 원칙을 따른다. 이런 행동 원칙에 따르는 것은 그게 생명을 보존하고 제 유전자를 닮은 후손들을 퍼뜨리는 데 유리하기 때문이다. 그게 종족 보존과 번식의 숭고한 사명을 타고 태어난 생명체의 숙명이니 그것을 비난할 수는 없다. 이수현과 체 게바라는 자기를 죽여 남을 고통과 죽음에서 해방시킨 사람들이다. 즉 이기주의와는 정반대의 길을 간 사람들이다. 이타주의는 자기 이익보다 다른 사람의 이익을 우선한다. 이타주의altruism라는 말의 역사는 그리 길지 않다. 1851년에 오귀스트콩트가 처음 만들어 썼는데, 그 뿌리는 이탈리아어 'altrui^{다른 사람}'이다. 이타적 행동은 자기 이익에 대한 생각이 전혀 없이 행해진 행동 일반을 가리킨다. 타자의 이익이 되는 행동이라 할지라도 그 행위자에게 이익이 돌아온다면 그것은 엄격한 뜻에서 이타주의 행동이 아니다. 전우의 목숨을 살리려고 자신을 희생하는 건 이타적 행동의 전형적인 사례다. 사회생물학에서는 자신의 생존에 이익이 되는 행동을 하고 그런 행동을 하게끔 하는 유전자가 자연선택되고 후대에 전달된 가능성이 높다고 본다. 반면에 자신의 생존에 불리한 행동을 하도록 촉진하는 유전자는 불가피하게 사라져버렸을 것이다. 사회생물학에서 이타성에 대해 "행동하는 생물에게는 분명하게 해가 되면서, 동시에 밀접하게 연관되지 않은 또 다른 생물에게는 이익을 주는 행동"^{로저 트리그, 앞의 책}이라고 정의한다. 그렇다면 어떤 생물 개체군에서 자신의 생존 이익에 부합하는 이기적 행동을 이끄는 유전자들이 자신의 생존 이익에 반하는 행동을 도모하는 이타적 유전자보다 그 개체군을 선점하고 후대에 전해질 가능성이 보다 높아지는 게 당연할 것이다. 진화생물학자 리처드 도킨스는 유전자의 층위에서 이기주의와 개체 수준의 이기주의를 분리해서 받아들인다. 그는 "개체 수준의 이타성이 유전자 수준의 자기 이익을 극대화하는 방법일 수 있다"^{리처드 도킨스, 『무지개를 풀며』}고 말한다.

　이런 이타주의는 다른 동물군에게서는 희귀하고 상대적으로 사람에게서 자주 출현하는 특질이다. 사람은 어떻게 포식자와 피식자들이 경쟁을 하는 이 지구 생태계에서 일반적인 생물학적 본성, 즉 남을 죽여 자기를 살리는 행동을 넘어서서 자기를 죽여 남을 살리는 다른 행동을 할 수 있는 것일까? 사람만이 생물학적 본성을 넘어서는 마음과 정신과 영혼을 가졌기 때문이다. 사회생물학에서는 어떤 종의 개체들이 종종 저와 같은 종의 개체들뿐만 아니라 전혀 다른 종의 생물들에게 이익이 되는 행동을 하는데, 그게 제게 이익이 되지 않을 경우도 있다고 말한다. 그것들은 일반적으로 이타주의라고 말할 수 있는 행동과 선택들이다. 이것을 사회생물학자들은 자연선택과 호혜적 이타주의라는 개념으로 설명한다. 궁극적으로 이것들은 저마다 자기 이익을 추구하는 것보다 항상적으로 더 좋은 결과를 불러오기 때문에 그런다는 것이다. 다른 곤충이나 동물들에게 자기 종에 전혀 이익이 돌아가지 않는 행동과 선택을 기대하는 것은 어려운 일이다. 그것은 종의 번식이라는 주어진 본성을 배반하는 일이기 때문이다.

이수현과 체 게바라의 의로운 행동의 삶을 돌아보며, 진정한 이타주의에 관해 많은 생각을 한다. 그들의 이타주의는 생물학적 본성론으로는 다 설명되지 않는다. 인간 본성으로 모든 인간의 행동을 설명할 수 있다는 주장과 인간 본성은 존재하지 않고 따라서 어떤 행동도 그것으로 설명될 수 없다는 주장은 팽팽하게 맞서 있다. 인간의 모든 행동이 생물학적 본성론으로 풀어 설명할 수 없다는 것은 분명해 보인다. 이수현은 제 조국도 아닌 일본에서 생판 모르는 한 일본인을 구하려다가 제 생명을 잃는다. 그는 위험을 인지하면서도 자발적으로 그런 행동을 취했다. 체 게바라는 자기를 위해 살기보다 자신과 상관이 없는 라틴 아메리카의 고통받는 민중들을 위한 삶을 선택한다. 그들은 진정한 이타적 행동을 한 것이다. 이타주의는 분명 인류의 유전자에 있는 형질이고, 그것은 살아남아 복제되고 진화되어야만 할 우성 형질이다. 나는 더 많은 이타주의자들과 함께 살고 싶다. 프랑스의 사회학자 자크 아탈리는 미래의 세계는 이타주의자들이 지배한다고 예언한다. "빨리 가려면 혼자 가고, 멀리 가려면 함께 가라"는 아프리카 속담은 21세기의 중요한 가치로 '공동의 이익'과 타인을 배려하는 '이타주의'를 꼽은 자크 아탈리의 생각과 부합한다. 저 혼자만 잘 살면 된다는 이기주의는 낡은 패러다임이다. 나만 잘 사는 게 아니라 함께 잘 살아야 한다는 게 21세기의 새로운 패러다임이다. '기업의 목적은 이윤 추구다'라는 명제는 20세기의 낡은 패러다임에 기초한 것이다. 더 많은 기업들이 지속 가능한 성장, 녹색 성장을 쫓으며, 그 방법으로 더 많은 '사회 기여'에 대해 진지하게 숙고한다. 이타주의 인간은 더 진화된 인류의 꿈이자 꼭 와야만 할 당위적 미래다.

독수리 :
심연의
응시자

독수리는 벼랑에 둥지를 틀고 산다. 그리고 가장 높이 떠서 대지 위의 사물들을 내려다본다. 니체는 높이의 생태학자, 높이의 철학자다. 높은 것에 대한 니체의 경의와 흠모는 절대적이다. "내 책에 흐르는 공기를 맡을 수 있는 자는 그것이 높은 산의 공기이며 강력한 공기라는 것을 알고 있다. 이 공기에 의해서 감기에 걸릴 수 있는 위험이 적지 않기 때문에, 사람들은 그 공기를 견딜 수 있을 정도로 강해야만 한다. 얼음은 가까이에 있고 고독은 처절하기 그지없다. ― 그런데도 모든 사물들이 얼마나 고요하게 빛 안에서 쉬고 있는지! 사람들이 얼마나 자유롭게 숨을 쉬고 있는지! 얼마나 많은 것이 자기 발 아래에 있다는 사람들이 느끼는지! 내가 지금까지 이해하고 있는 철학, 내가 지금까지 몸으로 살아온 철학은 얼음과 높은 산에서 흔쾌히 사는 것이다."니체, 『이 사람을 보라』 높은 산은 높다는 것 자체만으로 고귀하다. 높은 곳에 오르는 자는 위험을 감수해야 하고, 그만큼 강해야만 한다. 니체의 철학은 "얼음과 높은 산에서 흔쾌히 사는 것"과 동일시된다. 머리 위에 펼쳐져 있는 하늘은 높은 곳에 있기에 깨끗하고, 거미도 없고 거미줄도 쳐 있지 않다. 하늘은 "신성한 우연이라는 것이 춤을 추는 무도장"이며, "신성한 주사위와 주사위 놀이를 즐기는 자를 위한 신의 탁자"^{니체, 「해 뜨기 전}^{에」}다. 독수리는 태양 아래에서 가장 높은 긍지를 갖고 사는 존재다. 가장 높이 떠서 난다는 점에서 높이의 철학자인 차라투스트라가 관심을 가질 만하다. 그렇다. 차라투스트라는 독수리의 비상한 용기와 높은 긍지에 감명을 받는다. 「차라투스트라의 머리말」에 이미 독수리가 나온다. "그때 그는 무슨 일인가 싶어 하늘을 올려다보았다. 날카로운 새 울음소리가 들렸기 때문이다. 보라! 독수리 한 마리가 커다란 원을 그리며 하늘을 날고 있었고 뱀 한 마리가 거기 매달려 있는 것이 아닌가. 그런데 뱀은 독수리의 먹이가 아니라 벗인 듯했다. 목을 감은 채, 의지하고 있는 것으로 보아 그렇다."^{니체, 「차라투스트라의 머리}^{말」} 공중 높이 나는 독수리의 목에 뱀이 감겨 있다. 그들은 싸우고 있지 않고 서로 의지하며 평화롭게 공존한다. 독수리는 뱀에 의지하고, 뱀은 독수리의 몸통을 감고 독수리와 함께 공중을 난다. 뱀과 독수리는 원환圓環 중의 원환이다. 그것은 동물적인 방식으로 영원회귀를 표현한 것이다. 들뢰즈는 이렇게 적는다. "이것들은 차라투스트라의 동물들이다. 뱀은 독수리의 목둘레에 감겨 있다. 따라서 그것들은 동맹으로서, 원환 중의 원환으로서 그리고 디오니소스와 아리아드네라는 신성한 쌍의 혼약으로서의 '영원회귀'를 상징한다. 그러나 그것들은 영원회귀를 동물적인 방식으로, 말하자면 직접적으로 확실한 섯으로서, 또는 자연적으로 명백한 것으로서 표현한다."^{박찬국,}

『들뢰즈의 니체』 독수리는 비루함과 저속함에 연루되지 않은 공중을 자유롭게 떠돈다. 날카로운 눈으로는 심연을 응시하고, 매서운 발톱으로는 심연을 움켜쥐고 있는 자, 그가 바로 독수리다. 이 독수리는 무리 짓지 않고 혼자 살며 혼자 사냥을 한다. 차라투스트라가 아직 동굴에 있을 때 가장 가까이에 두었던 동물이 바로 독수리와 뱀이다. 독수리의 드높은 긍지와 용기, 그리고 뱀의 지혜로움은 차라투스트라가 지향하는 내면 기질과 많이 닮지 않았는가? 독수리의 존재론적 위치는 무기력하게 가라앉고 바닥으로 하강하는 삶과 대척적인 자리에 있다. 독수리의 상승 의지는 그의 내면에 있는 비상한 용기 때문이다. 독수리의 먹이가 아니라 친구로서 뱀은 지혜로운 동물이다. 뱀이 독수리를 감싸고 있는 이 형상은 카두세우스*의 변주다. 카두세우스는 뱀 두 마리가 축의 둘레를 감싸고 있는 형태를 지칭한다. 도교에서는 카두세우스를 음양으로 표현하기도 한다. 뱀 두 마리가 하나의 원에서 태극의 형태로 얽힌 이것은 '양성구유적 생기生氣 원리'제레미 나비, 『우주뱀 = DNA 샤머니즘과 분자생물학의 만남』를 상징한다.

오, 형제들이여, 그대들은 용기가 있는가? 그대들은 담대한가? 사람들 앞에서의 용기가 아니라, 내려다볼 그 어떤 신도 두고 있지 않은 자의 용기, 독수리의 용기가 있는가?

---

* 뱀 두 마리가 감고 있거나 더러는 날개가 달린 지팡이 카두세우스는 의학과 상업의 표상으로 받아들여졌다. 카두세우스 상징은 이집트와 팔레스타인, 수메르 메소포타미아를 비롯해서 인도서 지중해에 이르기까지 모든 문명권에서 다양한 양태로 나타난다. 카두세우스에 대해 Chevaoier & Gheerbrant(1982)는 이렇게 설명한다. "뱀은 이중의 상징성을 가진다. 한 가지는 이로운 것, 다른 하나는 사악한 것으로 카두세우스가 상징하는 것은 그대로 길항拮抗과 평형이다. 이 평형과 극성極性은 무엇보다도 우주의 흐름에 관한 것으로 이중나선으로 좀더 일반적으로 묘사된다." 제레미 나비, 『우주뱀 = DNA 샤머니즘과 분자생물학의 만남』

나는 차디찬 영혼, 당나귀, 눈먼 자, 술 취한 자를 두고 담대하다고 말하지는 않는다. 오히려 두려움을 아는 자, 그러면서도 그 두려움을 제어하는 자, 긍지를 갖고 심연을 바라보는 자가 용기 있는 자렸다.

독수리의 눈으로 심연을 응시하고 있는 자, 독수리의 발톱으로 심연을 움켜잡고 있는 자, 그런 자가 용기 있는 자렸다. 니체, 「보다 지체가 높은 인간에 대하여」

독수리는 위엄이 있고, 그에 걸맞은 힘과 용기로 공중을 지배하는 왕이다. 특히 독수리는 놀라울 만큼 뛰어난 시력을 갖춘 동물이다. 독수리는 지평선 전체를 한눈으로 아우르고, 경쟁자의 반격을 일거에 제압하는 무시무시한 힘을 가졌다. 독수리는 그 무엇으로도 굴복시킬 수 없이 내면에서 솟구치는 불굴의 용기를 상징한다. 그러니까 독수리는 두려움을 모르는 용기의 화신이다. 독수리는 땅에서 백수의 왕으로 군림하는 사자의 공중적 변용이고, 하늘에 속한 초인의 표상이다. 차라투스트라는 독수리가 가진 용기가 "내려다볼 그 어떤 신도 두고 있지 않은 자의 용기"라고 말한다. 그것은 "차디찬 영혼, 당나귀, 눈먼 자, 술 취한 자"들이 종종 보여주는 만용이나 무모함과는 다르다. 그 용기는 두려움을 아는 자의 용기, 두려움을 제어하는 자의 용기다.

중력의 영에 사로잡힌 채 대지에 발을 붙이고 사는 인간은 악하다. 인간은 "벌레로부터 인간에로의 길"로 진화해왔으나 아직도 많은 점에서 벌레고 원숭이에 지나지 않는다. 니체의 인간에 대한 절망은 인간이 "많은 점에서 벌레"고, "예전에 원숭이였고 지금도 인간은 어떤 원숭이보다 더한 원숭이"라는 점에서 비롯한다. 그들은 작은 이익에 달라붙어 그것을 빨아먹고 최소의 악을 행하면서 그것이 최대의 악이 아니라는 것에 만족한다. 차라투스트라는 그들을 역겨워한다. 인간들 중에서 가장 뛰어난 자들이라도 "식물과 유령의 분열이며 잡종"의 수준을 벗어나지 못한다고 말한다. 인간은 대지의 온갖 습속과 신앙들에 사로잡혀 자유를 누리지 못한다. 그들은 그 대지 위에서 중력의 영이 그들의 등에 싣는 무거운 짐의 무게에 눌려 살다가 죽어간다. "그런 자들은 생명을 경멸하는 자들이요, 소멸해가고 있는 자들이며 이미 독에 중독된 자들인 바 이 대지는 그런 자들에 지쳐 있다."_{니체, 「차라투스트라의 머리말」} 인간은 대지의 수치고, 모독이며, 질병이다. 대지는 그 인간들로 인해 지쳐간다. 그들은 앎과 교양을 자랑하지만, 사실은 그 앎과 교양 때문에 그들의 왜소함은 치명적으로 폭로되고 만다. 차라투스트라는 "'우리들은 전적으로 현실주의자들이며, 그리하여 신앙과 미신을 갖고 있지 않다'고 떠벌려대고 있어 하는 말이다. 이렇듯 너희들은 가슴을 펴고 뻐기고 있으니. 아, 펴 보일 가슴도 없으면서!"_{니체, 「교양의 나라에 대하여」}라고 왜소한 인간들을 조롱한다. 차라투스트라는 대지에 납작하게 붙어서 움직이는 이 왜소한 인간들을 향해 도전적인 질문을 던진다. "나는 너희들에게 위버멘쉬를 가르치노라. 사람은 극복되어야 할 그 무엇이다. 너희들은 너희 자신을 극복하기 위해 무엇을 했는가?"_{니체, 「차라투스트라의 머리말」} 인간이 자신을 초극하려면 심연을 응시하고 그것을 움켜쥐어야 한다.

차라투스트라가 보기에 많은 인간들은 도약에 실패한다. "높은 종에 속하면 속할수록 성공하는 경우가 그만큼 드물다. 보다 지체가 높은 인간들이여, 그대들 모두는 실패작이 아닌가?"니체, 「보다 지체가 높은 인간에 대하여」 도약에 실패한 자들은 겁을 먹고 부끄러워하며 옆길로 달아난다. 인간이 숭고한 존재로 도약하지 못하고 천민으로 주저앉은 것은 독수리의 용기와 뱀의 지혜를 갖지 못했기 때문이다. 차라투스트라는 우리에게 독수리가 가진 '분방한 정신', 공중으로 도약하는 '사납고 거침없는 폭풍의 정신'을 쫓으라고 권유한다. 그것만이 우리를 '멋진 춤꾼'으로 만들고 '웃음의 신성함'을 배우고 익혀 천민에서 숭고한 존재로 바꿔줄 것이기에! 독수리는 이미 대지를 뛰어넘은 자다. 독수리는 목에 뱀을 감고 날아가는 모습을 통해 자신이 창조의 영재요, 변용의 천재라는 걸 만천하에 드러낸다. 독수리는 태양 아래서 가장 높은 긍지를 지닌 동물이고, 뱀은 태양 아래서 가장 지혜로운 동물이다. 그 둘이 결합됨으로써 독수리는 창조하는 자, 수수께끼를 푸는 자, 창조를 통해서 자기 구제를 하는 자로서 공중으로 도약한다.

막말사회, 막가는 사회

타란툴라 : 복수의 화신

막말사회,
막가는 사회

'막말'에서 '막'은 접두어다. '막말'의 '막'은 경우도 없고 예절도 없고 사납고 우악하다라는 뜻을 가진 '막되다'의 '막'과 닮은 뜻일 테다. 막말은 대상을 욕보이고 화나게 하는 말로, 실언, 폭언, 욕설 따위를 가리킨다. 막말은 상대를 가리지 않고 하는 할큄 말이고, 경우도 없고 예절도 싹둑 잘라낸 채 으르렁대는 말이다. 막된놈이 막돼먹은 짓을 하는 사람을 가리킨다면 막말은 막된놈이 쓰는 말이다. 그러나 막말에도 품격이 있다. 예를 들어 영국 의회 사상 첫 여성 의원이 된 에스터 여사가 여성의 참정권을 반대하는 처칠에게 쏘아붙였다. "내가 만약 당신의 아내라면 서슴지 않고 당신이 마실 커피에 독을 타겠어요." 그 뜻을 새기면 지독한 막말이되 그 말의 표현은 점잖다. 이에 질세라 처칠이 대답했다. "내가 만약 당신의 남편이라면 서슴지 않고 그 커피를 마시겠소." 아마도 영국 정치의 품격을 보여주는 막말의 주고받음이다.

우리는 말할 수 있는 것들을 말하고 말할 수 없는 것들까지 말하려고 애쓰며 산다. 사람은 말로써 제 감정과 생각을 전달하고 타인과 소통한다. 말은 그 주체의 생각뿐만 아니라 그의 인격과 인성을 엿보게 한다. 더 구체적으로 말하자면, 말은 그 발화자의 존재가 누구인가를 드러내며 더 나아가 말과 발화자의 현전성은 하나로 겹쳐진다는 맥락에서 말은 존재의 알리바이이자 존재 그 자체인 셈이다. "말의 한계란 나와 세계의 한계를 의미한다"라고 말한 것은 언어 철학자 루트비히 비트겐슈타인이다. 사회생활의 태반은 말로 이루어지고, 그래서 말에 따른 말도 많고 탈도 많다. 말은 사회생활에 불가결한 필수 도구이자 문명세계를 지탱하는 근본적인 토대임이 분명하다. 한 사회가 타락하면 그 징후는 말에서부터 나타난다. 거꾸로 보자면 말의 타락상은 곧 사회의 타락상을 보여주는 좋은 예이다. 아울러 말은 진리와 진실을 계시하는 선기능뿐만 아니라 마성적魔性的인 일면이 있어서 그 무시무시한 힘으로 남을 찌르기도 하고 말의 당사자인 자신을 죽이기도 한다.

무엇보다도 말의 힘은 곧 그 말이 담고 있는 진실의 힘이다. 그래서 인문학자 김우창은 "말의 본령은 진실을 이야기하는 데 있다. 그러나 오늘의 말은 진실에서 분리되고 허약한 핑계나 진실의 은폐 수단이 되었다"라고 탄식한다. 특히 우리 정치권에서 나오는 말들은 이 지적에 적확하게 들어맞는다. 한마디로 오늘의 정치가 만들어내는 많은 말들은 거짓의 말들, 진실을 은폐하는 말들, 공허로 가득한 말들, 즉 잡음雜音들에 지나지 않는다. 잡음은 언제부터인가, 우리 사회에 수많은 막말의 유령들이 떠돌고 있다. 막말은 만경창파에 배구멍뚫기의 말이요, 앓는 눈에 고춧가루 뿌리는 말일 테다. 아마도 막말들이 가장 판치는 것은 정치권역일 테다.

김용민은 대학을 나온 뒤 극동방송에서 프로듀서로 일했던 사람이다. 교회 권력의 부패와 부조리들을 파헤친 게 계기가 되어 방송사에서 나와 시사평론가로 전업한다. 김어준, 정봉주 등과 친분을 맺고, 2011년부터 〈나는 꼼수다〉의 프로듀서를 맡으며 명성을 얻는다. 정봉주가 수감되면서 그를 대신해서 제19대 총선 출마를 선언한다. 서울 노원구 갑 지역구에 민주통합당 공천을 받아 야권 단일후보로 나서지만, 새누리당 후보에게 밀려 국회 입성에는 실패한다. 그가 선거에서 고배를 마신 것은 선거 중에 들통나버린 과거의 막말로 인한 역풍 탓이라고 지적하는 사람들이 많다. 어디 그뿐인가. 그의 후보자 지위를 계속 유지하게 만든 야당에 실망한 야권 지지자들 중 일부가 지지를 철회하거나 혹은 여권 지지자들의 밀집 효과를 촉발시키며 야당이 총선에서 참패를 하는 빌미가 되었다. 결과적으로 선거 막바지에 불거진 이 막말 파문은 이명박 정권이 책임질 수밖에 없는 민생파탄, 불법사찰 따위의 정치적 악재들을 한낱 미풍으로 만들어버리는 역풍이 되고 말았다. 그의 과거 전력을 꼼꼼하게 살펴보지 않고 후보자로 공천한 야당에게 그의 존재는 이미 쏘아놓은 화살이요, 엎지른 물이 되고 말았다.

그가 했다는 과거의 막말을 살펴보니, 심술궂고 잔혹할 뿐만 아니라 인간 혐오적이고 여성비하적인 내용이다. 그의 노인폄하 발언, 여성비하 발언, 종교비하 발언은 그 수위가 공인이 되겠다고 나선 사람이 했다고는 믿어지지 않을 만큼 험악했다. 시정잡배도 그처럼 한심하고 난잡하고 극악한 막말을 하는 경우는 드물다. 막말이라는 수단의 난잡함은 그 말이 전달하고자 했던 목적의 순수성이나 고귀성을 무화시키기에 모자람이 없었다. 그는 정의의 사도에서 한순간에 막말의 달인으로 전락했다. 그 막말로 자신의 선거 패배뿐만 아니라 야당의 참패에 대한 책임에서도 벗어날 수가 없게 되었다. 그는 도대체 왜 무슨 생각으로 그런 막말을 내뱉었을까? 막말의 뒤에 숨은 그의 심리, 혹은 그의 인성은 도대체 어떤 모습일까? 그 막말이 현실 정치에 대한 분노임을 이해 못할 바도 없지만, 그의 막말들은 정신박약, 혹은 정신적 공황, 인격 장애를 의심케 하기에 충분했다.

김용민이 대중에 알려진 것은 시사풍자 프로그램에서 얻은 인기와 〈나는 꼼수다〉의 공동진행자였던 정봉주의 추천으로 민주통합당 노원갑구 국회의원 후보공천을 받은 뒤부터다. 어쨌든 무명의 방송인이었던 그가 일약 유력 야당의 국회의원 후보자로 도약한 데에는 〈나는 꼼수다〉라는 팟캐스트 방송이라는 뒷배의 힘이 작용한 게 분명하다. 〈나는 꼼수다〉의 언어들은 주로 '가카'로 표상되는 권력자를 대상으로 하는 비꼼과 비아냥, 즉 풍자와 야유의 언어들이다. 그들 스스로의 말법을 빌리자면 〈나는 꼼수다〉의 언어들은 '잡놈의 언어들'이다. '잡놈의 언어들'은 비속하고 가림이 없이 신랄하다. '잡놈의 언어들'에 노골적인 비속함은 타락한 권력에 대해 타락한 말로 대응하는 방법적 수단인 것이다. 그럼에도 젊은 층에게서 환대를 받는 것은 그들이 정치적 올바름이라는 입지 위에 서서 정치적으로 올바르지 않은 집단에 대한 분노를 '잡놈의 언어들'로 표출하고 있다고 믿는 까닭이다. 아울러 '잡놈의 언어들'이 말은 난잡하되 그 난잡함에 담긴 내용이 진실이라고 믿는 까닭이다. '잡놈들'을 분석해 보면 풍자라는 수사법을 많이 쓴다는 사실을 알 수 있다. 풍자는 힘 있는 대상의 어리석음과 죄악을 비꼬고 비웃고 빈정거리며 조롱하는 수사법이다. 그러므로 풍자는 그 본질에서 공격적이고 파괴적이다. 공격적이되 대놓고 공격을 하기보다는 기지機智와 유머를 작동시킴으로써 그것을 지켜보는 주변인들에게 '내가 하고 싶은 말을 대신해준다'는 카타르시스에 기반한 동조 효과를 불러온다. 이때 풍자의 대상과 주체 사이에 도덕적 위계가 뚜렷하다. 풍자의 수사학은 그것이 약자의 윤리성에 토대를 두는 한에서 통쾌하고 아름다운 것이다. 항상 풍자 주체는 풍자 대상에 대해 힘은 약하지만 도덕적 우월성을 담보해야만 한다. 다시 말해 풍자가 효과를 나타내려면 그 대상에 비해 주체 집단이 높은 도덕성을 담지하고 있다는 명확한 증거가 있어야 한다. 그렇지 않을 경우 뭐 묻은 개가 뭐 묻은 개를 나무라는 격이 되고 만다.

언제부터인가 우리 사회 여기저기에서 막말들이 짐승처럼 포효하고 있다. 막말은 본질에서 잡음어의 돌연변이요 우세종이다. 막말은 막된 인격에서 나오는 말 폭력의 한 양상이다. 한 세기 전에 한 철학자는 "잡음어는 오늘날 단순히 세계의 한 부분에 지나지 않는 것이 아니다. 잡음어 위에 한 세계가 세워져 있다"막스 피카르트, 『침묵의 세계』라고 적었다. 20세기가 폭력과 살상으로 얼룩진 세기였던 것은 우리 사는 세계가 잡음어 위에 세워진 막된 세계로 타락했기 때문이다. 지금도 우리는 잡음어 속에서 태어나고 잡음어 속에서 살다가 사라진다. 잡음어는 제 안에 침묵이 깃들 여지를 두지 않는다. 침묵을 갖지 않은 말이란 공허하다. 공허하기 때문에 진실과 진리를 담지하지 못하는 잡음어로 쉽게 전락한다. "침묵이란 말에게는 자연이며 휴식이며 황야이다. 말은 침묵에게서 활기를 얻고, 말 자신으로 인해서 생긴 황폐를 침묵으로 정화시킨다. 침묵 속에서 말은 숨을 죽이고 자신을 다시금 원초성으로 가득 채운다."막스 피카르트, 앞의 책 우리 시대는 말에서 침묵이 사라진 시대이다. 침묵이 없으니 말들은 공허함을 안고 떠돈다. 말들의 공허는 이념의 분열, 세대의 분열, 정치의 분열을 부르고, 그런 분열 속에서 막말은 차고 넘친다. 막말은 사회적 분열에서 태어나고 우리 사회에 차고 넘치는 다혈증 기질을 자양분 삼아 자라난다. 막말은 조잡한 폭력배와 같이 여기저기 돌아다니며 행패를 부리고 사람들에게 상처를 입힌다. 그런 맥락에서 막말사회는 폭력사회이고, 염치도 윤리도 내팽개치고 막가자는 사회이다. 2012년 총선에서 막말의 당사자를 선거에서 떨어뜨리고, 막말의 당사자를 쳐내지 못한 야당을 참패에 이르게 한 유권자들은 결국 막말의 책임을 엄중하게 따져 심판한 것이다.

타란툴라 :
복수의
화신

차라투스트라와 함께하는 여정에서 만나는 가장 위험한 동물은 타란툴라*라는 독거미다. 독거미는 음흉한 계략꾼이자 약탈꾼이다. 거미는 남을 해침으로써 제 삶을 도모한다는 점에서 나쁜 동물이다. 거미는 허공에 거미줄을 치고 먹잇감이 걸리기를 기다린다. 거미줄에 걸린 작은 곤충들을 거미줄로 엮어 꼼짝 못하게 한 뒤 침을 꽂고 체액을 빨아먹는다. 니체의 동물원에서 만난 타란툴라는 복수의 화신이다. 들뢰즈는 니체가 "자신은 기억을 끝내지 못하는 소화로, 원한의 유형을 항문적 유형으로 제시한다" 질 들뢰즈, 『니체와 철학』고 말한다. 오로지 원한을 품은 자만이 복수한다. 항문으로 복수를 위한 거미줄을 만드는 타란툴라 거미는 원한의 인간에 상응한다. 독거미들은 이렇게 말한다, 나는 어떤 대상에 원한이 있고, 그래서 복수한다, 라고. 원한은 복수의 욕망 속에서 번쩍이고,

---

* 이탈리아 타란토 지방에 사는 독거미의 일종으로 이 독거미에 물리면, 춤추듯 몸이 경련하게 되는 무도병에 걸린다고 일러서 있다.

원한이 들끓는 한에서 자신과 대상을 모욕으로 받아들인다. 들뢰즈는 그 원한의 인간에 대하여 다음과 같이 말한다. "원한의 인간은 자기 자신으로 고통스러워하는 존재이다. 그의 의식이나 경직이나 경화, 모든 흥분이 그 안에서 응결되고 얼어붙는 그 신속성, 그를 침투하는 흔적들의 무게는 그만큼 잔인한 고통이다. 그리고 더 심오하게도 흔적들의 기억은 자신 속에서, 스스로 증오심에 가득 차 있다. 그것은 유독하고, 경멸적이다. 왜냐하면, 그것이 상응하는 흥분에서 흔적들을 제거할 수 없는 자신의 무능력을 보상하기 위해서 대상을 비난하기 때문이다."질 들뢰즈, 앞의 책 타란툴라 독거미들은 복수의 대상들이 악의 무리고, 악의에 물들어 있기를 요구한다. 그들은 항상 "너는 악의가 있다. 그러므로 나는 선량하다"라고 말한다. 그래야만 자신들의 복수가 정당한 것이 되기 때문이다. 원한은 본질적으로 나약한 자의 것이다. 타란툴라 독거미는 복수심에 불타는 존재이기 때문에 나약한 무리에 속한다. 그래서 타란툴라 독거미가 품은 "원한은 약자인 한에서의 약자의 승리이며 노예들의 저항이고 노예인 한에서의 그들의 승리이다."질 들뢰즈, 앞의 책 노예의 도덕을 내면화하고 있는 모든 자들은 독거미와 같은 부류라고 말할 수 있다.

타란툴라, 즉 독거미는 '독성 주체toxic subjects'라고 할 수 있다. 슬라보예 지젝은 릴리언 글래스Lillian Glass의 『독성 인간』이라는 책을 인용하며, 사람 모두는 어느 정도 독성을 갖고 있고 그 때문에 파괴적인 행동을 한다는 점을 적시한다. 슬라보예 지젝, 『처음에는 비극으로 다음에는 희극으로』 릴리언 글래스가 제안하는 독성 인간을 다루는 열 가지 기술에는 유머,

정면대응, 차분한 이의제기, 고함쳐 혼내주기, 사랑과 친절, 대리환상 따위가 포함된다. '독성 주체'는 겉으로는 '평범한 사람'으로 이들은 사무실, 가정, 친구들 사이에 숨어서 제 정체를 숨기고 우리와 이야기를 나누고 차를 마시고 밥을 먹는다. 더러는 총명하고 유능하며 카리스마가 넘치는 모습을 보여주기도 한다. 그러나 이들은 흡혈귀와 같이 우리의 감정 에너지를 빨아대고 마침내 우리를 존재의 고갈에 이르게 한다. 앨버트 번스타인이 쓴 '감정의 뱀파이어'들이다. 지젝은 이렇게 쓴다. 그들의 주요 범주로는 자기만 위하는 나르시시스트, 쾌락주의적 반사회인, 사람을 지치게 하는 편집증 환자, 그리고 과장 연기의 대가 드라마퀸^{Drama Queen} 등이 있다."^{슬라보예 지젝, 앞의 책} 차라투스트라는 우리에게 "자신의 굴 속에 앉은 채 삶에는 등을 돌리고 있는" 이들 '독성 인간'들에 대해 거듭해서 조심하라고 말한다. "벗들이여, 충고하건대 남을 징벌하려는 강한 충동을 갖고 있는 그 누구도 믿지 말라! 그런 자들이야말로 악랄한 족속이며 열등한 피를 타고난 족속이다. 그런 자들의 얼굴에서 사형 집행인과 정탐꾼의 모습을 엿볼 수 있지 않은가. 자기 자신이 얼마나 의로운가를 과시하기 위해 말을 많이 하는 자들이 있는데 그들도 믿지 말라! 실로 저들의 영혼 속에 들어 있지 않은 것, 그것은 꿀만이 아니다. 그리고 저들이 자칭하여 '선하고 의로운 자'라고 할 때 저들에게서 권력을 뺀다면 바리새인이 되기에 부족한 것이 하나도 없다는 것을 명심하라!"^{니체, 「타란툴라에 대하여」} 이들 '독성 인간'들의 특징은 항상 자신이 "정의롭다고 떠들어"댄다는 점이다. 그러면서 남을 해친다. 그들은 정이의 편인 양 위장하고, 말솜씨가 좋다 그들은 뛰어난 말솜씨로 우리를 현혹하고, 우리를 위하는 척하지만 실은 우리의 감정 에너지를 빨아먹는 '감정의 뱀파이어'들이다. "벗들이여, 나는 다른 것과 섞이고 혼동되기를 원하지 않는다. 생에 대한 나의 가르침을 펴는 자들이 있다. 평등의 설교자이자 타란툴라이면서 말이다. 저들 독거미들은 생에 등을 돌리고 저들의 동굴 속에 살면서도 생에 대해서는 좋게 말하고 있다. 그러나 그것도 다른 사람들에게 고통을 주기 위한 술책이다."_{니체, 앞의 책} 차라투스트라는 우리에게 세상이 무엇인가를 가르치려는 자들, 우리에게 도덕에 대해 설교하는 자들을 조심하라고 이른다. 그들의 가르침과 설교는 황홀하지만 그 황홀이야말로 "우리의 파멸을 위해 준비된 덫"이기 때문이다.

보라. 타란툴라 굴이다! 어디 한번 보지 않겠는가? 여기 거미줄이 걸려 있다. 줄을 건드려 흔들어보아라.

타란툴라가 순순히 기어나오고 있구나. 반갑다, 타란툴라여! 네 등에는 세모꼴 모습과 표식이 까맣게 찍혀 있구나. 나는 네 영혼 속에 무엇이 도사리고 있는지도 알고 있다.

네 영혼 속에는 복수심이 도사리고 있다. 네가 어디를 물어뜯든, 그곳에는 검은 부스럼이 솟아오른다. 너의 독은 복수를 함으로써 영혼에 현기증을 일으킨다!

평등을 설교하는 자들이여, 영혼에 현기증을 일으키는 너희들에게 나 이렇듯 비유를 들어 말하노라! 너희들이야말로 타란툴라요 숨어서 복수심을 불태우고 있는 자들이렷다!

이제 나 너희들이 숨어 있는 은신처를 만천하에 드러내겠다. 그래서 나 너희들의 얼굴에 대고 나의 숭고한 웃음을 터뜨리고 있는 것이다.

나는 너희들이 친 거미줄을 찢어낸다. 약을 올려 너희들을 허구의 동굴 밖으로 유인할 생각에서. 너희들이 내세우고 있는 '정의'라는 말 뒤에 숨어 있는 복수심의 정체를 드러낼 생각에서. 니체, 앞의 책

혼동과 공허의 존재인 타란툴라의 영혼 속에는 복수심이 불타오른다. 타란툴라에게 물리는 곳마다 검은 딱지가 생겨난다. 타란툴라의 독은 영혼을 어지럽게 만든다! 사실 타란툴라는 저기 어딘가에 존재하는 악이고, 신성이 전무한 기괴한 타자성의 전형을 보여주는 동물이다. 그런 타란툴라 거미는 거꾸로 자기 밖에 있는 존재를 악의 축으로 몰고, 자기 가슴 속에 원한을 품는다. 타란툴라는 원한의 심리학에서 그 정체성을 드러낸다. 타란툴라의 말을 직접 들어보라. 우리들의 복수가 일으키는 폭풍우에 세계가 온통 휘말리는 것이야말로 우리들에게는 정의다. 타란툴라에겐 복수가 곧 정의다. 이 독거미는 원한을 품고 복수하려는 존재이기 때문에 나약하다. 니체는 말한다. "선이란 무엇인가? 그것은 힘에 대한 찬양, 힘을 향한 의지, 그리고 힘을 뜻한다. 악이란 무엇인가? 나약함이 원인이 된 모든 행동이다." 니체, 『안티크리스트』 복수는 나약함에서 비롯된 행위다. 복수는 그 주체를 노예의 도덕에 복속시킨다. 그러므로 타란툴라 독거미는 악이다.

타란툴라 독거미는 자신과 같지 않은 모든 사람들에 대하여 복수와 모욕을 가하자고 말한다. 그것을 움직이는 것은 평등에의 의지다. 그것은 무력감에서 나온 폭군적 광기의 소산이다. 차라투스트라

는 이 독거미들에 대해 여러 번에 걸쳐 조심하라고 경고한다. 왜냐하면 독거미들은 타인을 심판하려고 하고 ― 복수라는 것은 그 심판의 구체적인 실천이다! ― 자신이 정의롭다고 떠들어댄다 ― 그래야만 복수의 행위가 정당성을 부여받기 때문이다. ― 독거미들은 자신이 선량하고 정의롭다고 주장하지만, 그의 얼굴은 사형집행인의 미소를 보여주고, 그의 속내는 사냥개인 것이다. 저들 독거미들은 생에 등을 돌리고 저들의 동굴 속에 살면서도 생에 대해서는 좋게 말하고 있다. 그러나 그것도 다른 사람들에게 고통을 주기 위한 술책이다. 독거미들은 정의가 아니라 정의를 표방하는 유령들이다. 그는 모든 사람이 평등하다고 주장한다. 일견 옳은 듯하지만 그 주장은 함정이다. 그는 평등을 팔아서 자신의 권력을 거머쥐려는 자다. 그는 모든 사람들의 복수심을 자극해서 결국은 "현재 권력을 쥐고 있는 자"들의 권력을 무너뜨리려고 하는 것이다. 다시 한번 차라투스트라는 독거미들을 조심하라고, 그들의 설교와 언변을 조심하라고 경고한다. 자신이 선량하며 정의롭다고 주장하는 자들은 대개는 사악한 정치가들이다. 그들의 뱃속을 가득 채운 것은 권력에의 욕망이다. 그것은 언제라도 원한과 복수의 욕망으로 바뀔 수 있는 것들이다. 그들의 언변은 매끄럽고, 그 매끄러운 언변으로 좋은 세상을 만들겠다고 약속하지만, 그 약속들이 지켜지는 법은 없다. 그래서 차라투스트라는 "독거미의 언변"을 거듭 경고한다. 독거미들은 본질에서 "감춰진 복수심에 불타는 자들"이고, 자신의 욕설에 가까운 막말들을 덕과 정의의 말들로 위장한다. 그러나 덕과 정의로 가득 찬 듯 보이는 이들의 설교는 "파멸을 위해 준비된 덫"이다.

지식의 역습

고양이 : 지식인의 교만

지식의
역습

스티브 잡스[1955~2011]가 죽었다. 언제나 검은색 터틀넥 셔츠, 동그란 안경, 그리고 턱을 뒤덮은 수염들로 특징을 이루는 그를 더이상 볼 수 없게 되었다. 애플은 공식 웹사이트를 스티브 잡스의 흑백 사진으로 채웠고 "스티브의 영민함과 열정, 에너지가 혁신의 원천이 됐으며 이 덕분에 우리 삶은 윤택해지고 향상됐다"는 애도 성명을 내놓았다. 그는 미혼모의 아들로 태어나 몇 주 만에 입양기관을 통해 한 가정에 입양되었다. 오리건주 리드대 철학과에 입학했으나 한 학기 만에 중퇴를 한다. 그는 컴퓨터를 개인 누구나가 쓸 수 있게 하고, 아이팟·아이폰·아이패드를 내놓으며 사람과 사람 사이의 소통 방식, 지식과 정보를 공유하고 즐기는 방식을 바꾸었다. 인류의 디지털 혁명을 이끌며 공학에 심미적 본능이라는 숨결을 집어넣고, 테크놀로지와 콘텐츠를 융합시켜 인류의 생활방식을 전혀 다른 차원으로 혁신한다. 사용가능한 거의 모든 지식을 손바닥 안에 쥘 수 있는 작은 기물器物 안에 집약한 아이폰과 아이패드는 정말 놀랍지 않은가?

 스티브 잡스가 지켰던 일곱 가지의 원칙들. 첫째, 좋아하는 일을 해라. 잘 알려진 바대로 잡스는 대학 중퇴자다. 그에게 중요한 것은 학력이 아니라 자신이 정말 원하는 것이 무엇인가를 아는 것이었다. 그는 젊은 시절 인도로 명상 여행을 떠나는 등 본질을 파고든다. 그는 우리에게 말한다. "돈을 위해 일하지 말라. 잠자리에 들 때마다 지금 뭔가 멋진 일을 하고 있다고 느끼는 그 일을 하라"고. 둘째, 세상을 바꿔라. 잡스는 삶과 사회를 바꿀 수 있는 동력은 비전에서 나온다는 걸 알았다. 수많은 인재들이 그에게 몰려든 것은 그의 비전 때문이다. 그가 창업한 애플은 다른 기업과는 다른 비전을 제시한다. 다른 기업들이 이익 창출에 매달릴 때 애플은 모든 사람이 더 쉽고 편리하게 쓸 수 있는 컴퓨터를 만드는 데 역량을 집중했다. 셋째, 창의성을 일깨워라. "창의성이란 서로 다른 사물을 조합하는 능력"이다. 잡스는 믹서와 전기밥솥에서 영감을 얻어 컴퓨터를 고안하고, 전화번호부를 보고 착안한 아이디어로 매킨토시의 크기를 정한다. 익숙한 사물을 낯설게 보는 방식이야말로 새로운 인식과 혁신을 낳는 지름길이다. 넷째, 제품이 아닌 꿈을 팔아라. 애플의 CEO에서 쫓겨났다가 다시 돌아온 잡스가 맨 먼저 한 것은 30초짜리 광고를 만든 일이다. 그 광고에 "미친 사람들이 세상을 바꾼다"는 독특한 비전을 담았다. 그는 제품이 아니라 꿈과 혁신 정신에 초점을 맞추었다. 다섯째, 'No'라고 1,000번 외쳐라. 잡스는 냉혹할 정도로 완벽주의를 고집했다. 세상을 바꾼 아이팟, 아이폰, 아이패드 등은 자신이 원하는 완벽한 기준에 들 때까지 '노'를 외친 끝에 만들어진 제품들이다. 여섯째, 최고의 경험을 선사하라. 애플의 제품은 궁극적으로 고객을 향해 있다. 애플의 제품을 씀으로써 소비자들은 좀더 행복해졌다고 느낀다. 소비자의 삶을 풍요롭게 만들겠다는 잡스의 비전이 반영된 결과다. 일곱째, 스토리텔링의 대가가 되어라. 잡스는 항상 새로운 제품이 나올 때마다 직접 나서서 프레젠테이션을 했다. 그는 이 시대 최고의 이야기꾼이다.카민 갤로,『스티브 잡스 무한혁신의 비밀』참조

문명의 위대한 혁신자로 21세기의 레오나르도 다빈치라는 평가를 받은 스티브 잡스는 췌장암 투병 중에 "죽음은 삶이 만든 최고의 발명품이다"라는 말을 남겼다. 그는 제게 다가오는 죽음이라는 운명의 중력을 바꾸지는 못했다. 그 대신 죽음에 순응하고, 그 바탕에서 삶을 깊이 성찰한다. 죽음이라는 한계 안에서 삶은 새로운 빛을 내는데, 그는 그 빛을 본 것이다. 스티브 잡스의 위대성은 그가 만든 기적 같은 디지털 기기에서도 번쩍이지만, 그보다 과학과 기술, 그리고 이성이 결코 해결할 수 없고 넘어설 수 없는 영역이 존재한다는 사실을 통찰한다는 점에서 더 돋보인다. 그가 죽음의 불가해성 앞에서 죽음을 삶이 만든 최고의 발명품이라고 말했을 때, 그것은 사람이 이해해야 하는 것 중 하나는 결코 자기 자신을 이해할 수 없다는 사실을 통찰한 것이다. 그는 첨단 기술의 바탕 위에서 생각하고 그것을 기반으로 삶을 꾸린 사람이지만, 과학기술의 만능주의의 오만함에 물들지는 않은 사람이다. 그는 매우 우아한 방식으로 죽음이 삶의 일부라는 사실을 인정하고, 더 나아가 죽음이 삶 전체를 둘

러싼 무한한 신비임을 겸허하게 인정한다. 한 유명한 철학자는 다음과 같이 말한다. "내 인생의 짧은 기간이 내 이전이나 이후에도 계속되는 영원함에 흡수된다고 생각하면, 내가 차지하고 바라보는 작은 공간은 끝없는 공간의 광대함에 삼켜진다. 그에 대해서 나는 아무것도 모르고 그것도 나에 대해 전혀 모른다. 나는 거기에서보다 여기서 나 자신을 보는 것이 두렵고 놀랍다. 누가 나를 이곳에 데려다 놓았는가? 누구의 명령으로 이 시간과 공간이 나에게 주어졌는가?"_{스티} 브 테일러, 「자아폭발」에서 재인용 우리는 죽음의 신비와 불가해성 앞에서 프랑스의 철학자 파스칼과 같은 심정일 것이다. 죽음으로써 우리는 시간의 영원함과 공간의 광대함에 삼켜지면서 덧없이 사라진다. 우리의 삶이란 건 넓은 바닷가 모래밭에 찍힌 발자국과 같은 것이다. 파도가 와서 모래밭을 휩쓸고 지나가면 발자국은 사라진다. 그 앞에서 우리가 무엇을 안다고 말할 수 있을까? 우리는 삶과 죽음에 대해 아무것도 모른다.

지구는 한 순간도 쉬지 않고 움직인다. 지구는 분당 30킬로미터의 속도로 24시간마다 자전_{自轉}하는 행성이다. 지구가 태양 주변을 분당 30킬로미터의 속도로 돌 때 태양은 250킬로미터의 속도로 은하계 안에서 돌고, 또 은하계는 태양보다 두 배나 더 빠르게 우주를 항해한다. 지구가 끊임없이 움직이고 있기 때문에 지구에서 맞는 가을은 작년에 맞은 그것과 올해 맞은 그것이 다르다. 지구가 우주의 궤도에서 전혀 다른 지점에 와 있는 까닭이다. 사람 역시 작년 가을의 '나'와 올해 가을의 '나'는 다르다. '나'를 구성하는 수많은 세포들이 죽고 그 자리를 새로운 세포들이 차지하기 때문이다. 변화는 우주 만물에 작용하는 영원한 법칙이다. 인류는 지구 위에서 태어나 삶을 꾸린다. 인류는 선과 악을 분별하는 양심을 가진 유일한 종種이고, 아울러 지구에서 가장 강한 종이다. 인간이 가장 강한 종으로 진화한 것은 자신의 몸집에 비해 가장 큰 뇌를 가졌기 때문에 가능한 일이었다. 뇌의 겉 표면은 대뇌피질인데, 여기에는 신경세포체가 가지런히 모여 있고 주름이 잡힌 회백질로 이루어져 있다. 대뇌피질의 80퍼센트는 감각 자극과 운동 반응 사이의 연합 영역에 해당하고, 이것은 전두엽 영역의 활동과 의식 기억과 집중력을 관장하는 활동을 한다. 우리가 지능이라고 부르는 것을 관장하는 영역이다. 뇌가 커지고 지능이 커짐으로써 인류는 더 많은 것들에 대한 지식을 갖게 되었다. 뇌가 커지고 앎이 폭발적으로 증가하면서, "살아 있는 사람들이 자아의식을 발전시키고 자신들의 존재를 알게 되었을 때, 그들 자신들의 잠재적인 부재不在도 알게 되었다."_{스티브 테일러, 앞의 책} 발달된 자아의식 속에 깃든 죽음에 대한 인식은 인류 진화의 원동력이었지만, 다른 한편으로 그에 대한 두려움도 커졌다. 사람들은 더 많이 자신에 대해 알게 되면서 자신을 싫어하는 더 많은 근거들도 갖게 된 것이다. 심리학자 I. D. 얄롬은 이렇게 적는다. "죽음에 대한 공포는 우리 내면의 체험에서 중요한 역할을 한다. 그것은 별것 아닌 것처럼 계속 떠오르지만 표면 아래에서는 지속적으로 우르릉거린다. 그것은 의식의 주변에서 머물면서 우리를 어둡고, 불안하게 만든다." _{스티브 테일러, 앞의 책에서 재인용} 지금 지구 위에서 삶을 꾸리는 사람은 70억 명이나 된다. 더 많은 지식 속에서 인류는 더 행복해졌는가?

외계인이 지구에 거주하는 인류를 본다면 어떤 느낌일까? 어느 순간 삶은 부조리한 것이 되었고, 인류 하나하나는 고통받는 영혼들이 되었다. 사람이 행복을 위해 태어나지는 않았다 할지라도, 그토록 지독한 불행 속에서 허덕이다 죽는 까닭은 무엇일까? 비문명화 지역에 사는 아주 소수의 부족만이 정신질환이 없고, 쾌활한 낙관주의를 갖고 산다. 인류 대부분은 불행하고, 사람 하나하나는 결핍의 끝없는 악순환 속에서 고통을 겪는다. 외계인들은 인류가 왜 그토록 넘치는 불평등과 범죄 따위의 사회병리현상 속에 내던져져 있는지, 왜 그토록 서로 증오하고 충돌하면서 전쟁과 살육, 인종청소, 폭력과 억압으로 끔찍한 고통 속에서 살아야 하는지, 그리고 왜 그토록 열심히 파멸을 향해 달려가는지 이해할 수 없을 것이다. 인류는 뭔가 잘못 되었다! 당연히 외계인들은 의문을 품고 여러 질문들을 스스로에게 던질 것이다. "왜 인간들은 행복해지기가 그토록 어려워 보일까? 왜 그토록 많은 인간들이 우울증·마약남용·정서장애·자해와 같은 여러 다른 종류의 정신질환으로 고통스러워하거나, 근심·걱정·죄의식·후회·질투·비통함과 같은 부정적 감정에 짓눌려 그토록 많은 시간을 보내는 것일까? 또는 보다 일반적으로 말하자면, 왜 그토록 많은 인간들은 만족감을 느끼면서 휴식하는 것이 불가능하다고 생각하고, 행복을 추구하지만 절대로 행복을 얻지는 못하고, 세상이 어떻게든 자신들을 속인 것처럼 인생을 살면서 실망감을 느끼는 것처럼 보이는가?"^{스티브 테일러, 앞의 책} 이런 물음들은 자연스럽다. "과도하게 발달된 자아"가 인류 문명에 깃든 불행과 정신병리학의 뿌리임을 밝혀 말하는 스티븐 테일러는 이것을 "자아폭발"이라고 명명한다. 자아폭발은 인류의 진화 과정에서 뇌가 극단적으로 빠르게 성장한 것을 가리킬 때 사용되는 '두뇌폭발'이라는 용어와 평행되는 용어다. 사람의 뇌는 지난 50만 년 동안 3분의 1이 더 커졌고, 더 커진 뇌로 지적 능력을 갖게 되면서 자연생태계를 지배하는 거인이 될 수 있었다. 뇌의 성장과 그에 따른 변화에 견줄 만하게 인류의 정신도 어느 지점에서 갑작스럽고 극적인 변화를 갖게 되었는데, 이게 바로 자아폭발이다. 자아폭발은 인류 문명의 기원이다. 다른 한편으로 이 "과도하게 발달된 자아"의 표면에 들러붙은 불안과 두려움, 근심과 걱정, 사기와 협잡, 강제와 소유에 대한 애착이 자라난다. 그것들은 모든 다양한 형태로 자라나는 악의 싹이 된다. 한 마디로 인류는 '타락'의 길로 들어선 것이다.

우리는 스티브 테일러의 성찰에 좀더 귀를 기울여야 한다. 지구 위에 인류가 폭발적으로 늘면서 사람이 쓸 수 있는 지구자원은 급격하게 준다. 자연은 무한이 아니다. "진화 그 자체 — 혹은 생명체 그 자체 — 가 생명체를 고도의 복잡성과 의식으로 나아가게 하는 어떤 타고난 추진력"을 갖는데, 그 결과로 자연을 지배하게 된 인류는 그것이 유한하다는 사실을 깨닫는다. "자연은 그들이 살아남기 위해서는 싸워야만 하고, 정복해야 하는 적이 되었으며, 이는 틀림없이 인간들과 자연현상 간의 공감 관계를 깨뜨렸을 것이다. 바꿔 말하면, 어려운 새 환경이 개인과 공동체의 분리, 마음과 몸의 분리, 개인과 자연의 분리를 촉진했다. 그리고 자성과 합리성의 더 큰 능력이 필요해졌다는 섬을 염두에 두면, 이것이 새로운 '분리되고, 예리하며,

공간적으로 결정되는' 정신을 창조하였다." 인류는 더 똑똑해졌고, 자아의식을 과도하게 키운다. 이게 자아폭발의 배경이다. "자아폭발은 인류 역사상 가장 중대한 사건이었다. 지난 6천 년의 역사는 이러한 측면으로 이해될 수 있다. 우리가 살펴본 모든 종류의 사회적, 정신적 변리 현상들이 가진 모든 특징들 — 전쟁, 가부장제, 사회적 계급분화, 물질주의, 지위와 권력을 향한 욕망, 성적 억압, 환경파괴, 우리를 괴롭히는 내면적인 불만과 불화 — 의 연원은 6천 년 전에 중동과 중앙아시아 사막에서 심화된 자아의식이 등장하는 것으로까지 거슬러 올라갈 수 있다."_{스티브 테일러, 앞의 책} 심화된 자아의식은 인류에게 발명·창조성·합리성이라는 선물을 안겨주었다. 혁신과 발명이라는 인류의 새로운 능력으로 인해 문자의 발명, 수학과 천문학의 비약적인 발전이 이루어졌다. 그로 인해 "항공여행, 우주여행, 양자물리학, 유전자생물학, 컴퓨터, 인터넷, 수십억 인간의 생명을 개선한 (그리고 생명을 연장시킨) 위생과 의학의 발전들"_{스티브 테일러, 앞의 책}이 가능해진 문명의 기반이 만들어졌다. 그러니까 자아폭발은 곧바로 지식폭발로 이어졌다.

인류는 좀더 진화하고, 과학과 기술은 발달한다. 그 이전보다 훨씬 더 편안한 세계에서 삶을 꾸릴 수 있게 되었다. 그 대신에 지구 환경은 그 이전보다 훨씬 나빠졌다. "우리는 지표면 아래의 광물과 금속을 고갈시키고 지구의 껍질을 아프게 벗겨냈다. 여러 종의 동물들을 멸종시켰다. 폐수와 쓰레기로 하천을 질식시키고, 토지에 비축된 영양분을 빼앗고, 드넓은 땅을 헐벗게 만들어 침식의 위험에 노출시켰다."^{웬델 베리, 「지식의 역습」} 지식의 재앙은 인류가 축적해온 지식이 모든 걸 해결해주리라는 잘못된 믿음에서 시작된다. 리처드 도킨스라는 진화생물학자는 "인간의 두뇌는 용량이 충분해서 …… 미래를 내다보고 장기적인 결과를 예측할 수 있습니다"라고 했지만, 그것은 "인류의 친구인 오만이며, 신성한 오만으로 가장한 불경한 무지다." ^{웬델 베리, 앞의 책} 인류의 지적 능력에 대한 과신은 무지한 오만에 지나지 않는다. 무지에는 여러 종류가 있다. 물질주의적 무지, 도덕적 무지, 박식한 무지, 공포의 무지, 이익추구형 무지, 권력추구형 무지가 그것들이다. 이런 무지들이 결합해서 만든 오만함은 인류를 파멸로 이끈다. "무지, 오만, 편협함, 불완전한 지식, 위조된 지식은 매우 위험하기 때문에 우리 모두의 문제가 된다. 이런 지식이 거대 권력과 결합하면 심각한 파괴를 낳는다."^{웬델 베리, 앞의 책} 우리는 눈앞에서 그 파괴의 심각성을 목격하고 있다. "무지와 오만과 탐욕이 합해져 '화학과 함께하는 더 나은 삶'을 외친 결과 오존층에 구멍이 뚫리고 멕시코 만에 죽음의 해역이 생겨났다."^{웬델 베리, 앞의 책} 오만한 무지는 "지역 생태계의 완전성"을 존중하지 않는데, 그 때문에 개발지상주의라는 망령이 세상을 이끌어간다. 오만한 무지는 지식에서 나온다. 인류는 스스로 축적한 지식의 오만으로 무지의 길에서 벗어난다. 사람의 본질적 속성인 무지에 대한 부정이다. 비극은 거기에서부터 시작한다. 웬델 베리는 "인간이 습득한 지식의 양은 언제나 무지의 양과 똑같을 것"이기 때문에 인류에게 오만한 무지에서 벗어나 참다운 무지의 길로 가라고 말한다. 그 무지의 길은 "우리가 가진 지식의 한계와 효능을 세내로 일고 신중한 테도를 취하는 것이며, 겸허한 마음을 가

지고 적절한 규모로 일하는 것이다."^{웬델 베리, 앞의 책}

스티브 잡스의 사망 소식이 전해진 그 순간 나는 우연히도 그리스 작가 니코스 카잔차키스^{1883~1957}가 쓴 『그리스인 조르바』를 읽던 중이었다. 카잔차키스는 젊은 날 우연히 조르바라는 사내를 만나 그와 함께 갈탄을 채굴하는 사업을 벌인 적이 있다. 그 경험을 토대로 쓴 소설이 『그리스인 조르바』다. 그는 교육을 받지 못한 무지한 사람이다. 오로지 본성과 야생의 가르침에 따라 자기 인생을 꾸리는 사람이다. 조르바는 "잘난 머리"로 세상을 재단하는 사람을 우습게 여긴다. "그래요, 당신은 나를 그 잘난 머리로 이해합니다. 당신은 이렇게 말할 겁니다. '이건 옳고 저건 그르다. 이건 진실이고 저건 아니다, 그 사람은 옳고 딴 놈은 틀렸다…….' 그래서 어떻게 된다는 겁니까? 당신이 그런 말을 할 때마다 나는 당신 팔과 가슴을 봅니다. 팔과 가슴이 무슨 짓을 하고 있는지 아십니까? 침묵한다 이겁니다. 그래, 무엇으로 이해한다는 건가요, 머리로? 웃기지 맙시다!"^{니코스 카잔차키스, 「그리스인 조르바」} 조르바는 학교 문턱도 밟아보지 못하고, 따라서 지식을 통한 인식의 길 따위와는 아예 담을 쌓고 제 본성과 밀착한 무지의 길을 가는 사람이다. 그는 거침없이 책에서 얻은 지식에 기대어 사는 교양인에게 이렇게 말한다. "오라, 인간이란 짐승이로구나. 여보쇼, 두목, 책은 책대로 놔둬요. 창피하지도 않소? 인간은 짐승이오. 짐승은 책 같은 걸 읽지 않고." 그는 짐승같이 타고난 본성에 충실하고 그에 따라 말하고 행동한다. 그는 넘치는 생기와 발랄함으로 세상과 부딪쳐가며 문제들을 해결해간다. 그 모습을 옆에서 오래 지켜본, 카잔차키스 자신임에 틀림없을 작중화자의 입을 빌어 조르바를 "위대한 인간"이라고 말한다. "우리는 교육받은 사람들의 이성보다 더 깊고 더 자신만만한 그의 긍지에 찬 태도를 존경했다. 우리들이라면 고통스럽게 몇 년을 걸려 얻을 것을 그는 단숨에 그 정신의 높이에 닿을 수 있었다."^{카잔차키스, 앞의 책} 더 행복해지길 원한다면, 우리는 조르바가 살았던 것과 같이 살아야 한다. 그는 쾌활하고 낙관주의적인 태도로 삶을 살고, 지식이 아니라 지혜를 구하는 사람이다. 조르바가 거침없이 걸어간 그 길이 바로 무지의 길이다. 위대한 작가 카잔차키스가 우리에게 전하고자 했던 메시지도 바로 그것이다. "진정한 행복은 이런 것인가? 야망이 없으면서도 세상의 야망은 다 품은 듯이 말처럼 뼈가 휘도록 일하는 것, 사람들에게서 멀리 떠나, 사람을 필요로 하지 않되 사람을 사랑하며 사는 것, 성탄절 잔치에 들러 진탕 먹고 마신 다음 잠든 사람들에게서 홀로 떨어져 별은 머리에 이고 뭍을 왼쪽, 바다를 오른쪽에 끼고 해변을 걷는 것⋯⋯ 그러다 문득 이 모든 것이 기적적으로 하나로 동화되었다는 것을 깨닫는 것⋯⋯"^{카잔차키스, 앞의 책} 나는 스티브 잡스와 조르바를 겹쳐보았다. 두 사람은 극과 극처럼 다른 사람이다. 한편으로 닮은꼴의 사람이기도 하다. 조르바가 그랬듯이 스티브 잡스 역시 "야망이 없으면서도 세상의 야망은 다 품은 듯이 말처럼 뼈가 휘도록 일"한다. 그런 몰입 속에서 독창성과 혁신을 일구고, 디지털 혁명가가 되었다. 삶은 기적이다. 우리 삶의 뿌리는 알 수 있음이 아니라 알 수 없음에서 더 많은 자양분을 길어낸다. 우리 삶이 알 수 없는 신비의 산물이라면, 그리고 단 한 번의 기적으로 주어진 것이라면, 죽음도 마찬가지다. 이제 스티브 잡스는 삶을 내려놓은 뒤 죽음이라는, 아무것도 알려지지 않은, 저 신비한, 알 수 없음의 길을 간다.

고양이 :
지식인의
교만

고양이는 우아한 자태를 뽐내면서 사람 곁에 머물지만 실은 길들이기가 불가능한 동물이다. 고양이들은 자기의 필요에 의해 항상 길든 척만 할 뿐이다. 사람들은 고양이의 우아한 자태 뒤에 숨은 앙칼진 울음소리, 날카로운 발톱, 돌발적인 공격성 때문에 고양이를 반역자라고 여긴다. 고양이는 사람을 개의치 않는다. 고양이의 독립적인 정신은 개와 견줄 때 유별나다. 고양이의 내면 깊은 곳에는 야생의 사나움과 자유가 그대로 남아 있다. 고양이에게서 번개와 같은 찰나에 그런 사나운 야생의 기질들이 번쩍이며 나타날 때, 사람들은 당황하면서 놀란다. 고양이들은 의심이 많다. 고양이들의 자존심과 야생에서 누리던 자유에 대한 집착이 사람에 예속되는 것을 어렵게 만든다. 아울러 사람보다 자기 자신에게 더 집중하는 경향 때문에 차가운 이기주의자라는 인상을 갖게 한다. 개와 견줘볼 때 고양이가 애완동물이 된 것은 그리 오래되지 않았다. "애완동물로서의 고양이는 비교적 최근의 산물이다. 고양이는 이집트와 로마에서 수호 정령이라면, 그리스에서는 그다지 높이 평가되지 않아 문헌에서도 좀처럼 언급되지 않는다. 아리스토텔레스는 고양이를 야생동물 축에 놓는다. 고고학 발굴은 고양이가 11세기까지는 동양의 일상생활에서 드물었다는 사실을 입증한다. 고양이유골이 거의 발굴되지 않은 것이다. 고양이가 언급된다 해도 앞으로내세워지는 것은 고양이의 타산적인 성격이다."_{아르멜 르 브라 쇼파르, 『철학자들의 동물원』} 고양이는 사람에게 깊은 정을 주지 않는 독특한 독립정신 때문에 오랫동안 음흉하고 이기적이고 불성실한 가축이라는 오해를벗기 힘들었다.

어젯밤, 떠오르는 달을 보면서 나는 그가 태양을 낳으려나 보다하고 생각했었다. 달은 그토록 만삭이 된 배를 한 채 지평선에 누워있었던 것이다.

그러나 그게 아니었다. 달이 나를 속인 것이다. 나는 달이 여인이아니라 사내일 것이라고 믿고 싶다.

물론 몹시 수줍어서 밤에만 돌아다니는 이 몽상가는 그다지 사내답지가 않다. 실로, 그는 면목없어 하면서 지붕 위를 이리저리 거닐고 있지 않은가.

달 속의 저 수도사는 음탕하고 시샘이 많으며, 이 대지와 사랑하는 자들이 누리는 온갖 즐거움을 탐하고 있기 때문이다.

아니다. 나는 지붕 위를 기어다니는 저 수고양이를 좋아하지 않는다! 반쯤 닫혀 있는 창 주변을 살금살금 기어다니는 것들은 하나같이 역겹다!

그는 경건하게 그리고 조용히 별들로 총총한 양탄자 위를 거닌다. 그러나 나는 박차 소리조차 내지 않고 살금살금 다가오는 사내들의 발소리를 좋아하지 않는다.

정직한 자는 발소리를 죽여가며 걷지 않는다. 그런데 저 고양이는 대지 위를 살금살금 소리없이 걸어가고 있지 않은가. 그런데 보라, 달은 고양이처럼 정직하지 못하게 다가오고 있지 않은가.니체,「때묻지않은 앎에 대하여」

차라투스트라는 "밤에 쏘다니는 이 소심한 자" "반쯤 닫힌 창문 주위를 살금살금 걸어 다니는 자들"이 거슬린다고 말한다. 차라투스트라의 이 표현들은 달과 고양이를 지목한다. 고양이들은 달에 속한 동물이다. 고양이는 달이 뜬 뒤 지붕 위를 소리 없이 돌아다닌다. 그래서 차라투스트라는 고양이를 "달 속의 수도승"이라고 부른다. 고양이는 달을 좋아하는 게 아니라 실은 밤을 사랑한다. 고양이는 야생에서 야행성 동물이었던 것이다. 고양이에게 덧보태진 오명은 고양이의 성정이 음란하다는 것이다. "고양이는 '타고난 교활함' '불성실한 성격'에 서구의 상상적 세계를 끊임없이 맴도는 '사악한 천성'인 음란함을 덧보탠다."아르멜 르 브라 쇼파르, 앞의 책 고양이들에 대한 이런 악평과 비호감은 인간주의적 중심에서 비롯된 것이다. 고양이들은 동물로서 날렵하고, 타고난 사냥꾼이고, 매혹적인 외관을 가진 동물이다. 밤의 왕성한 활동력에 견줘볼 때 낮에 보여주는 나른함은 그가 교만한 나르시시스트라고 오해받을 만하다. 고양이가 끌리는 것은 오토지 자기 자신 뿐이다. 그런 점에서 고양이는 나르시시스트이면서 동시에 에고이스트이기도 하다. 고양이는 지식인의 교만을 드러내는 표상적 동물이다. "어느 시대나 지식인의 가장 큰 악덕으로 교만이 회자되었다. 하지만 만약 이 교만이라는 원동력이 없었던들 지상은 진리의 효과를 기대할 수 없었을 것이다. 지식인의 교만은 자신의 사상과 개념을 더욱 확고한 것으로 만든다. 교만은 남들의 비판에 상관없이 스스로를 존경하고, 어울리는 명예를 찾아 수여하고, 자신을 이해하지 못하는 어리석은 이웃들을 경멸한다. 지식인은 자신의 교만한 성품을 만날 때마다 마치 절친한 동료를 만난 것처럼 반가워한다. 그의 사상을 인정하는 유일한 친구가 바로 교만이기 때문이다. 그는 교만의 정신적 인격과 독립적인 실체를 인정한다. 내가 평소 나의 교만을 '지적 양심'이라고 부르는 것처럼 말이다. 이 검은 뿌리가 존재하지 않았다면 인류는 도덕을 깨닫지 못했을 것이다."니체, 『인간적인, 너무나 인간적인』 과연 지식인의 교만은 고양이를 연상시키지 않는가! 고양이가 그렇듯이 지식인들도 독립적인 정신을 갖고 움직이며 "남들의 비판에 상관없이 스스로를 존경하고, 어울리는 명예를 찾아 수여"한다. 고양이가 비난받는 것은 그가 나르시시스트이기 때문이 아니다. 고양이는 때때로 거짓말을 한다. "달이 이 대지를 사랑하듯 이 대지를 사랑하고 달처럼 눈길로써만 그 아름다움을 더듬는 것이리라. 그리고 백 개의 눈을 지닌 거울처럼 사물 앞에 드러누울 뿐 그 사물들로부터 아무것도 바라지 않을 때, 그런 것을 나는 온갖 사물에 대한 '때묻지 않은 앎'이라고 부른다."니체, 『때묻지 않은 앎에 대하여』 고양이, 이 "달 속의 수도승"은 대지를 욕망하고, 사랑하는 사람들의 기쁨을 욕망한다. 고양이의 마음에는 순진함이 없다. 그 대신에 음탕함과 질투심이 들끓는다. 고양이들은 거품처럼 일어난 사악한 천성을 제 욕망 속에서 끊임없이 복제한다. 고양이는 제 안에서 수시로 들끓는 성욕을 악마화한 최초의 동물이다. 발정난 암고양이와 수고양이들이 달밤에 날카롭게 울부짖는 소리는 끔찍하다. 그것은 종족 보존 본능을 훨씬 넘어서는 광기에 해당한다. 당연히 고양이들은 한 번도 평화로웠던 적이 없다. 고양이들은 늘 예민하다. 주변에 대한 경계를 늦추는 법이 없다. 그 자신조차 믿지 못하는 고양이들에게 순진함을 가르치는 건 불가능한 일이다. 고양이들은 자신들이 아무런 욕망이 없는 "취한 달의 눈을 갖고" 순수하게 자연을 관조한다고 말한다. 차라투스트라는 그 말의 허구성을 폭로한다. 그들의 욕망엔 순진함이 없고, 그 때문에 욕망을 헐뜯고 있다고!

"오, 성마른 위선자들이여, 음탕한 자들이여! 너희들의 갈망은 순진무구하지가 못하다. 너희들이 그 갈망을 비방하는 것도 그 때문이렷다! 진정, 너희들이 창조하는 자, 생식하는 자, 생성을 기뻐하는 자들로서 이 대지를 사랑하는 것도 아니다! 순진무구란 것은 어디에 있는가? 생식의 의지가 있는 곳에 있다. 그리고 자기 자신을 뛰어넘어 창조하려는 자, 그런 사람이야말로 더없이 순수한 의지를 갖고 있는 자다."니체, 「때묻지 않은 앎에 대하여」 달과 고양이는 자신들이 순수한 인식의 소유자라고 주장하지만 그들은 창조와 생식과 생성을 모른 채 대지를 사랑한다고 말함으로써 그 주장의 허구성을 드러내고 만다. 달은 만삭이 된 채 지평선 위로 떠오르지만 아무것도 낳지 못한다. 밤의 수고양이들은 교성을 지르며 짝짓기 할 암고양이를 찾는다. 그들이 진정으로 생식의 풍요를 누리지 못하는 것은 그들은 위선자들이기 때문이다. 창조와 생식과 생성을 즐거워하는 자만이 정말로 순수한 인식과 의지를 가진 자라고 말할 수 있다.

살인을 부르는 소음들

독파리 떼 : 윙윙대는 군중

살인을
부르는
소음들

　　　'그것' 때문에 나는 인생을 망쳤다. '그것'은 내가 어디에 있든지 끊임없이 나를 따라다니며 괴롭혔다. 내 의식을 마구 갉아먹고 내 삶의 질을 조악하게 만들었다. '그것' 때문만이라고는 할 수 없지만 어쨌든 나는 불행해졌다. '그것'을 피할 방법이 없었다. '그것'은 바로 소음이다. 우리는 점점 더 '소음의 세상' 속으로 밀려나고 있다. 갈수록 시끄러워지는 세상이다. 문명사회란 대체로 갖가지 소음들로 소란스럽지만, 특히 대한민국은 소음에 관대하고 소음을 쉽게 용인한다는 측면에서 더도 덜도 아닌 소음사회다. 소음과 그것이 일으키는 진동들은 내 삶과 일상 세계의 중심을 관통한다. 그보다 더 심각한 것은 내면의 소음들이다. "심리적 혼란과 광기는 내면의 소음들이다."^{마르크 드 스메드, 「침묵 예찬」} 얼마나 많은 사람들이 외부의 소음과 내면의 소음에 시달리며 살고 있는지! 그 와중에 침묵이라는 자원은 고갈된다. 침묵은 우리 내면을 성장시키고 삶을 유의미하게 바꿀 수 있는 친언지원이다. 낮이 갈수록 늘어나는 소음이 그 침묵을 도처에서 살해하고 있다.

소음은 선, 내장, 심장, 혈관 같은 신체의 내부기관에 영향을 미친다. 소음에 지속적으로 노출된 사람들은 혈액순환, 심장 건강, 선 분비에 장애를 겪을 수도 있다. 초저주파음과 초음파들은 불안, 두통, 이명 등을 유발하며, 소음이 일으키는 피자극성, 공격성, 초조함을 방치하면 정신분열증이나 편집증 환자가 될 수도 있다. 소음은 청각만이 아니라 몸과 정신, 그리고 존재 자체를 위협한다. 소음의 상당 부분은 우리 자신이 만드는 것들이다. 우리는 살아가면서 많은 소리들을 내고, 그 소리의 일부가 소음으로 변질된다. 그러니까 사람은 소리를 내는 발성기관과 더불어 그 소리를 들을 수 있는 귀를 갖고 있다. 약육강식의 법칙이 엄존하는 자연 생태계 안에서 동물은 기본적으로 침묵하며 먹잇감들의 낌새를 예측하거나 포식자들이 다가오는 위험을 감지하기 위해 귀를 쫑긋 세우고 소리를 들었다. "동물은 자신의 모습을 감추기 위해 침묵하고, 육체적 실체를 드러내기 위해 소음을 낸다."_{조지 프로흐니크, 『침묵의 추구』} 주변의 소리를 더 잘 듣게 하는 귀의 증폭 기능을 맡는 중이_{中耳}는 다른 한편으로 소리의 완화 기능을 수행한다. 이렇듯 귀는 살아남기 위해 소리를 키우고 한편으로는 자신이 내는 목소리를 죽이며 진화해왔다.

1930년 도쿄위생연구소 소속 과학자들이 유의미한 실험을 시작했다. 의사인 후지마키와 아리모토는 흰 쥐 40마리를 20마리씩 둘로 나눈 뒤 두 무리를 큰 소음을 없앤 방과 시끄러운 환경에 놓아두고 양쪽 무리의 몸에 나타난 변화와 건강상태를 견주어봤다. 두 의사는 날마다 기차 1,283대가 지나가는 고가 철로 밑의 소음 속에서 자란 쥐가 더욱 신경질적이고, 성장이 더디고, 새끼의 사망률이 높고, 번식력이 떨어지고, 더 자주 먹는다는 사실을 밝혀낸다. 하지만 반전이 숨어 있었다. 소음 속에서 자란 쥐들의 삶은 확실히 고약했지만 수명이 특별히 짧지는 않았다. 고가 철로 밑의 소음 속에서 자란 쥐들은 소음이 차단된 환경에서 자란 쥐보다 53일을 더 살았다. 소음이 수명을 단축하는 것은 아니지만 삶의 질을 확실하게 떨어뜨린다는 것은 자명해 보인다. 어쨌든 호기심 왕성한 두 의사 덕분에 우리는 소음이 생명체에 어떤 식으로든지 심각한 영향을 끼친다는 사실을 알게 되었다.

우리가 소음과 '뒤엉켜' 살며 소음의 지배를 받고, 소음이 끼치는 나쁜 영향을 지속적으로 몸과 마음으로 받으면서도 더러는 소음을 사랑하기도 한다. 소음을 괴로워하면서도 소음을 사랑한다는 이 모순적 사실이 놀랍지 않은가? 조지 프로흐니크는 소음이 일으키는 피해를 조사하고, 침묵하지 못하면서 인류가 무엇을 잃어버렸는지를 탐색하기 위해 의사, 신경과학자, 진화학자, 음향 전문가 등을 만났다. 휴대용 음악 기기들의 확산, 고막을 자극하는 시끄러운 음악이 울려 퍼지는 쇼핑센터와 패스트푸드 음식점들, 몇 년씩이나 울려 퍼지는 거리의 공사 소음들, 대도시의 거리를 점령한 엄청난 차량들이 내지르는 갖가지 소음의 홍수 속에서 침묵의 공간은 사라져 간다. 조지 프로흐니크는 소음에 관련된 전문가와 일상에서 침묵을 추구하는 사람을 만나고 직접 소음과 침묵을 경험하기를 마다하지 않는다. 그는 침묵과 소음의 관계를 추적하면서 우리 사회가 어째서 이토록 시끄러워졌는지, 침묵하지 못하면서 무엇을 잃어버렸는지를 따져 들어간다. 그의 목표는 분명해 보인다. 그는 우리가 잃어버린 '침묵의 권리'를 어떻게 되찾을 수 있는지를 구체적으로 풀어나간다. 그는 이렇게 적는다. "침묵에 대한 추구를 이해하려면 소음을 추구하는 일에 대한 추적이 또한 필요하다. 침묵과 소음은 함께 연결되어 있어서 서로 반응을 보인다. 소음에는 사회의 사랑을 받는 요소가 있는 것 같다. 소음은 우리가 거부하거나 때로는 여름밤의 방종으로 웃어넘기기도 하는 열렬하고 변덕스러운 사건이다. 하지만 소음은 놀랄 만큼 집요하게 우리를 지배하기 때문에 진심으로 침묵을 누리고 싶다면 자신이 소음과 얼마나 뒤엉켜 있는지 깨달아야 한다. 침묵과 소음은 한 가지 문제를 구성하는 양면이므로 침묵이 자신에게 무엇을 안겨줄지, 그리고 자신을 그토록 소란스럽게 자극하는 요소가 무엇인지 함께 살펴봐야 한다."^{조지 프로흐니크, 앞의 책} 우리 삶을 둘러싸고 자극하는 소음의 정체를 좀더 자세하게 들여다봐야 한다.

자명종의 요란한 소리가 새벽잠을 깨운다. 거리는 어떤가? 온통 소음의 덩어리다. 오토바이와 대형트럭이 질주하는 소리, 자동차의 타이어가 미끄러지는 소리, 자동차의 시동 거는 소리, 신경질적으로 울려대는 경적들…… 소음의 현란함에 우리 영혼은 어리둥절한다. 그러나 소음에 대한 짧은 부적응증은 이내 해소된다. 소음에 익숙해지는 것이다. 거리를 지나서 사무실로 들어선다. 연이어 울리는 전화벨 소리, 팩스기나 복사기 작동소리들, 의자가 바닥에 끌리는 소리, 큰 목소리로 주고받는 사람들의 대화······ 낮의 사무실도 소음의 점령지구다. 다시 집으로 돌아온다. 집에서 우리를 맞는 것은 소음이다. 텔레비전이 기총소사하듯 쏟아내는 소음들, 진공청소기와 세탁기가 돌아가는 소리······ 어디에도 침묵은 없다.

도시에 사는 사람들은 누구나 자신도 모르는 사이에 항구적 난청자나 소음중독자가 되어 일생을 마친다. 어떤 사람들은 소리의 부재를 견디지 못한다. 주위가 조용하면 그들은 안절부절 못하며 심적 동요를 감추지 못한다. 어떤 독거인들은 소리의 부재가 두렵다고 말한다. 더러는 잠자는 동안에도 텔레비전을 켜놓는다고 한다. 텔레비전이 쏟아내는 소음이 불안을 잠재우고, 심적 동요를 다독여주며, 영혼을 쉴 수 있게 한다고 말한다. "현재 세계적으로 최대 소음원은 교통이지만 그리 멀지 않은 미래에 전기 자동차가 양산되면 고속도로의 소음은 상당히 줄어들 것이다. 나는 오늘날 많은 사람들이 과도하게 시끄럽다며 맹렬히 비난하는 상업적 환경 여러 곳을 방문해서, 소유주가 그토록 시끄러운 음량을 내는 동기가 무엇인지 파악하려 했다. 상점과 음식점은 손님의 관심을 끌려고 소음을 내고 손님을 지나치게 자극하면서 자신들의 존재를 과시한다. 개인이 자기 말소리를 듣고 싶어하고 빈 방에 들어서자마자 텔레비전을 켜는 이유에는, 소멸에 대한 두려움, 침묵의 구석에 도사리고 있는 영원한 정적에 대한 두려움 등이 있다. 깨어 있거나 때로는 잠자는 내내 개인음향 상비로 사운드드랙을 듣는 사람들은 소리가 클수록 소리의 울림에 몸과 마음이 고동치고 쓸데없이 주의가 흩어지는 일이 줄어든 다고 말했다. 내가 소음을 위한 소음으로 생각한 것은 자동차 오디오 분야로 여기서 소음을 부추기는 요인은 두 가지였다. 하나는 베이스의 순수한 관능성이었고, 또 하나는 붐 카를 모는 사람들 대부분이 요란한 교통 소리에 평생 파묻혀 산다는 사실이었다. 소음에 묻혀 생활하는 현대인에게서 일종의 음향적 스톡홀름 신드롬을 찾아볼 수 있다는 뜻이다."_{조지 프로흐니크, 앞의 책} 우리가 소음에서 달아나려고 하면서도 정작 침묵의 공간을 견디지 못한다는 사실은 얼마나 아이러니한가? 실내의 침묵을 두려워해서 빈 방에 들어서자마자 자신도 모르게 텔레비전을 켜는 사람은 얼마나 많은가? 평생을 소음과 뒤엉켜 살다가 우리는 '음향적 스톡홀름 신드롬'에 빠지기도 한다. 많은 경우 소음으로 생긴 피해들이 보고되지는 않는다. 그러나 개발도상국에서 소음으로 인한 심혈관 손상으로 인한 심장마비가 연간 4만 5천 건에 이르고 있다는 사실은 놀랍지 않은가? 미국인 세 명 가운데 하나는 이어폰 사용으로 청력에 심각한 손실을 입고 있다. 아파트 층간 소음 분쟁은 그동안 꾸준히 제기되어왔던 사회 문제 중의 하나다. 이웃 사이에 소음이 갈등의 씨앗이 되고 분쟁으로 번졌다가 끝내 고소·고발 사건으로 이어지는 일도 드물지 않다. 2013년 서울 면목동에서 아파트의 층간 소음으로 분쟁을 벌이던 40대 남자가 우발적으로 격분해서 휘두른 흉기에 찔려 위층의 30대 남자 둘이 죽은 사건은 충격적이다. 이웃 사이에 벌어진 소음 분쟁이 살인을 불러올 만큼 심각한 사회 문제로 떠오르고 있는 것이다. 지속적인 소음 환경에 노출된 아동은 언어 발달에 나쁜 영향을 받을 수 있고, 소음은 자폐증 발생 증가와도 관계가 있다는 보고도 나와 있다.

그렇다면 침묵은 우리에게 어떤 이로움을 주는가? 절의 수행자들이나 수도원의 수도승들은 자주 침묵에 귀를 기울이며 수행을 한다. 절간의 '묵언 수행'이 대표적인 예다. 조지 프로흐니크는 수도원에 체류하면서 수도승들과 함께 시간을 보낸다. "나는 수도원에 체류하는 내내 명쾌하고 구체적으로 실천할 수 있는 가르침을 찾고 있었다. 하지만 그런 가르침 대신 얻은 것은, 알지 못함으로써 그리고 마음이 계속 밖으로 향함으로써 유익을 얻을 수 있다는 강력한 암시였다."조지 프로흐니크, 앞의 책 구체적으로 그 유익이란 어떤 것일까? 신경과학자 비노드 메논은 "소리 사이에 침묵이 흐르면서 두뇌가 다음 소리를 예측하려 애쓸 때 두뇌 활동이 절정에 이른다"는 사실을 밝혀낸다. "정신은 소리 자극이 없을 때 터져 나오는 신경 점화 덕택에 집중하고 기억을 부호화하는 주요 임무를 수행한다."조지 프로흐니크, 앞의 책 침묵이 수행의 방편이 될 수 있는 이유는 분명하다. 침묵은 신이 인류에게 준 선물이다.

말 속에도 침묵이 깃든다. 말들은 그 내부에 긴 침묵과 짧은 침묵을 갖고 있다. 건성으로 듣는 사람들은 소리만 듣지만, 깊이 경청하는 사람들은 말 속에 숨은 침묵에 귀를 기울인다. 책은 타인의 말과 세계를, 저 멀리서부터 오는 의미들을 겸허하게 경청하려는 자의 것이다. 책을 읽을 때 집중하면 할수록 주변 소음을 잠재우는 힘은 강력해진다. 소음은 잦아들고 침묵의 오의奧義에 더 가깝게 다가간다.

"생략법의 글쓰기, 불명확한 재현, 단속적인 대화체, 그리고 누구나 다 잘 알고 있는 말없음표"^{마르크 드 세메트, 『침묵예찬』} 등은 가장 흔한 침묵의 양태들이다. 말줄임표는 통사적 망설임, 판단유보의 기회다. 군데군데 배치되어 있는 그 침묵들은 독자를 책 속으로 끌어들이고 능동적인 참여를 유도한다. "읽히는 침묵. 그것은 음향적 현실에 겹쳐지는 하나의 부주제副主題, 자아에 대한 성찰과 세계 인식의 장소다."^{마르크 드 세메트, 앞의 책} 침묵은 닫힌 뇌와 지각을 열고, 감정을 풍부하게 할 뿐만 아니라 미래에 대한 선험과 영감의 중추를 자극한다. 대개의 훌륭한 책들은 문자와 문자 사이, 의미와 의미 단위 사이에 침묵을 배치한다. 때때로 책을 읽다가 문자 너머로 광막하게 펼쳐진 침묵과 고요의 공간을 만나기도 한다. 그럴 때 우리는 문자의 세계에서 빠져나와 그 침묵 속에서 오롯하게 침묵을 음미할 필요가 있다. "잠시 동안의 침묵도 우리에게 풍요로운 미지의 세계를 안겨 줄 수 있다. 정신을 집중하고 경험을 흡수할 수 있는 공간을 제공하고, 함께 있는 사람이 뜻밖에 놀라운 존재일지 모른다는 신호를 보내고, 말로 표현할 수 없어도 진실을 가슴에 울려 퍼지게 하며, 자신이 좀더 위대한 존재에 의존하고 있다는 사실을 다시 한번 깨닫게 한다."^{조지 프로흐니크, 앞의 책}

침묵은 소리의 부재에서 빚어진 소극적인 사태가 아니라 능동적인 현상이다. 침묵은 의미의 융합이고 고요의 폭발이며 기쁨의 쇄도다. 그리고 무엇보다도 의미 있는 "언어의 도약대"^{마르크 드 세메트, 앞의 책}다. 헨리 데이비드 소로는 혼자 콩코드 강과 메리맥 강을 여행한다. 그 여행에서 소리와 침묵이 한데 어울려 있는 것을 느꼈다. 소로는 어둠 속에서 침묵은 두터웠고, 그 깊은 침묵이 내려앉은 자연 속에서 노를 저을 때 노가 물을 치며 내는 소리와 물방울이 뚝뚝 떨어지며 내는 소리에 귀를 기울였다. 소로는 모든 소리가 "침묵의 공급자이자 하인"이라는 사실을 깨닫고, "소리는 침묵과 대조를 이루고 침묵을 보듬을 때에만 듣기 좋다"고 적었다. 침묵이 의미있는 삶에 불가결한 요소라면, 우리 주변에서 점점 더 침묵이 고갈되고 있다는 사실은 우려할 만한 일이다. 우리가 사는 대도시에서 침묵들은 거의 사라졌다. 대신에 소음들이 그 자리를 차지한다. 소음은 그 자체로 "작은 신"이 되어 우리의 경배를 받고 우리의 몸과 마음을 지배한다.

침묵은 소음의 부재가 아니다. 침묵은 스스로 존재를 평정하고 스스로 태어나는 존재다. 그 무엇의 안티테제가 아니란 뜻이다. 차라리 소음은 침묵의 사체, 혹은 돌연변이다. 침묵은 소음을 기르지 않는다. 침묵이 젖을 물려 기르는 것은 소리들이다. 소리들은 침묵에서 멀리 나갔다가도 침묵으로 돌아가려 하는 성질을 끝내 유지한다. 침묵과 소리는 혈연관계다. 소리의 파동을 조사해보면 파동의 사이사이에 짧은 침묵이 깃들어 있음을 알 수 있다. 모든 좋은 소리 속에는 침묵의 흔적들이 남아 있다. 좋은 소리들은 침묵을 좋아하고 침묵을 경청하는 경향이 있다. 침묵과 소리는 상호삼투한다. 소리는 침묵 속에서 피정避靜하며 묵은 때를 벗는다. 그렇게 소리는 침묵을 받아들임으로써 고귀해진다. 거꾸로 침묵은 소리를 받아들임으로써 스스로 침묵임을 증명한다. 소리가 없다면 침묵도 없다. 그러나 소음은 다르다. 소음은 침묵과는 무관하게 존재한다. 차라리 그것은 존재가 아니라 존재의 흩뿌림이다. 소리는 침묵의 존재를 또렷하게 하지만, 소음은 침묵을 가차없이 살해한다. 침묵과 소리는 공존이 가능하지만, 침묵이 소음과 공존하는 일은 불가능하다.

　침묵은 우리가 생각하는 것보다 훨씬 더 많은 가치를 갖고 있다. 나는 더 많은 침묵을 누리고 싶다. 침묵의 풍부한 가치를 음미하며 침묵의 축복 속에서 살고자 한다는 것은 "바로 현재 장소와 시점에서 침묵을 포용하는 장소가 필요하다"는 사실을 말하는 것이다. "나는 수도원을 순례하면서 침묵의 가치에는 미지의 세계를 부활하는 것이 포함된다고 결론 내렸다. 자신이 매우 잘 안다고 느끼는 생활 양식에서 방법을 찾는 사람이 많은 시대에, 숙고와 경이에 접근하는 통로로써 침묵의 가치는 무한하다."^{조지 프로흐니크, 앞의 책} 결론은 명료하다. 소음은 우리의 생활과 건강을 망가뜨리고, 삶의 질을 떨어뜨리는 데 한몫을 한다. 반면에 "고요와 소리 사이의 특별한 균형"인 침묵은 지각의 힘을 촉진시키고, 우리 삶에 신성함이 깃들게 한다. 한마디로 소음은 우리를 죽이고, 침묵은 우리를 살린다. 소음의 세계와 단호하게 결별하고, 저 깊고 평화로운 침묵의 세계를 향하여 걸어가는 것이다. 자, 당신의 선택은 침묵 너머의 세계인가, 아니면 현실의 소음들인가.

독파리 떼 :
윙윙대는
군중

　　　　　　　　　　니체의 동물계에서 우리에 갇히지
않고 사슬에 매이지도 않은 곤충들을 찾아볼 수 있다. 그것들 중의
하나가 독파리 떼다. 독파리 떼란 원숭이의 먼지 조각 같은 쪼개짐
이고, 식물과 유령의 분열이며, 벌레들 사이에서 나타나는 잡종이
다. 그것은 항상 하나가 아니라 여럿으로 나타난다. 대지는 항상 무
리로 윙윙거리는 이들에 의해 지쳐버린다. 독파리 떼란 시정잡배,
타자성이 제거된 타자들, 혹은 군중의 표상이다. 차라투스트라가 시
장에 들어섰을 때 독파리 떼가 그의 주변으로 몰려와 윙윙거렸다.
차라투스트라는 새로운 가치의 발명자, 창조적 의지를 가진 자다.
그런데 군중들은 차라투스트라를 원치 않는다. 군중이 원하는 것은
위대한 배우와 광대들이다. 배우는 얼굴에 분칠을 하고 군중이 원
하는 배역을 연기하고, 광대들은 바보 같은 웃음을 만들어낸다. 그
들의 위대함은 본질이 아니라 일종의 정신분열증이며 가장假裝이다.
배우는 항상 군중이 원하는 배역에 충실하다. 배우의 욕망과 군중

의 욕망은 하나다. 타고난 악의와 복수심의 출구를 찾지 못한 군중은 배우의 출현에 열광한다. 배우는 군중의 악의와 복수심의 출구이기 때문이다. 배우가 있는 곳은 그를 감싸는 군중으로 인해 항상 떠들썩하다. 군중은 배우의 명성과 그 명성이 만들어내는 소음을 더 사랑한다. 시장이란 바로 그런 소음들로 가득찬 곳이 아닌가! 반면에 차라투스트라는 고요와 침묵을 더 좋아한다. 차라투스트라는 시장에서 사랑받는 인물이 아니다. 무엇보다도 고독과 침묵을 더 좋아하는 차라투스트라는 시장의 소음이 영혼을 천박하게 만들고 끝내는 죽이는 것임을 안다. 그래서 헛된 명성을 더 좋아하고 소음에 익숙한 군중은 시장에 나타난 차라투스트라 주변으로 몰려와 윙윙대며 시장에서 사라지라고 아우성치는 것이다. 군중이 윙윙거리는 독파리 떼라면, 차라투스트라는 스스로 만든 고독 속에 고요하게 서있는 "넓은 가지가 달린 나무"다. 시장이 시작되는 곳에서부터 사악한 자본의 광기와 더불어 독파리 떼의 윙윙거림도 시작된다.

벗이여, 너의 고독 속으로 달아나라! 너는 요란한 위인들의 아우성에 귀가 멀고 소인배들의 가시에 마구 찔려 상처투성이가 되어 있구나.

숲과 바위는 너와 더불어 기품 있게 침묵할 줄을 안다. 다시 한번 네가 사랑하는, 저 크고 가지가 무성한 나무와 같이 되어라. 나무는 조용히, 그리고 귀를 기울여가며 바다 위로 상체를 내밀고 있다.

고독이 끝나는 곳, 그곳에 장이 열린다. 그리고 장이 열리는 곳에 거창한 배우들의 소란이 윙윙대기 시작한다. 니체, 「시장터의 파리들에 대하여」

군중은 소인배들과 가련한 자들로 이루어져 있다. 그들 하나하나는 물방울이다. 물방울들이 모인 것이 대양大洋이다. 그리하여 군중은 거대한 강물이고, 들판에 번지는 잡초고, 거친 모래바람이고, 깃발이며 깃발을 나부끼게 하는 바람이다. 차라투스트라 혼자서 그들을 상대하는 일은 벅차다. 왜냐하면 군중은 "헤아릴 수 없이 많은 숫자"이기 때문이다. 니체는 이들 군중이야말로 대지를 더럽히는 자들이라고 말한다. "그런 자들은 생명을 경멸하는 자들이요, 소멸해가고 있는 자들이며 이미 독에 중독된 자들인바 이 대지는 그런 자들에 지쳐 있다. 그러니 아예 저 하늘나라로 떠나도록 저들을 버려두어라!"니체, 「차라투스트라의 머리말」 그들이 대지에서 없어져버려도 좋다고 하는 것은 혐오감의 과격한 수위를 드러낸다. "모든 혐오감은 원래 접촉하는 것에 대한 혐오감이다."발터 벤야민, 「일방통행로」 군중이 품은 이성, 덕, 행복이란 한낱 "궁핍함이요 추함이며 가엾기 짝이 없는 자기만족"니체, 앞의 책에 지나지 않는다. 군중은 독파리 떼가 되어 차라투스트라에게 달라붙어 침을 쏘고 피를 빨아댄다. 그들의 영혼은 야위고 끔찍해지고 굶주렸기 때문이다. 차라투스트라는 그런 군중을 보고 "실로, 사람은 더러운 강물과도 같다. 몸을 더럽히지 않고 더러운 강물을 모두 받아들이려면 사람은 먼저 바다가 되어야 하리라."니체, 앞의 책라고 외친다.

시장에 몰려드는 사람들은 식물채집이나 하기 위해서가 아니다. 그들은 물건을 사고팔며 이윤을 빨아먹기 위해 시장으로 몰려든다. 그들은 마치 파리 떼처럼 윙윙거린다. 시장은 독파리 떼가 출현하기 좋은 장소다. 시장은 돈과 물자가 몰리고, 그를 좇아 사람들이 몰려오는 곳이다. 독파리 떼가 붕붕거리며 소음을 낸다. 독파리들은 돈이 몰려 악취가 나는 곳으로 달려든다. 독파리 떼의 소음은 서로의 피를 빨려고 달려들고, 피 없는 창백한 영혼이 피를 갈구하고 욕망하는 데서 불가피하게 빚어진다. 독파리들은 천연덕스럽게 남의 몸뚱이에 침을 박고 피를 빨아댄다. 독파리들은 마음에도 없는 아첨과 찬사를 퍼부으며 윙윙거리기도 하는데, 그것은 당신의 살가죽과 당신의 피 가까이에 있고 싶어하기 때문이다. 이들의 얼굴이 상냥하다고 해서 속아 넘어가서는 안 된다. "저들은 자주 상냥한 얼굴을 하고 네게 다가오기도 한다. 그러나 그것은 비겁한 자들의 책략일 뿐이다. 그렇다, 저 비겁한 자들은 영악하다!"니체, 「시장터의 파리들에 대하여」 독파리 떼는 독거미와 같이 치명적인 독을 갖고 있지 않기에 위험하지는 않지만 성가시고 시끄럽다. 오, 독파리 떼여, 우리는 성가시게 달려드는 그것들에 지치고, 그것들에 물려 만신창이가 되고 만다. 이 독파리 떼를 잡아야 할까? 차라투스트라는 우리 행동을 말린다. "저들을 잡아보겠다고 팔을 들어올리지도 말라! 헤아릴 수 없이 많은 것이 저들이다. 파리채가 되는 것, 그것 또한 네가 할 일이 아니다."니체, 「시장터의 파리들에 대하여」 독파리 떼는 시장이라는 잡다함의 잉여들, 소음의 잉여들 속에서 번성한다. 그런 까닭에 시장은 독파리 떼의 유토피아다. 본디 유토피아는 결핍이라는 본질에 의해 규정되는 곳이고, 시장은 온갖 잡다한 것의 넘침으로 규정되는 장소다. 문명 세계의 인간들이 건설한 도시와 시장은 쌍둥이처럼 닮아 있다. 신은 자연을 창조하고, 인간은 도시를 건설한다. 자, 철학자들이 도시를 어떻게 묘사하는가를 보자.

오늘날의 도시는 모두 저주받고, 악취를 풍기며, 적대적인 데다, 심지어는 죽어가고 있다. 훌륭한 시민의 의무는 이 도시들을 해방시키는 것이다. 좀먹어 들어오는 나병으로부터, 숨막히는 혼잡으로부터, 미칠 듯한 소음으로부터, 독성을 품은 답답한 대기로부터, 추한 무질서로부터. 요컨대 이 도시들을 정화하고 새로운 도시를 건설해야 할 것 같다. 환경 도덕가들이 쏟아 놓는 비탄의 소리를 들어보자. 루소 이래로 도시는 부패와 타락의 중심지요 집적된 오물들의 상징으로 여겨져왔음이 사실이다. 도시는 우리가 좋아하는 희생양이자, 우리의 비참한 현실의 가장 아름다운 부케로서 비판과 비난을 끊임없이 부추긴다. 그렇긴 해도 우리는 바로 해체되어가는 이 대도시에서 최고의 생활을 누린다. 또 우리가 보다 오만하고 세련되고 열에 들뜬 처세술을 발전시켜 나갔던 것도 바로 죽음과 파괴의 냄새가 나는 이 유령선들에서이다. 임종의 고통 속에서조차 매혹적인, 음탕한 창녀들의 도시. 갱과 마피아·매춘부·거지·부랑자·경찰이 우글대는, 농익은 과실들의 도시. 이곳은 깜짝 놀랄 만한 사건들과 끔찍한 일들이 교차하는 장소이다. 파스칼 브뤼크네르·알랭 팽키엘크로, 「길모퉁이에서의 모험」

위의 인용문에서 도시를 시장으로 바꿔놓아도 그다지 어색하지 않을 것이다. 그만큼 도시와 시장은 닮아 있다는 증거다. 군중은 "죽음과 파괴의 냄새가 나는 이 유령선들"로 몰려든다. 군중은 살기 위해 이곳으로 몰려들지만, 그리고 저마다 "오만하고 세련되고 열에 들뜬 처세술"을 뽐내며 살아가지만, 실은 그들은 죽어가고 있다. 그들은 심술과 잔인한 본성으로 윙윙거리는 독파리 떼다. 독파리 떼의 윙윙댐은 자기 동일성 안에 갇힌 생의 과잉이 만들어낸 소음이다. 독파리들에게는 하인도 없고—그 자신이 하인이자 주인이다—, 다스릴 제국도 없다. "가난 속에서 폭군의 심술을 키운다. 잔인한 본성을 억제하면서 숨이 막힌다. 마음대로 죽일 수 있는 하인이 없고 공포에 떨게 만들 제국이 없으므로 자신을 증오한다. 가엾은 티베리우스가 된다……"에밀 시오랑, 「독설의 팡세」 군중은 무수한 빗방울이다. 차라투스트라는 바위가 아님에도 빗방울들로 인해 움푹 패고, 그 표면 여기저기는 부서지고 갈라졌다. 그게 다 피없는 군중의 영혼이 "천연덕스럽게" 차라투스트라의 피를 열망했기 때문이다. 차라투스트라는 오랫동안 제 몸에 달라붙고 쏘아대는 독파리 떼를 상대하느라고 지쳤다. 그렇다고 파리를 쫓는 파리채가 될 수는 없다. 천하의 차라투스트라라 할지라도 파리채가 되는 순간 독파리 떼에 부속되어 그것들이 윙윙대는 "저 위대한 경멸의 시간" 속으로 침수될 수밖에 없기 때문이다. 독파리 떼와 마주친 차라투스트라는 제 속에서 울려 나오는 목소리를 듣는다. "달아나거라, 나의 친구여, 너의 고독 속으로. 나는 네가 독파리 떼에 쏘이는 것을 본다. 달아나거라, 거칠고 힘찬 바람이 부는 곳으로!" 차라투스트라가 쉴 곳은 고독 속이고, 거칠고 힘찬 바람이 부는 대지다.

과잉의 경쟁은 진부한 악

거머리 : 양심과 신념의 표상

과잉의
경쟁은
진부한 악

물은 차고 기온은 떨어졌다. 유실수의 열매는 남아 있지 않고, 노랗고 붉게 물든 나뭇잎들도 다 졌다. 엽록소를 잃은 잎들은 나무에게 아무 쓸모도 없다. 여름 내내 왕성한 광합성 작용을 하며 나무의 성장과 생존에 일조를 하던 나뭇잎들은 쓸모를 다한 뒤에 나무 밑동으로 떨어져 썩어서 제 자양분이 나무의 뿌리에 돌아가도록 한다. 숭고한 헌신이다. 11월 하순이 지날 무렵부터 몸통과 날개의 푸른빛을 잃고 갈색으로 변해버린 사마귀들이 나타난다. 사마귀의 몸통은 굵고 통통하다. 여름의 날씬한 유선형 몸통을 가진 사마귀가 아니다. 그 움직임 역시 풍을 맞은 노인같이 눈에 띄게 느리다. 살날이 많이 남아 있지 않다는 증거다. 얼마 지나지 않아 놈들은 마른 풀밭에서 생의 최후를 맞는다. 기온이 영하로 떨어질 무렵 무당벌레들은 살아남기 위해 필사적으로 실내에 들어오려고 한다. 욕조의 물 위에도 무당벌레가 뜨고, 온기가 도는 방비닥에도 무당벌레가 기어 다닌다. 이들은 용케도 살아남은 것들이지만, 많은 무당벌레들은 문틈에 끼어 몸통이 으스러지거나 사람의 발밑에 깔려 죽고, 남은 것들은 말라 죽는다. 겨울은 곤충들에게 혹독한 시련의 세월이다. 산란을 마친 곤충들은 덧없는 생을 마치고, 여러 해를 사는 뱀이나 곰들은 깊은 동굴을 찾아 동면을 취한다. 살아 있는 것들은 하나도 예외없이 몸을 움츠려 에너지 손실을 적게 하면서 겨울의 혹독한 환경에서 살아남기 위해 생명의 최소주의에 기꺼이 타협한다.

"생명은 경쟁이다." 이 문장은 타이페이 출신의 작가 겸 화가인 류 융의 책 『살아간다는 것 경쟁한다는 것』을 읽다가 발견한 것이다. 잠시 이 문장을 앞에 두고 숙연해졌다. 경쟁의 궁극은 내가 살기 위해 남을 죽이는 것이다. 사람과 사람은 생명으로서 평등하고, 사람과 사물은 물物에 작동하는 중력의 계율 안에서 평등하다. 그러나 사람과 사람 사이에서는 기어코 경쟁에 뛰어든다. 그게 상생과 상극의 이치 속에 있는 사람의 운명이다. 용케도 살아 있는 동안 모든 경쟁에서 이긴 사람이라도 결국은 자연 수명을 다한 뒤에는 죽는다. "우리는 살아가야 하기 때문에 죽인다. 결국 이 우주에서 가장 거대한 살육의 주인공은 바로 나를 낳고, 나를 기르고, 나를 넘어뜨리고, 나를 데려가는 하늘이 아니겠는가!"류융, 「살아간다는 것 경쟁한다는 것」 경쟁이라는 어휘는 이미 『장자』의 「제물론齊物論」 편에 나타난다. "쫓음이 있고 다툼이 있다有競有爭." 먼저 '경競'은 추구하여 쫓다라는 뜻이다. 다음에 '쟁爭'은 승부를 다투다라는 뜻이다. 개인 간의 다툼은 싸움이고, 나라 간의 다툼은 전쟁으로 이어진다. 경쟁은 더도 아니고 덜도 아닌 생명의 본질이다. 경쟁에서 이겼다는 것은 먹히지 않고 먹었다는 뜻이요, 출세했다는 뜻이다. 그것은 일견 인생의 성공으로 비쳐질 수도 있다. 그러나 경쟁에 이겨 얻은 승리가 영구한 것은 아니다. 한번 경쟁에 이긴 사람은 더 큰 경쟁에서 지는 경우가 허다하다. 그러니 지혜로운 사람은 그런 무한경쟁 속에 자신을 몰아넣어 마음을 황폐하게 만들지 않는 법이다. 노자도 도를 깨달은 사람은 생명이 처한 경쟁의 굴레에서 홀연히 벗어난다고 적었다. "오직 다투지 않으니, 천하에 그와 다툴 자가 없다. 옛날에 이른바 굽히면 온전해진다는 말이 어찌 헛튼소리겠는가! 참으로 온전하게 도로 돌아가는구나.夫唯不爭, 故天下莫能與之爭. 古之所謂曲則全者, 豈虛言哉! 誠全而歸之."『도덕경』 22장

어느 날 작가는 사마귀 한 마리를 포획해서 '애완'으로 기르면서 먹이를 주고 병을 고쳐주고 짝을 찾아주면서 그 생태를 낱낱이 기록하기 시작했다. 그 많은 곤충들 중에서 하필 사마귀라니! 사마귀는 다른 곤충들을 잔인하게 잡아먹는 '킬러'가 아닌가. 어쨌든 류웅은 사마귀를 잡아 기른다. "번개 같은 속도로 기습하고, 맛을 볼 때는 침착하게 조금씩 음미하고, 날카로운 침을 꽂은 뒤에는 산처럼 움직임이 없다."류웅, 앞의 책 그러면서 생물의 세계에 작동하는 '이치'들을 깨닫는다. 그 이치로 가 닿은 핵심은 "상생과 상극의 이치, 강한 자와 약한 자의 운명, 그리고 어쩔 수 없는 삶의 모습이다."류웅, 앞의 책 날이 갈수록 사는 일이 팍팍하다. 하루하루가 생존의 몸부림이라고 할 만한 고투苦鬪다. 그 고투는 대부분 경쟁의 형식을 취한다. 살아간다는 건 그런 경쟁 속에 내던져져 있다는 뜻이다. 그 경쟁이 늘 공정하게

이루어지는 것은 아니다. 우리는 더 많은 불공정한 경쟁 속에서 삶을 이어간다. "사회는 겉으로는 대단히 점잖게 예교禮敎를 요구하지만, 그 밑바닥을 보면 정도正道를 벗어난 일들이 층층이 깔려 있다."류융, 앞의 책 우리 삶이 팍팍하고 고달픈 것은 바로 그런 까닭이다.

한 해를 살아냈다는 것은 한 해 동안 있었던 크고 작은 경쟁에서 나를 지켜냈다는 뜻이기도 하다. 겨우 나를 지켜냈으나, 가슴은 공허하고, 마음은 황폐하다. 왜 그럴까? 자기동일성을 떠받치는 것은 경쟁에서의 이김이고, 그것은 필연적으로 피로를 낳는다. 나도 모르게 존재하는 것의 피로함이 누적된 탓에 나는 그토록 공허하고 황폐했던 것이다. 경쟁보다 우리 삶을 제약하고 규정하는 것은 '정치들'이다. '정치들'은 우리를 어딘가에 귀속시키며 그 대가로 안정된 자아를 보장한다. 국가 권력이 정치 지형을 바꾸고 우리 삶을 더 나은 것으로 혁신시켰던가? 변화의 미시적 기원은 '작은 것들의 정치'에 있다. 그 거점 공간은 공적 영역이 아니라 부엌 식탁과 같은 일상생활이 이루어지는 곳이다. 비이데올로기적 프레임 안에 있는 부엌 식탁은 '대화'를 하기에 좋은 공간이고, 여기에서 이루어지는 대화와 토론으로 힘없는 사람들은 정치적인 자율성을 얻고 거시적인 정치에 대한 대안을 만들어냈다. 그 움직임은 자살 폭탄이나 테러와 견주어서 정말 작고 미미해서 밖으로는 잘 드러나지 않는다. 큰 정치와 격절된 식탁 주변에서 일어나는 '작은 것들의 정치'는 작은 것들이 모여 힘을 만들고 결국은 정치의 장에서 변화를 일궈낸다. 제프리 골드파브는 한국의 촛불시위를 '작은 것들의 정치'의 한 예로써 이해한다. "외부인으로서 그리고 비전문가로서 촛불시위에 대한 나의 일반적인 이해는 다음과 같다. 대중적인 인터넷 공적 포럼인 아고라를 통해, 한 열네 살 중학생 소녀가 2008년 4월 초에 미국산 쇠고기의 수입을 재개하려는 정부의 조치를 막기 위해 서울시청 광장에서 촛불집회를 열 것을 요청했다. 초기의 시위에 참여한 사람들은 대체로 열네 살에서 열일곱 살 사이의 중학교와 고등학교의 청소년들이었다. 이들은 문자 메시지를 통해 광우병의 위험과 미국산 쇠고기 수입 재개 문제에 대해 논의하고 있었고, 이후 행위의 필요성에 대해 느끼게 되었다. 그들은 자신들이 가지고 있는 관심과 우려를 보여주기 위해 처음에는 상대적으로 작은 집단에서 만났지만, 이들이 제기하는 문제에 대한 관심이 좀더 커다란 사회집단들에서 가시적이게 됨에 따라 그 시위들에 대한 강한 반응이 나타났다. 광장에서, 도시와 전국에 걸쳐 좀더 커다란 일련의 촛불시위가 뒤따라 일어났고, 이는 6월 10일에 전국적으로 1백만 명이 참가한 대규모의 촛불시위를 이끌어냈던 것이다."제프리 골드파브, 『작은 것들의 정치』 이제 '작은 것들의 정치'는 세계적인 현상이다. 1989년에 동유럽의 "식탁과 불법 서점, 시낭송회"와 같은 작은 공간을 거점으로 삼은 '작은 것들의 정치'는 마침내 공산주의 체제를 무너뜨리고 거대한 정치적 전환을 이뤄냈다. 2011년 이란, 예멘, 바레인, 시리아, 이집트 등 중동에서 일어난 힘없는 사람들을 중심으로 하는 '작은 것들의 정치'는 새로운 변화를 이끌어내는 중이다. 2011년 10월, 시민연대의 대표로 서울시장 선거에 나선 박원순이 기존 정치권력의 지원을 받은 여당 후보를 물리치고 서울시장에 당선함으로써 기존 정치의 역학구도를 요동치게 만든다. 이것도 '작은 것들의 정치'가 일군 혁신의 좋은 예다.

우리는 정치들의 작은 틈새에서 겨우 자아를 보존하고 살아간다. 그러나 앞으로는 이 힘없는 것들이 정치적 대안 세력으로 주목을 받을 것이다. 정치들의 작은 틈새에서 겨우 존재하는 작은 것들이 일으키는 변화와 혁신은 21세기의 중요한 정치적 대안이 될 것임을 이미 증명해 보인 바 있다. 20세기의 뛰어난 사회학자인 어빙 고프먼은 이렇게 적는다. "어딘가에 속해 있지 않다면, 우리에게는 그 어떤 안정된 자아도 없을 것이다. 그러나 사회적 단위에 대한 완전한 헌신과 애착은 자아 없음을 의미한다. 한 명의 개인이 되었다는 의식은 좀더 넓은 사회적 단위로의 끌어당김이 있을 때 나타날 수 있다. 우리의 자의식은 그런 끌어당김에 저항하는 작은 방식들을 통해 생길 수도 있다. 우리의 지위는 세상이라는 단단한 건축물들에 의해 뒷받침되지만, 개인적 정체성에 대한 우리의 의식은 종종 갈라진 틈새 사이에 존재한다."^{어빙 고프먼, 「공적 제도의 숨겨진 세계」, 제프리 골드파브, 앞의 책에서 재인용} 우리가 정치들의 '갈라진 틈새'에서 겨우 존재하는 것은 힘이 없기 때문이다. 우리는 정당에 소속되지 않고 능동적으로 정치 행위에 가담하지 않더라도, 일상 속에서 작은 정치를 한다. 식탁에서, 거리에서, 생맥주집에서. 누군가 대화를 하거나 혹은 소셜 네트워크에서 상호소통하는 글을 올리면서. 실은 우리가 일상 속에서 행하는 말과 행동들은 대부분 미시적 정치 행위들이다. 인터넷에 접속하고 대중적인 인터넷 공적 포럼인 '아고라'에 올라 있는 글들을 열람하고, 거기에 댓글을 달면서, 우리는 거침없이 정치 속으로 뛰어 들어간다. '작은 것들의 정치'가 더 큰 정치의 틀을 바꾸고, 새로운 전제정치적 위협에 맞서는 힘이 될 수도 있다. '작은 것들의 정치'가 저 리비아에서 오래된 독재자를 무너뜨리고 새로운 정치를 이끌어냈다. "작은 것들의 정치는 개인적인 인간 존재와 무언가 새로운 것을 세계로 가져오는 역량 사이의 연계를 가능케 하는 사회적 재료다. 사람들은 그들 사이에 존재하는 공간에서, 그들의 상호작용에서, 상황을 재정의하고 그 과정에서 그들의 세계를 바꿀 수 있다."제프리 골드파브, 앞의 책

아무리 비정치적인 사람이라도 정치인들의 무능과 부패에 대해서는 환멸을 느낀다. 정치의 무능과 부패가 거짓과 괴담이 창궐하게 만드는 근본 요인이다. 거짓과 괴담은 사회의 안정적 토대에 균열을 일으킨다. 거짓과 괴담들, 선동煽動의 말들에 지친 나를 위로하는 노래가 있다. 한 해의 끝자락에서 자꾸 이 노래가 나도 모르게 입술을 비집고 흘러나온다. "우리는 말 안 하고 살 수가 없나 날으는 솔개처럼/권태 속에 내뱉어진 소음으로 주위는 가득 차고/푸른 하늘 높이 구름 속에 살아와/수많은 질문과 대답 속에 지쳐버린 나의 부리여//스치고 지나가는 사람들이 어느덧 내게 다가와/헤아릴 수 없는 얘기 속에 나도 우리가 됐소/바로 그때 나를 보면서 날아가버린 나의 솔개여/수많은 관계와 관계 속에 잃어버린 나의 얼굴아//애드벌룬 같은 미래를 위해 오늘도 의미 있는 하루/준비하고 계획하는 사람 속에서 나도 움직이려나/머리 들어 하늘을 보며 아련한 솔개의 노래/수많은 농담과 진실 속에 멀어져 간 나의 솔개여/수많은 농담

과 진실 속에 멀어져 간 나의 솔개여/멀어져 간 나의 솔개여"^{이태원 노} 나를 생동하게 하는 '의미 있는 하루'는 어디에 있는가? 누가 그것을 내게서 뺏어 갔는가? 왜 우리의 삶은 평화롭고 고요하고 충만한 대신에 불안하고 초조하고 분주하기만 한 것인가? 수많은 질문과 대답 속에도 덧나고 찢긴 삶의 문제에 대한 근본적인 해결책은 없다. 우리는 우리가 자초한 소용돌이 속에서 살아간다. 존재의 소모, 숨막힐 듯한 권태, 바닥을 모르는 추락…… 이것들을 만든 것은 바로 우리들 자신이다. 이 세계에서 산다는 것은 수많은 관계와 관계 속에 산다는 뜻이다. 그런데 사람과 사람을 잇는 말들은 소음이 되고, 권태는 자아와 삶에의 의지들을 갉아먹는다. 내 삶이 빈곤해지고 고갈됨으로써 내 안에 깃들어 있던 '솔개'는 저 멀리 날아가 버렸다. 우리 내면과 잇대이지 않은 농담과 진실들이 '솔개'를 내쫓는다. 이 노래에서 '솔개'는 내면의 진실을 전달해주는 메신저다. 그 '솔개'가 아득하게 멀어짐으로써 우리는 더이상 내면의 목소리를 들을 수 없게 되었다. 진실을 담지 않은 말들 속에서 내 삶은 더없이 가볍고 공허해진다. 그때 삶은 피상적이 되고 의미를 머금을 수 없는 상태로 떨어진다.

한 해는 덧없이 끝난다. 도심의 거리는 쏟아져나온 인파들로 붐빈다. 밤은 인공조명들로 번쩍거리고, 소음은 도심의 거리를 집어삼킨다. 나는 흥청거리는 무리에서 떨어져 차라리 고립을 선택하고 나만의 고독 속으로 걸어 들어가련다. "혼자 있는 능력은 귀중한 자원이다. 혼자 있을 때 사람들은 내면 가장 깊은 곳의 느낌과 접촉하

고, 상실을 받아들이고, 생각을 정리하고, 태도를 바꾼다."^{앤서니 스토,「고}
^{독의 위로」} 나는 고요 속에서 혼자 있고 싶다. 절대로 고독에서 도망치지
않겠다. 그러나 밖이 시끄러우니 애써 힘쓰지 않으면 스스로 고요하
기는 힘들다. 밖이 시끄럽고 혼란스러운 것은 내 안이 바로 그렇기
때문이다. 밖이 고요하면 그 고요를 각성하는 내 안의 고요도 홀연
히 깨어난다. 내 안의 고요는 우주와 하나 되는 일체감 속에서 충만
해진다. 나를 감싼 고요는 나에게 온전한 '나'로 살아 있다는 기쁨을
선물로 준다. 저 멀리 날아갔던 '솔개'가 내 가슴으로 다시 돌아온다.
내가 찾은 행복, 내가 찾은 충만한 평화는 내면의 고요 속에 오롯하
게 있었던 것이다. "내면이 고요할 때만 나는 바위, 풀, 동물이 머무
르는 고요함의 영역에 다가갈 수 있다. 마음의 소란함이 잦아들 때
만 깊은 차원에서 자연과 하나 되어, 지나친 사고 작용이 만들어낸
분리된 존재라는 느낌을 넘을 수 있다. 생각은 생명 진화의 한 단계
이다. 자연은 생각이 생겨나기 이전에 존재하는 순진무구한 고요함
속에 머무른다. 나무, 꽃, 새, 바위는 스스로의 아름다움과 성스러움
을 알지 못한다. 인간은 고요해지면 생각 저편으로 넘어간다. 생각
저편의 고요함 안에는 앎과 맑은 마음의 차원이 존재한다."^{에크하르트 톨}
^{레,「고요함의 지혜」} 소로는 삶의 정수를 빨아들이며 깊이 있는 삶을 살고 싶
어서 문명세계를 버리고 숲으로 들어갔다. 소로가 숲에 갔듯이 우리
는 고요 속으로 들어간다. 고요 속에 머물며 내면을 들여다보라! 내
면에서 울려나오는 목소리를 들어라! 그 목소리에 따라 뜨겁게 살
라! 저기가 아니라 여기에서, 과거나 미래가 아니라 바로 지금 이 순
간을!

거머리 : 양심과 신념의 표상

        어느 날 차라투스트라는 생각에 잠긴 채 숲을 가로지르고 늪지대를 지나 걷고 있었다. 그는 자기의 생각에 너무 깊이 빠진 채 걷고 있던 중이라 자신이 얼마나 멀리, 그리고 깊이 걸어 들어갔는지를 미처 알아채지 못했다. 심각한 문제에 골몰해 있는 사람이 그렇듯이 차라투스트라도 부지중에 어떤 사내를 밟고 말았다. 차라투스트라의 발에 무심코 밟힌 사내는 비명을 지름과 동시에 저주의 말과 험악한 욕설을 차라투스트라에게 퍼부었다. 자기 생각에 취해 걷던 차라투스트라는 느닷없이 터진 비명과 험악한 욕설에 깜짝 놀라 손에 쥐고 있던 지팡이를 들어 그 사내를 내리쳤다. 그리고 차라투스트라는 이렇게 사내에게 용서를 구했다. "용서하라. 용서하고 우선 비유 하나를 들어보라. 먼 훗날의 일을 꿈꾸며 길을 가고 있는 어떤 방랑자가 한적한 길에서 뜻하지 않게도 햇볕을 쬐며 잠을 자고 있는 개와 부딪치듯, 마치 불구대천의 원수라도 되듯, 사람 둘이 기겁을 하며 놀라 덤벼들고 들이박는 그런 일이 우리 두 사람에게 일어난 것이다. 하지만! 그렇다고, 이 개와 이 고독한 자가 서로를 껴안고 반가워해서 안 될 까닭이 별로 없지 않은가! 둘 다 고독한 자들이 아닌가!"^{니체, 「거머리」} 사내는 거머리에 물려 피를 빨리고 있었다. 그가 들어올린 팔뚝에는 피가 흘렀는데, 거기에 열 마리나 되는 거머리가 매달려 있었던 것이다.

어린 시절 논에 들어가면 거머리들이 종아리에 달라붙곤 했다. 거무칙칙한 색깔을 가진 몸통으로 움찔거리는 거머리는 내 여물지 않은 종아리에 달라붙어 몸통이 빵빵해질 정도로 피를 빨아먹는다. 피를 충분히 빨아먹은 뒤에 거머리는 비로소 떨어져나간다. 나는 그런 흉측한 모양을 가진 거머리에 진절머리를 치곤 했다. 거머리는 환형동물문^{環形動物門, Annelida} 거머리강^{─綱, Hirudinea}에 속하는 동물이다. 지구상에는 약 300여 종^種이 있다고 알려져 있다. 몸통은 늘어났다 줄어들었다 하는 신축성이 있다. 몸통의 앞 끝과 몸 뒤 끝에는 각각 흡반^{吸盤}이 달린 입이 있는데, 흡반은 몸통 앞에 있는 것은 작고, 몸통 뒤에 있는 것이 크다. 몸통은 34체절로 되어 있고, 다 자란 것의 몸길이는 20센티미터에 이른다. 거머리들은 민물과 육상에 살지만 문질목^{Rhynchobdellida}에 속하는 것들은 바다에서 산다. 거머리들은 대부분 포식성으로 유기물 부스러기를 먹거나 기생성이다. 거머리는 피부로 호흡하고 소화기관에는 소낭^{嗉囊}이 있다. 이 소낭에 음식물을 몇 달 동안이나 담아두기도 한다. 자웅동체이지만 자가수정을 하지는 않고, 고치에 싸인 알을 육상이나 물속으로 내보낸다. 물에 사는 거머리는 어류·양서류·소류·포유류의 피를 먹거나, 달팽이·곤충유

충 · 벌레 등을 먹는다. 자, 이 징그러운 생물, 거머리가 니체의 동물 은유 철학에서 등장하는 대목을 보자. 차라투스트라는 그에게 누구인가라고 물었다. 그는 자기가 '정신의 양심을 지닌 자'라고 했다. 차라투스트라가 그에게 "그대 양심을 지닌 자여, 그대는 거머리를 찾아 마지막 밑바닥까지 추적해갈 생각인가?"라고 물었다. 밝힌 사내의 입에서 나온 대답은 다음과 같다.

그것은 엄청난 일일 것이다. 내 어찌 감히 그와 같은 일을 시도하겠는가!

내가 대가로서, 그리고 식자로서 정통해 있는 분야는 거머리의 두뇌지. 그것이 나의 세계이고!

그것 또한 엄연히 하나의 세계지! 나서서 말하고 있는 나의 긍지를 용서하라. 나와 견줄 자가 내 주변에는 없기 때문이다. 그래서 나 '이곳이 내 집'이라고 했던 것이다.

얼마나 오랫동안 나는 이 한 가지, 거머리의 두뇌를 추구해왔던가. 미끌미끌한 진리가 더이상 내게서 빠져나가지 못하도록 하기 위해! 여기가 나의 제국이다!

이 하나를 위해 나는 모든 것을 버렸으며 다른 모든 것에 무심해졌다. 그리하여 나의 앎 아주 가까이에 캄캄한 무지가 자리하게 된 것이다.

내 정신의 양심은 내가 하나만을 알고, 그 밖의 다른 모든 것에 대해서는 아는 것이 없기를 바라고 있다. 반푼어치 정신 모두와 무호하고 뜬구름 같으며 환상에 불과한 것 모두가 내게는 역겹기만 하다.

나의 정직함이 끝나는 곳, 그곳에서 나 장님과 다를 바 없으며, 또 그렇게 되기를 바란다. 그리고 내가 앎에 이르고자 하는 곳, 그곳에서 나 성실하기를, 말하자면 가혹하고, 엄격하며, 잔인하며, 가차 없기를 바란다.

오, 차라투스트라여, 일찍이 그대는 말하지 않았던가. '정신이란 그 자체로 생명 속으로 파고드는 생명'이라고. 이 말이 나를 그대의 가르침으로 유혹하여 이끈 것이다. 참으로, 나는 내 자신의 피로 내 자신의 앎을 키워온 것이다. 니체, 앞의 책

거머리가 제 팔뚝에 달라붙어 피를 빨아도 꼼짝 하지 않고 늪지대에 누운 이 사내는 누구인가? 그는 차라투스트라가 저를 무심코 밟았을 때 불같이 화를 냈다. 하지만 그가 차라투스트라임을 알고 난 뒤 곧바로 차라투스트라를 향하여 "위대한 양심의 거머리인 차라투스트라는 찬양받으라!"라고 경의를 표한다. 이 문맥에서 거머리는 백해무익한 흡혈자라는 나쁜 이미지를 벗고 일약 차라투스트라와 동격의 존재로 떠오른다. 차라투스트라에게 밟힌 사내는 자신이 지식인으로서 정통해 있는 분야가 '거머리의 두뇌'고, 바로 그것이 '나의 세계'라고 말한다. 거머리의 두뇌를 추구해온 자, 정신의 양심으로 무장된 자, 차라투스트라의 가르침에 이끌려 "자신의 피로 자신의 앎을 키워온" 자다. 거머리는 사물의 밑바닥까지 파고들어가는 자, 정신의 양심에 철두철미하게 따르는 자다. 차라투스트라에게 밟힌 사내는 그것을 차라투스트라에게 배웠다고 고백한다. 거머리는 성실할 뿐만 아니리, 가혹하고, 엄격하며, 잔인하고, 가차 없는 존재

다. 그 거머리에 물려 피를 빨리고 거머리와 같은 존재로 동화되는 이 사내는 적어도 왜소해진 덕이 지배하는 세상에 굴종하는 자는 아닐 것이다. 그는 정직한 양심과 신념을 키우기 위해 애쓰는 자다. 늪지대에 제 팔을 담그고 하염없이 거머리들에게 피를 빨리고 있다는 점에서 그는 행복과 덕에 관한 세상의 보편적 가르침에 따르지 않는 자임을 드러낸다. 대부분의 인간들은 왜소해진 도덕 속에 안주하며 산다. 그들이 바라는 것은 오직 삶의 안일함에 머무는 것이다. 니체는 차라투스트라의 입을 빌어 이렇게 말한다. "물론 저들도 나름대로 걷고 전진하는 법을 배운다. 그러나 그것은 내 보기에 절름거림일 뿐이다. 그러니 저들은 서둘러 가려는 모든 사람에게 장애가 될 수밖에."니체,「왜소하게 만드는 덕에 대하여」 왜소해진 도덕 속에서 겨우 삶의 안일이나 탐하며 자족하는 왜소해진 인간들! 필요 이상의 경쟁에 내몰리며 왜소해졌다고 변명하지 말라! 우리에게는 경쟁이라는 달리는 기차에서 뛰어내릴 용기가 없었다. 그 경쟁에 길들여지며 서서히 천민, 실패작, 음울한 족속이 될 수밖에 없었다. 이 모든 책임은 대세를 추종한 삶의 방식에 만족하며 안일하게 살아온 우리 스스로에게로 귀속된다.

입신양명의 심리코드에 정신이 팔려 있는 자들은 정직한 양심과 신념에서도 멀어진다. 거머리와 같이 엄격하고 가혹하게 자신만의 가치를 추구하지 않은 우리들 대부분은 거머리의 두뇌, 거머리의 세계에 대해서도 알지 못한다. 우리 스스로는 자신에 대해 "보다 지체가 높은 인간들"이라고 믿었지만 사실을 알고 보면, 이것은 우리가 만든 착각일 뿐이다. 우리는 기껏해야 "여색과 독한 포도주, 그리고 멧돼지 고기로 세월을 보낸 조상"^{니체, 「보다 지체가 높은 인간들에 대하여」}을 둔 자들에 지나지 않는다. 더 높은 도덕을 지지대로 삼아 더 높이 도약하고자 해도 그것은 불가능한 일이다. 그래서 차라투스트라는 "능력 이상으로 도덕적이고자 하지 말라! 그리고 될 법하지 않은 것을 자신에게 요구하지도 말라!"^{니체, 앞의 책}고 말한다. "보다 지체가 높은 인간들"이라는 것은 거짓 가치의 현혹일 따름이다. 우리에게 니체는 다음과 같이 말한다. "보다 지체가 높은 인간들이여, 도약에서 실패한 호랑이처럼 겁을 먹고 부끄러워 어쩔 줄 몰라 하며 서투르게 옆길로 달아나는 그대들을 나 자주 보았다. 그대들은 주사위를 잘못 던졌던 것이다."^{니체, 앞의 책} 도약에서 실패한 호랑이! 그리하여 얼마나 많은 사람들이 겁을 먹고 부끄러워 어쩔 줄 몰라 하며 옆길로 달아나는가! 자신의 양심과 신념의 명령에 거머리와 같이 철저하고 집요하지 못했다면 이런 조롱을 받을 만하다. 그러나 아직은 우리에게도 기회가 있다. 차라투스트라가 하는 말에 귀를 기울이자. "얼마나 많은 것이 아직도 가능한가! 그러니 그대들 자신을 넘어서는 웃는 법을 배우도록 하라. 그대 멋진 춤꾼들이여, 활짝, 더욱 활짝 가슴을 펴자! 호방한 웃음 또한 잊지 말고!"^{니체, 앞의 책} 우리가 배워야 할 것은 웃음이다. 웃음은 "장미로 엮어 만든 이 화관"이다. 절대 긍정주의라는 꽃밭에서 피어나는 꽃! 동물들은 웃음을 모른다. 동물의 생존법 안에는 웃음이 없다. 가장 역겨운 존재, 스스로 극복되어야만 하는 그 무엇인 인간만이 웃는다. 오로지 사람만이 웃음을 통해 더 높은 도덕이 지대로 두약할 수 있다. 차라투스트라의 어조는 따뜻하고 우호적이다. "웃음을 머금고 있는 자의 이 면류관, 장미로 엮어 만든 이 화관, 형제들이여, 나 그것을 그대들에게 던지노라! 나 이렇게 웃음을 신성한 것의 반열에 올려놓았으니, 보다 지체가 높은 인간들이, 배우도록 하라. 웃음을!"^{니체, 앞의 책} 자기 삶을 긍정하고, 자기 운명을 사랑하는 자만이 웃을 수 있다. 아니, 웃음이 삶의 긍정과 운명애로 가는 다리다. 웃음은 거룩한 긍정의 언어, 신성한 것들 중의 하나다. 그러니 죽을 때까지 배워라, 웃음을!

제3부

변화하는
마음의
무늬들

지난 한 세기 동안 한국인의 마음은 피동성에서 능동성으로 빠르게 바뀌고 있다. 이것은 개항 이후 변화된 세계에서 살아남기 위해 불가피한 선택의 결과이다. 은둔의 나라, 조용한 아침의 나라로 알려져 있던 조선은 아무 준비없이 세계 열강들의 강압적 요구에 의해 나라를 연 뒤 외세의 피침과 격랑하는 역사의 높은 파고波高를 견뎌내야만 했다. 눌리고 찢기고 빼앗긴 기나긴 역사 속에서 한국인은 마음에 깊은 멍이 들고, 이것은 한恨이라는 독특한 정서를 만들었다. 한국인들은 한이 많다고 한다. 사회적 약자로 살면서 형성된 내면의 한은 한국인의 마음에서 특화된 정서다. 한은 눌리고 빼앗기며 생겨난 마음의 울혈이다. 이 한이 품고 있는 것은 슬픔과 분노다. 외부로 뻗쳐나가야 할 마음의 기세가 꺾여 그 내부에 앙금으로 쌓인 것이다. 한이라는 감정의 중추적 정서인 슬픔을 표현하는 한국어는 얼마나 풍부한가! 구슬프다, 애달프다, 애잔하다, 서럽다, 섭섭하다, 서운하다…… 따위가 다 슬픔을 표현하는 어휘들이다. 그만큼 슬픔이라는 감정은 한국인의 마음에 많이 쌓인 정서적 재화다. 한국인의 마음에 깃든 이 슬픔은 자기소모적 애상과는 다르다. 오히려 역동성을 가진 마음의 에너지로 보아야 한다. 그래서 역사를 살펴보면 한국인은 역경 속에서 더 강해지고 거듭 밟히면서도 일어선다.

피침被侵의 역사를 견디고, 전쟁과 분단을 겪고, 독재정권과 싸우면서, 한국인들은 경제성장과 민주화라는 두 마리 토끼를 거머쥐었다. 나라의 기운이 크고 강해지면서 이 한은 차츰 옅어지고 한의 동력이 전환하여 나타난 것이 흥興이다. 해방 이후 반세기는 가난과 헐벗음에서 벗어나려고 '잘 살아보자'는 구호에 마음을 보태고 힘을 합쳐서 옛것은 몰아내고 새것을 받아들이며 '빨리빨리' 짓고 세우고 헐며 죽을둥살둥 일에 매달려 다들 굶지 않을 만큼 살림을 일구고 살아온 세월이다. 그 덕분에 주눅은 떨치고 자신감은 충만하고 흥은 많아졌다. 2002년 한일 월드컵 때 거리와 광장으로 몰려나와 붉은색 유니폼 일색으로 응원에 나선 수백만의 한국인들을 보고 세계는 깜짝 놀랐다. 세계인들은 '붉은악마'라고 불리는 한국인 응원단이 보여준 그 열정, 그 역동성, 그 함성에서 솟구치는 한국인의 마음을 보았다. 그들은 남녀, 세대, 신분의 차이를 넘어서서 하나로 뭉쳐 축구 축제를 온몸으로 만끽한다. 이어령은 2002년 한일 월드컵 때 "한국의 신바람 문화와 축구의 그 폭발력"이 화학적으로 융합하여 "탈문명적인 다이내믹한" 축제를 연출했다고 평가한다. 이어령, 「이어령의 문화코드」 외세의 피침, 전쟁과 분단, 군사독재, 외환위기를 넘어서서 세계로 뻗쳐가는 '다이내믹 코리아Dynamic Korea'를 떠받치는 것은 바로 이 흥의 기운이다. 이 흥이 북돋운 것은 진취적 기상이다. 확실히 한국인의 '빨리빨리'의 성취지향적인 행동은 바로 마음에 깃든 이 진취적 기상이 부추긴 결과다. 문제는 이게 너무 과잉이 되는 지점에서 터진다. 기세의 넘침은 필경 흥청거림으로 번진다. 흥청거리는 것은 재산이나 권세 따위를 마구 쓰며 제 멋에 겨워 거들먹거린다는 뜻이다. 확실히 한국인들은 예전에 비해 더 많이 마음이 들떠 있고 흥청거림이 잦아졌다. 이 필요 이상으로 뻣뻣한 힘과 넘치는 기세가 마음에 헛바람이 들게 한 탓이다. 이 바람의 현실태는 피상성, 허세, 들뜸, 몰염치로 드러난다. 저보다 덜 가진 사람 앞에서 거들먹거리고 큰소리치는 사람이 있다면 이 사람은 마음에 헛바람이 든 것이다. 이런 경우 대개는 마음과 행동이 어긋나 여러 사람을 실망시키고 낭패를 보게 한다. 한국인의 마음에는 아직도 "권위주의, 연고주의, 획일주의, 순응주의, 반지성주의, 경제성장 제일주의, 공사구분 미비, 이중규범"정수복, 「한국인의 문화적 문법」 따위에 감염된 그림자들이 도사리고 있다. 살림 형편은 예전보다 나아졌지만 더 치열한 생존경쟁으로 내몰리면서 한국인의 마음은 더 삭막해지고 강퍅해졌다.

마음,
그 생명의 소리

　　미국인에게는 노린내가 나고 한국인에게는 김치냄새가 나듯, 미국인에겐 미국인의 마음이 있고, 한국인에게는 한국인의 마음이라는 게 있다. 한국인의 마음이란 이 김치냄새와 같은 것이다. 김치냄새가 김치를 늘 먹어온 오랜 식습관에서 자신도 모르게 우리 몸에 불가피하게 배어들어 한국인을 한국인으로 식별되게 하는 후각적 기호가 되었듯이 한국인의 마음은 한국인 하나하나의 생활과 삶 속으로 스며들어 얼이 되고 정신이 되어 미국인의 그것과 다르게 분별되는 그 무엇일 것이다. 더 나아가 그 마음은 한국의 어엿한 전통과 가치관의 중추를 이루고 그 안을 흐르는 피가 되고 살이 된 DNA다. 이렇듯 한국인의 마음이란 오랜 세월 속에서 한국인의 삶을 일구고 행동을 낳은, 내면에서 구성적이고 구조화된 힘의 질서를 뜻한다. 그것은 정태적인 무엇이 아니라 동적인 힘을 품고 움직이며, 필요에 따라 어느 때든지 물질적 에너지로 전환할 수 있는, 주체를 끌고 나가는 생명력으로 충만한 실재다. 마음 없는 말이나 몸은 없고, 말이나 몸 없이 이루어지는 삶은 없다. 마음은 나날이 이루어지는 생활의 바탕이다. 따라서 한국인의 마음은 정과 한과 흥에서 솟구쳐 일어서고, 말-살이와 몸-살이로 이루어지는 저마다의 생활양식으로 구체화하는 바탕이요 엄연한 실재다.

　　김소월이 민족시인으로 높은 평가를 받는 것은 그의 시들이 한국인의 마음에 사무친 정한을 잘 끄집어낸 까닭이다. "나 보기가 역겨워/가실 때에는/말없이 고이 보내드리우리다//영변에 약산/진달래꽃/아름따다 가실 길에 뿌리우리다//가시는 걸음걸음/놓인 그 꽃을/사뿐히 즈려 밟고 가시옵소서//나 보기가 역겨워/가실 때에는 죽어도 아니 눈물 흘리우리다."김소월,「진달래꽃」「진달래꽃」은 한국인의 무의식에 형성된 집합적 마음을 잘 표현한 시다. 원치 않는 이별을 하는 상황에서 떠나는 님의 발 앞에 고운 꽃잎을 뿌리며 "죽어도 아니 눈물 흘리"겠다고 입술을 깨무는 태도는 한국인의 고유한 마음에서 비롯된 것이다. 연인과 헤어지는 쓰라림을 안으로 삭이고 슬픔을 끝끝내 눌러 눈물 한방울 비치지 않고 독하게 떠나는 님의 발 아래 꽃잎을 뿌리는 피학적으로 되갚는 행동 양식은 미국 사람이나 독일 사람이라면 이해하기 어려울 수도 있다. 그들이 한국인의 마음—생명이 발현하는 방식을 모르기 때문이다. 떠나는 자를 가로막고 자근거리거나 행짜를 부려도 모자랄 판국에 "사뿐히 즈려 밟고" 가라니! '나'와 어긋나 떠나는 타자에게 분풀이하기보다는 "사뿐히 즈려 밟고" 가도록 마른 길을 진달래 꽃잎 깔린 주단 길로 바꿔놓겠다는 이 바보스럽고 지독한 피학은, 떠나는 타자로 하여금 스스로가 얼마나 나쁜 사람인가를 돌아보게 하기보다는, 오히려 가학의 타자에게 은혜를 베풂으로써 찢긴 '나'의 마음을 감싸고자 꾀하는 수동적인 되갚음이다. 그리하여 이 눈물겨운 피학은 오묘하게도 어여쁜 가학으로 변한다. 「진달래꽃」은 여리되 여림을 넘어서는 마음의 유장함을 읽어냈다는 것, 죽을 만한 비극을 대면하여 살아남을 보였다는 것, 그 안에서 한국인의 무르고 여리되 굳고 말랑말랑하되 질기고 뼛센 마음을, 그 한국인 '다움'을 만들어내는 바탕을 콕 집어 통찰해냈다는 데서 놀라운 시편이다. 보이지 않는 것을 적확하게 헤아리고 끄집어내는 데서 오는 이 놀라움은 한국인의 내면에 집단적 정서로 구조화된 슬픔과 정한의 세계와 구체적 생활감정을 하나로 꿰어 깊이 보는 데서 나온 감탄일 것이다.

말할 것도 없이 한국인이 부르는 모든 노래 가락들, 즉 〈아리랑〉 같은 민요나 판소리, 그리고 근대 가요는 한국인의 마음이라는 기초교양 위에서 성립한다. 그 마음 바탕에서 항상적으로 출렁이며 시시각각으로 사람과 사람 사이에서 작동하는 게 바로 정과 한이다. 정은 한마디로 따뜻한 마음이다. 저보다 작고 약한 것, 사정이 딱한 이녁을 향해 측은지심을 베푸는 게 정이다. 한국인은 정이 많다고 하는데, 이 정은 나누면서 커지고 깊어지고, 인간관계를 끈끈하게 잇는다. 느리게 늘어지는 노래 가락들의 켜켜에 스미고 적신 정과 한에서 한국인의 마음을 만나는 것이다. 노래는 우러나온 온기와 슬픔과 낙담이 짙게 스민다. 눌리고 빼앗기며 아프고 슬픈 마음을 진양조의 장단에 실어 달래보는 것이다.

마음에 숨은
원형들

'마음'은 그 실체가 모호하다. 그 모호함 때문에 '마음'은 뇌 안의 유령과 같은 그 무엇으로 여겨지기도 한다. 마음은 뇌의 고등 기능이면서 그것을 넘어서는 그 무엇이다. 그것은 많은 부분이 감춰져 있다. 그래서 마음에 대한 이해는 복합적이고 어렵다. 그것은 정신이나 영혼과 비슷한 것이면서 다르다. 정신이 생각을 낳고 영혼이 영성을 낳는다면, 마음은 갖가지 감정을 낳는다. 사회학자 김홍중은 마음이 "형이상학적 실체(심心, 혼魂, 영靈)이 아니며, 심리학적 기관도 아니며, 인식론적 능력으로서의 '마인드'가 아니다"^{김홍중, 「마음의 사회학」}라고 말한다. 그것은 개체의 내면을 채운 집합표상이고, 정념이고, 에토스이고, 정서구조 그 모두의 합이고^{김홍중, 앞의 책}, "사회적 현실에 물질적으로 육화되어 있으며, 구조화되어 개체에 선재하는 집합적이고 시대적인 감응의 양식이자 도덕적 판단의 체계로서, 주체를 그 마음의 주파수에 조정하게 하는 사회적 강제력을 갖는다"^{김홍중, 앞의 책}고 말한다. 무릇 마음이 우리의 행동과 의지를 낳고 가두는 감응의 양식이라는 것은 공감하는 바다.

마음은 보거나 만질 수 없다. 오로지 느낄 수만 있다. 감정은 우리가 보고 느낄 수 있는 마음의 언어다. 마음의 언어인 감정과 정서의 표현물들을 통해 이루어진 것들로 한국인의 마음을 들여다보고, 그 생태학을 살펴볼 수 있다. 한국인의 정서를 머금은 민요, 노래, 시가詩歌, 그림, 춤, 연희演戱 따위는 한국인의 마음을 들여다볼 수 있는 자료다. 예를 들면 〈아리랑〉은 오래도록 한국인의 심금을 울리며 구술과 암송으로 전해져 내려온 노래인데, 이 바탕에 깔린 앙금진 수심愁心과 응어리진 한은 우리의 정서, 마음의 원형이다. 향가, 시조, 판소리, 가사歌辭, 속요俗謠, 설화, 민담, 그리고 김소월, 백석, 서정주의 시편들, 고려의 〈처용가〉에서 이미자의 〈동백아가씨〉까지, 이것들은 살아 있는 한국인의 마음을 읽어볼 수 있는 중요한 보고寶庫들이다. 이것들을 두루 구해 포개보면 어떤 공통분모를 볼 수 있다. 그 공통분모가 바로 한국인의 마음에 깃든 어떤 원형archetype들이다. 자, 그 마음의 원형들을 찾아보자.

〈아리랑〉의
경우

먼저 널리 불리는 민요를 보자. 〈아리랑〉은 그 본질에서 해원解冤과 해한解恨의 노래다. '나'를 버리고 떠난 님을 원망하면서 이 노래를 부르며 한풀이를 하는 것이다. 민속학자들이 그 발원지로 꼽는 강원도에만 5백 종의 아리랑이 전승한다고 알려져 있다. 이렇듯 다양한 가사의 변주를 통해 연정의 달고 쓴뿐만이 아니라, 망국의 한을 담거나 항일의 뜻을 담아낸다. "아리랑 아리랑 아라리요/아리랑 고개를 넘어간다/나를 버리고 가시는 님은/십 리도 못 가서 발병 난다."민요, 〈아리랑〉 〈아리랑〉은 3박자의 리듬으로 이루어진 애조 띤 가락의 노래다. 후렴구로 불리는 "아리랑 아리랑 아라리요"는 "조율성과 흥을 돋우기 위한"정호완, 『우리말의 상상력』 뜻없는 소리라는 게 정설이다. 지방마다 가사가 다른 〈아리랑〉이 있는 것도 특이한 일이다. 강원도아리랑, 정선아리랑, 밀양아리랑, 진도아리랑, 긴아리랑 등이 대표적으로 알려지고 불리는 노래다. 이 노래는 율격과 가사의 단조로움 속에서도 '나'를 버리고 떠난 님에 대한 원망과 애절함을 잘 담고 있다. 이 원망은 붙잡아두고 싶으나 끝내 붙잡을 수 없는 현실에 대한 원망과 겹쳐진다. 님은 '나'를 버리고 '고개'를 넘어 딴 세상으로 간다. '고개' 너머의 세상은 딴 세상, 여기보다 더 살기 좋은 대처大處일 수도 있고, 이승 너머 저승일 수도 있다. '나'는 이곳에 '나'를 혼자 두고 떠난 님을 원망한다. '나'는 떠난 님을 원망하고, 그런 현실을 원망한다. 님과 현실에 대한 두 겹의 원망이다. '나'를 버리고 가시니, 앞날이 평탄할 수 없다. 원망은 '발병'이 날 것이란 저주로 바뀐다. 그러나 저를 버렸다고 강샘을 내거나 암상궂은 행동을 하는 것은 아니다. 그저 가다가 나쁜 형편을 만나 멀리, 즉 동티가 나서 '십 리' 밖으로는 못 갔으면 하는 간절한 마음을 드러낼 뿐이다. 이 주문은 그 아래 다시 돌아오라는 '나'의 바램을 숨기고 있다. 동티가 났으니 가던 길을 멈추고 다시 돌아오라는 뜻이다. 이 노래가 사랑을 받는 까닭은 슬픔의 공감력 때문이다. 그러나 수동적 슬픔이 아니다. 님의 가던 발길을 돌려 다시 돌아오기를 소망하는 마음의 능동성이 이 슬픔에는 섞여 있다. 이 슬픔은 주저앉아 신세한탄이나 하는 피동적인 슬픔이 아니라 질투, 배신, 절망, 아픔, 복수 등을 다 끌어안고 꿋꿋하게 일어서는 능동적인 슬픔이다. 한국인들의 마음자리에 들어앉은 슬픔은 자기소모적인 슬픔이 아니라 그것을 극기하고 행동으로 나가는 생산적 슬픔이다. 〈아리랑〉은 한민족의 혼과 마음이 가장 잘 드러난 정서물이요, 초역사적 마음의 노래임이 분명하다.

'가난하고 외롭고
높고 쓸쓸하니'의 경우

자, 일제 강점기에 쓰인 시를 보자.
백석은 1930년대의 시인이다. 평안북도 정주에서 태어나고 오산중
학을 다녔다. 나중에 일본 도쿄 아오야마青山학원을 졸업하고 한때
조선일보사에서 일했다. 처음 백석시집을 접했을 때 모국어의 원형
을 만난 듯싶었다. 백석의 시에 나오는 평북과 평안남도를 아우르는
풍부한 서북 방언들, 웅숭깊은 정서, '가난하고 외롭고 높고 쓸쓸'한
삶의 깊은 데로 꿰어보고 나오는 그 내성의 목소리에 흠뻑 빠져들었
다. 백석의 시는 표준어가 도무지 가 닿을 수 없는 아슬한 경지에 다
다른다. 백석의 시는 소리내어 읽어보면 국어의 맑은 울림소리에 단
박에 매혹당할 수밖에 없다. "더러 나줏손에 쌀랑쌀랑 싸락눈이 와
서 문창을 치기도 하는 때도 있는데,/나는 이런 저녁에는 화로를 더
욱 다가 끼며, 무릎을 꿇어 보며,/어나 먼 산 뒷옆에 바우섶에 따로
외로이 서서,/어두워 오는데 하이야니 눈을 맞을, 그 마른 잎새에
는,/쌀랑쌀랑 소리도 나며 눈을 맞을,/그 드물다는 굳고 정한 갈매
나무라는 나무를 생각하는 것이었다"백석, 「남신의주 유동 박시봉방」라는 구절을
가만히 소리내서 읽어보라. 그 활달한 소리값과 소박한 뜻이 하나
로 포개져서 전달되는 절묘함에 무릎을 칠 수밖에 없다. 국어의 맑
은 울림소리에 실어 보내는 시적 전언들은 우리 감각의 갱신을 요구
한다. 백석의 시들은 시각, 청각, 후각, 촉각, 미각을 비비고 두드려
깨운다. 그 오감의 흥겨움 속에서 시 읽기의 즐거움은 한껏 드높아

진다. 우리 가난한 마음의 맑은 푯대로 삼을 만한 "그 드물다는 굳고 정한 갈매나무"의 이미지는, 미당이 적어낸 이 어둡고 우중충한 세상을 단박에 화창하게 만드는 "우리 조카딸년들이나 그 조카딸년들의 친구들의 웃음판"서정주, 「상리과원上里果園」의 이미지와 견줘도 한 치도 빠지지 않을 만큼 어여쁘고 빼어나다. 「흰 바람벽에」는 백석이 만주를 떠돌 당시에 쓴 것이다.

"오늘 저녁 이 좁다란 방의 흰 바람벽에/어쩐지 쓸쓸한 것만이 오고 간다/이 흰 바람벽에/희미한 십오촉 전등이 지치운 불빛을 내어던지고/때글은 다 낡은 무명샤쯔가 어두운 그림자를 쉬이고/그리고 또 달디단 따끈한 감주나 한잔 먹고 싶다고 생각하는 내 가지가지 외로운 생각이 헤매인다/그런데 이것은 또 어인 일인가/이 흰 바람벽에/내 가난한 늙은 어머니가 있다/내 가난한 늙은 어머니가/이렇게 시퍼러둥둥하니 추운 날인데 차디찬 물에 손은 담그고 무이며 배추를 씻고 있다/또 내 사랑하는 사람이 있다/내 사랑하는 어여쁜 사람이/어늬 먼 앞대 조용한 개포가의 나지막한 집에서/그의 지아비와 마조 앉어 대구국을 끓여놓고 저녁을 먹는다/벌서 어린것도 생겨서 옆에 끼고 저녁을 먹는다/그런데 또 이즈막하야 어느 사이엔가/이 흰 바람벽엔/내 쓸쓸한 얼골을 쳐다보며/이러한 글자들이 지나간다/―나는 이 세상에서 가난하고 외롭고 높고 쓸쓸하니 살아가도록 태어났다/그리고 이 세상을 살어가는데/내 가슴은 너무도 많이 뜨거운 것으로 호젓한 것으로 사랑으로 슬픔으로 가득찬다/그리고 이번에는 나를 위로하는 듯이 나를 울력하는 듯이/눈질을 하며 주먹질을 하며 이런 글자들이 지나간다/―하눌이 이 세상을 내일

적에 그가 가장 귀해하고 사랑하는 것들은 모두/가난하고 외롭고 높고 쓸쓸하니 그리고 언제나 넘치는 사랑과 슬픔 속에 살도록 만드신 것이다/초생달과 바구지꽃과 짝새와 당나귀가 그러하듯이/그리고 또 '프랑시쓰 쩸'과 '도연명'과 '라이넬 마리아 릴케'가 그러하듯이." ^{백석, 「흰 바람벽에」}

이 시의 화자가 드러내는 정서는 곧 한국인의 원형적 심상이다. "나는 이 세상에서 가난하고 외롭고 높고 쓸쓸하니 살아가도록 태어났다/그리고 이 세상을 살아가는데/내 가슴은 너무도 많이 뜨거운 것으로 호젓한 것으로 사랑으로 슬픔으로 가득찬다"라는 대목이 특히 그렇다. 여기서 '가난하고' '외롭고' '높고' '쓸쓸하니'는 다 마음을 수식하는 어휘들이다. 그것들은 다 마음의 슬픔 문하에서 번성하는 어휘들이다. '가난하다'는 것은 마음의 헐벗음을 말한다. 이 헐벗음은 조건의 결핍과 공허에서 비롯한다. 이로 인해 욕망하는 바나 뜻하는 것을 제대로 이룰 수 없다. '외롭다'는 것은 공허의 피동성에서 벗어나 이미 활발하게 움직이는 상태를 암시한다. 외로움의 본질은 짝이나 벗과 떨어져 홀로 있음이다. 외로우니까 짝이나 벗을 향하는 마음이 행동을 일으킨다. 그렇지 않다면 그저 공허하다고 했을 것이다. 외로움은 공허보다 훨씬 더 동적인 마음의 상태를 드러낸다. '높고'는 마음이 품은 이상의 청고함을 보여준다. 헐벗고 고달프지만 마음이 품은 뜻과 이상은 드높다. '쓸쓸하니'는 세상과 격리된 마음의 지향할 바가 없음을 드러낸다. 외롭다는 말과 겹쳐지지만 약간의 차이를 드러내는데, 외롭다는 게 마음 안쪽의 사정을 보여준다면, 이 말은 마음의 정황보다는 마음이 처한 바깥의 사정을 더 지시

한다. 어쨌든 백석은 식민지 시대에 태어나 제 뜻을 맘껏 펼치지 못한 채 이국을 떠도는 자의 마음으로 한국인의 원형적 심상을 이끌어 낸다.

〈동백아가씨〉의
경우

　　　　　　　　해방 뒤에 가장 널리 불린 가요를 보자. "헤일 수 없이 수많은 밤을/내 가슴 도려내는 아픔에 겨워/얼마나 울었던가 동백아가씨/그리움에 지쳐서 울다 지쳐서/꽃잎은 빨갛게 멍이 들었소//동백 꽃잎에 새겨진 사연/말 못할 그 사연을 가슴에 안고/오늘도 기다리는 동백아가씨/ 가신 님은 그 언제 그 어느 날에/외로운 동백꽃 찾아오려나"^{이미자 노래, 〈동백아가씨〉} 〈동백아가씨〉는 1964년에 백영호가 작곡하고, 한산도가 노랫말을 지어 이미자가 불러 널리 알려진 노래다. 여자의 마음에 맺힌 한과 애상을 드러내는 가사가 이미자의 애조 섞인 목소리와 만나 절묘한 조화를 이룬 노래다. 우리 가요 중에서 아마 이 노래만큼 가장 널리 사랑받은 노래도 드물 것이다. 부르면 부를수록 다감하게 우리 심금을 파고들어 깊이 울리는 노래다. 아픔, 멍, 그리움들은 다 마음을 수식한다. 그것들은 '가슴 도려내는' 아픔이고, '울다가' 지칠만큼 깊은 그리움이고, '빨갛게' 든 멍이다. 마음이 감내하기 어려운 극한에 가까운 시련과 고통임을 강조한다. 물론 가사가 표면적으로 내세우는 것은 사랑하다가 떠난 님을 그리워하는 여자의 마음이지만, 이것의 수용자들은 노래의 애상에 제 마음의 갖가지 시름과 괴로움, 그리고 아픔과 설움을 얹는다. 전후의 폐허를 딛고, 아직은 가난의 대물림에서 벗어나지 못해 끼니를 건너뛰며 '보릿고개'를 넘고, 허리띠를 죄고 '자력갱생'을 위한 증산·수출·건설에 나서느라 몸과 마음은 다같이 '빨갛게' 멍이 들었던 것이다. 아마도 〈동백아가씨〉의 가사와 가락에 얹힌 슬픔이 이렇게 더 세진 노동의 강도와 옥죄는 국가, 약육강식과 이전투구의 벌거벗은 현실에 내몰리며 눌리고 찢기고 다친 마음에 스며 시름을 덜고 아픔은 보듬어주었을 것이다. 이 노래를 즐겨 듣고 부르며 팍팍한 세월을 견딜 위로를 얻고 제 슬픔의 고통과 무게를 덜어내며 마음을 달랬으니 〈동백아가씨〉가 당대 최고의 노래의 반열에 우뚝 올라선 것은 당연한 일이다. 그러나 〈동백아가씨〉의 운명은 생뚱스러웠다. 1966년 초에 느닷없이 이 노래가 '왜색가요'라는 혐의를 뒤집어쓰고 금지곡이 되었다. 이 노래가 금지곡으로 묶인 사정이야 대중의 사랑을 듬뿍 받는 노래에까지 '금지'의 권력을 휘두른 사람이 잘 알겠지만, 그만큼 대중의 마음에 미치는 영향력이 크다는 반증이 되었다. 어쨌든 중요한 것은 개발독재의 시대에 "헤일 수 없이 수많은 밤"마다 몸과 마음이 지치고, "말 못할〔저마다의〕사연을 가슴에 안고" 고된 삶을 이어가던 사람들이 이 노래에서 카타르시스를 느끼고 제 마음을 의탁해 탕진된 정서적 활력을 충전했다는 사실이다.

'풍자 아니면
해탈'의 경우

시와 노래는 현실을 반영하면서 동시에 현실에 반항한다. 1961년 8월, 4월 혁명이 5·16 군사쿠데타를 일으킨 군인들의 군홧발에 짓밟힌 뒤, 김수영은 "누이야/풍자가 아니면 해탈이다"^{김수영, 「누이야 장하고나!」}라고 노래했다. 시인의 직감과 예지로 우리 앞에 펼쳐질 강고한 현실을 꿰뚫어보았다. 그것에 맞서기 위해 필요한 마음은 두 가지다. 즉 풍자이거나 해탈이다. 풍자는 강자와 맞서려는 약자의 수사적 전략이다. 이때 약자는 반드시 강자에 비해 도덕적으로 우월적 가치를 갖고 있어야 한다. 촌철살인의 풍자를 통해 강자의 어긋나 있는 겉과 속을 꿰뚫어보고 그 실상을 폭로해버린다. 그 풍자로 인해 거짓을 참이라고 우기는 강자의 검은 속셈은 단박에 발가벗겨지고 우스개거리로 전락한다. 풍자는 그 대상의 정체를 까발려 일러바치고 대상을 조롱거리로 끌어내린다. 세속의 오욕으로 그 오욕을 넘어서는 수법이 풍자의 방식이다. 그것은 대상의 권력이 엄연한 당대에 효과적으로 쓸 수 있는 전략이다. 반면에 해탈은 속됨을 부정하고 거리를 두는 수법이다. 그래서 당대 현실에 대해 초연한 태도를 취한다. 이것과 저것, 옳음과 그름, 검은 것과 흰 것을 구태여 가리지 않고 무심에 이르는 것이다. 좋게 말하면 초탈이요, 나쁘게 말하면 도피다. 아주 투박하게 정리하자면, 풍자는 현세를 향하고, 해탈은 극락을 겨냥한다. 박정희 권력이 지배하던 유신시대 때 지식인들은 풍자로 가거나 해탈로 나갔다. 풍자로 나간 것은 체제비판형의 지식인들이고 해탈로 나간 것은 현실도 피형 지식인들이었다. 전자가 군부 독재 세력과 탐욕스런 독점 자본 가를 향해 풍자의 칼날을 휘두른다면(김지하의 「오적五賊」이 좋은 예다), 후자는 영원과 무의미라는 추상을 향해 달려간다(영원을 제 탈현실의 구실로 삼은 것은 서정주이고, 무의미를 탈현실의 구실로 삼은 것은 김춘수 다). 김수영은 소시민의 비겁성에 갇힌 제 마음을 들여다보고 "우스 워라 나의 영靈은 죽어 있는 것이 아니냐"김수영, 「사령死靈」라고 직설을 내뱉는다.

　마음은 늘 됨과 되어짐 사이에서 유동한다. 지금까지 얘기한 한국 인의 마음은 됨의 마음이고, 앞으로의 그것은 되어짐의 마음일 것이 다. 됨을 잇고 새로이 되어질 그 마음이 한국인이 갖게 될 미래의 마 음이다. 지난 독재 정권 시절 풍자로 나갔건 해탈로 나갔건 한국인 의 마음은 다 상처받았다. 그러나 한국인만의 원융성圓融性으로 그것 을 품고 일어섰다. 서울올림픽과 월드컵 경기를 치러내고 민주화를 쟁취한 뒤 한국인 마음 안에 있는 역동성과 활력은 밖으로 분출하 기 시작한다. 김수영은 그런 날이 올 것을 믿어 의심치 않았다. 그래 서 "복사씨와 살구씨가/한번은 이렇게/사랑에 미쳐 날뜰 날이 올 거 다!"김수영, 「사랑의 변주곡」이라고 예언을 했다. 그러나 아직 그런 날은 오지 않았다. 복사씨와 살구씨 같은 마음들이 한데 얼려 사랑에 미쳐 날뜰 날은 아직 오지 않았다.

탐욕이 판치는 '동물원 사회'와 멀어져 간 유토피아

바깥에서는 한국을 '경제기적'과 '정치민주화'라는 두 마리 토끼를 잡은 국가라고 말한다. 절대 빈국에서 벗어나 한류의 원산지, 아이티IT 강국, 무역 강국으로 선진 일류 국가로 진입했다는 후한 평가도 따른다. 더러는 '한강의 기적'이라고 꼽는 평가에 기분이 좋아지는 것도 사실이지만 마냥 흔쾌하게 받아들일 수만은 없는 이 불편함은 무엇 때문일까? 한국 사회의 화사한 외부 아래에는 많은 해결하지 못한 사회적 갈등과 문제들이 소용돌이치고 있다. 우리는 여전히 빈부격차, 이념의 양극화, 지역 갈등, 반세기 이상 남북이 어마어마한 재래식무기와 첨단무기들을 쌓아두고, 남북 양측이 백만 이상의 병력을 휴전선 일대에 집결시켜 대치하는 준전시準戰時 상황 속에서 살고 있다. 이것들로 인한 불안과 긴장이 상존하는 사회에서 실존의 불확실성에 멀미를 느끼고 자기 정체성의 혼란으로 허우적인다. 게다가 갖가지 '엑스X파일'과 스캔들과 음모론, 끝없이 터지는 흉악범죄들로 흉흉한 사회 속에서 마음을 옥죄인 채 팍팍한 삶에 허덕인다. 오죽하면 해마다 1만 명 이상의 사람들이 더는 살 자신이 없다고, 혹은 삶에 미련이 없다고 스스로 목숨을 끊을까. 오이씨디^{OECD} 자살률 1위 국가라는 불명예스러운 타이틀은 우리 사회 내부에 어떤 심각한 문제들이 상존해 있다는 증거일 것이다.

우리 사회는 삶에서 의미와 활력을 고갈시키는 여러 부정적 양태들, 즉 가족 이기주의, 부권 부재, 학력 차별이 만드는 병폐들, 소음과 불안강박증, 탐욕과 무한 경쟁, 강박증적인 행복 추구, 자아 타락, 정치 타락 따위로 얼룩져 있다. 이런 병적인 요소들, 타락과 부조리들이 넘쳐나는 사회 공동체는 불가피하게 야만사회, 분노사회, 불안사회, 우울사회로 진행한다. 이미 병적 징후들이 나타나고 있다. 혹자는 우리 사회에는 무수한 '동물원'이 있다고 말한다. 이 '동물원'의 울타리가 망가지면서 그 안에 있던 짐승들과 "탐욕의 좀비"^{이진경}들이 뛰쳐나오면서 혼란과 무질서, 범죄들이 쓰나미로 밀려온다. 힘센 동물들이 약한 짐승들을 잡아먹는 정글 사회는 바로 '동물원 사회'다. '동물원 사회'는 타락한 사회이고, 문명에서 야만으로 퇴행하는 사회이다. 위선과 기만의 가면을 쓴 사람들! 거짓과 피상성으로 덧칠된 삶을 사는 사람들! 내면에는 오기와 자만으로 차 있는 사람들! 우리는 몰염치와 파렴치한 사람들이 득세를 하는 '동물원 사회', 더는 나빠질 수 없는 최악의 사회에 살고 있다. 자연 생태계에도 경쟁이 있고, 인간 사회에도 크고 작은 생존경쟁이 있는데, 우리의 생존경쟁은 '너 죽고 나 살기' 식이다. 극단화된 생존경쟁 모형에서는 경쟁에서 뒤처지는 순간 죽음으로 내몰린다. 사람들이 갈수록 살아가는 일에 버거워하는 것은 피도 눈물도 없는 자본주의 사회 속에서 자기를 지킬 수 없는 상태로 내몰리기 때문이다. 특히 실업자, 자영업자, 중소기업 경영자, 비정규직, 이주노동자, 장애인, 성적 소수자, 미혼모, 조손가정의 아이들, 신용불량자, 노인, 노숙자와 같이 사회적 약자들은 '벌거벗은 생명'으로 내쫓기고 있다. 희망을 잃은 채 불안과 두려움 속에서 살다가 체념과 자포자기로 몰리고, 결국은 스스로의 힘으로 헤쳐 나올 수 없는 나락으로 떨어진다.[*] 실존의 영도零度까지 밀려나 죽음으로 내몰릴 때 삶은 선물이나 축복도 아니고 차라리 우울장애와 불안장애를 일으키는 재앙이다. 보통 사람들도 생존경쟁이 구조화된 사회에서 살아남기 위해 직장에서의 경쟁은 물론이거니와 끊임없이 '스펙관리', 자기계발에 매달리며 나날의 삶을 살아내는 일이 팍팍하기는 마찬가지다. 그들은 나날의 삶에서 생산과 효율성으로 쫓으며 더 많이 더 빠르게 상품과 성과를 낳는 '성과주체'가 되도록 강요하는 사회적 시스템에 포획당한다.^{**}

---

* 자본주의 체제는 불가피하게 실업자와 노숙자들을 만들어낸다. 생산성을 높이고 인건비를 줄이려면 가능하면 적은 숫자의 노동자로 기업을 꾸려야 한다. 그리고 정규직 노동자를 고용하기보다는 인건비가 싸고 언제든지 해고가 가능한 비정규직, 임시직 노동자를 데리고 일하는 게 기업에 유리하다. 일자리에서 쫓겨난 노동자들이 다른 정규직 일자리를 구하지 못하고 날품팔이 노동으로 생계를 꾸리다가 그 경쟁에서조차 밀려나면 결국은 노숙자로 전락한다. 자본주의는 실업자와 노숙자에 대해 '원죄'를 안고 있다. 이진경은 이렇게 쓴다. "자신들의 '원죄'에 대해 마땅히 져야 할 책임을 지는 대신, 반대로 죽음을 권하는 사회, 아니 죽음으로 몰고 가는 사회, 그것이 지금 우리가 사는 곳이다." 이진경, 『뻔뻔한 시대, 한 줌의 정치』

** 재독 철학자 한병철에 따르면 오늘의 세계는 규율사회에서 성과사회로 변했다고 지적한다. 규율사회에서 복종적 주체로 일하던 사람이 성과사회에서는 자연스럽게 '성과주체'로 변모한다. 이 변모의 핵심은 무엇인가? "성과주체는 복종적 주체보다 더 빠르고 더 생산적이다. 그렇다고 능력이 당위를 지워버리는 것은 아니다. 성과주체는 규율에 단련된 상태를 유지한다. 그는 규율 단계를 졸업한 것이다. 능력은 규율의 기술과 당위의 명령을 통해 도달한 생산성의 수준을 더욱 상승시킨다. 생산성 향상이란 측면에서 당위와 능력 사이에는 단절이 아니라 연속적 관계가 성립한다." 한병철, 『피로사회』

처음 '동물원 사회'라는 개념은 올리비에 라작의 책을 읽다가 착안한 것이다. 라작은 리얼리티 텔레비전을 동물원에 견주고 있지만, 나는 한국 사회를 바라보는 프레임이라는 맥락에서 이 동물원 개념을 차용한다. 그 대목은 다음과 같다. "동물원은 리얼리티 스펙터클의 가능한 모델로서 예속된 몸과 정체성과 인격을 통제하고, 생산하고, 전파하는 장치다. 그것은 감옥과 연구소와 극장을 섞어놓은 복합장치요, 다중기구다. 감옥으로서 그것은 전시된 몸들의 생활과 환경을, 공간과 시간을 제어함으로써 그들의 성향을 형성한다. 하지만 그것은 자유를 모방하면서 뒤로 감금상태를 감추고 있는 기이한 감옥이다. 감옥의 성향은 가능한 한 야성의 에토스와 가까운 제2의 자연이 되어야만 한다. 연구소로서 동물원은 생물학과 심리학과 표본들의 관계에 관한 지식을 산출한다. 동시에 그것은 다양한 기능을 가진 혼합된 지식이기도 하다. 그것은 관리 규율에 관한 지식이요, 표본들의 삶의 관리에 관한 학문적이고 수의학적이며 동물행동학적인 지식이다. 또한 야성의 교육적 전시에 관한 지식으로 예속된 진실성의 표현을 조종한다. 그렇기 때문에 그것은 감옥의 기능에도 소용되고 또한 감옥의 정당화에도 소용된다. 마지막으로 극장으로서 동물원은 전시된 에토스들과 관객 사이의 전염경로를 조정한다. 그것은 전시된 행동들에 따라 쾌감이나 불쾌감을 불러일으킨다. 진실한 것으로 지각되는 몸들에 대한 모방이나 차별의 반응을 낳는다. 하지만 그것은 무대도 객석도 없는 극장이요, 현실 스펙터클, 혹은 스펙터클의 현실로 그 속에서 우리는 언제나 배우인 동시에 관객이다. 동물원은 전시된 표본들의 진정성과 진실과 강렬함에 따라 스펙터클이 이루어지는 장치라고 말할 수 있을 것이다. 감옥은 거짓되지만 설득력 있는 진정성을 보장하며, 연구소는 마음을 놓이게 하는 교육적 진실을 제시하며, 극장은 야성적 행동의 자극적인 강렬함을 제공한다."올리비에 라작, 「동물원과 텔레비전」 동물원은 일상의 장소 저 너머에 있는 먼 야생에서 온 '낯선 현실'을 스펙터클로 되돌려주는 다중장치요, 복합기구다. 동물원은 일상의 무미건조함과 권태에 지친 문명인에게 그에 대한 보상으로 주어지는 선물이다. 문명인들은 동물원에서 이국에서 온 낯선 동물들을 만난다. 이때 문명인에게 기쁨과 놀라움을 불러일으키는 낯설음은 "표준에 맞춰 축소시킨 낯설음"올리비에 라작, 앞의 책이다. 문명인이 결코 낯섦과 예측 불가능성으로 채워진 야생으로 돌아가 생존할 수 있는 가능성은 제로에 가깝다. 그들은 동물원에서 우리에 갇힌 동물들을 경이에 찬 시선으로 소비하면서 잃어버린 야생에의 향수를 다독일 뿐이다. 갇힌 동물들과 야생 동물은 전혀 다르다. 동물원의 동물에서 자연의 존엄성이 느껴지지 않는 것은 이것들이 야생성을 박탈당한 채 '전시된' 자연이기 때문이다. 동물원은 "인간이 행동에 부여하는 미학적, 나아가 윤리적 가치들이 무대에 오르는 살아 있는 맹수 감옥"올리비에 라작, 앞의 책이고, 동물들은 이 맹수 감옥의 구속 아래에서 통제와 관리의 권력에 무력하게 길들여진다. 동물들을 가두고, 관찰하고, 보여준다는 뜻에서 동물원은 감옥, 연구실, 극장이다. 라작이 말한 것과 다른 의미의 맥락에서 한국 사회는 감옥, 연구소, 극장이다. 사람들이 동물원에서 스펙터클의 소비자가 될 때 망각하는 것은 우리 스스로가 바라보는 자이고, 동시에 바라보이는 자라는 사실이다. 사람이 우리 속에 있는 동물을 본다면, 우리 안의 동물 역시 사람들을 본다. '본다'는 측면에서는 사람과 동물은 동등한 층위에 있다. 동물원은 라작이 말한대로 "무대도 객석도 없는 극장"이요, "현실 스펙터클 혹은 스펙터클의 현실"이다. 이 '동물원 사회' 속에서 우리는 "언제나 배우인 동시에 관객"으로 참여한다. 우리는 '동물원 사회'의 일원으로 사회적 삶을 이끌고 가는 존재인 것이다.

　다시 동물원에 대해 숙고해 보자. 동물원은 야생의 동물 표본들을 채집해서 하나의 공간에 모아 전시하면서 이색적인 볼거리를 제공한다. 동물원은 눈길을 사로잡는 스펙터클을 제공하기 전에 먼저 동물들로부터 관람객을 보호하는 안전장치들을 설치한다. 동물을 가둔 우리나 울타리가 그 안전장치들이다. 그것은 안전을 담보하는 장치이면서 동시에 관리와 통제의 효율성을 높이는 장치들이다. 대개의 동물원들은 야생의 동물들을 포획하고 운반하는 데 고비용을 지출한다. 동물들은 "경제학적, 학문적, 흥행적 가치를 지닌 표본들"을리비에 라작, 앞의 책이고, 이것들이 건강하고 오래 살아야만 동물원의 수익을 키울 수가 있다. 동물원이 동물에게 감금상태의 생물학적 최적 조건을 제공하기 위해 최선을 다하는 것은 포획된 동물들이 동물원의 자산이기 때문이다. 동물원은 동물들을 보호하고 관리하는 수칙과 규범들을 만든다. 이 관리 권력은 동물 개체를 보호하고 감시하는 생명 권력이다. 동물원의 우리나 울타리가 망가져서 동물들이 탈출하는 사태가 벌어진다면 어떻게 되겠는가? 우리 바깥에서 맹수들이 어슬렁거리는 동물원은 관리 권력이 전혀 미치지 못하는 무법과 탈법, 혼란과 무질서가 판을 치는 정글과 다를 바 없다. 강자가 약자를 마구 죽이는 '막장' 사회가 개체들 사이에 힘의 논리에 따라 먹고 먹히며 살육과 아수라장이 이 펼쳐지는 울타리가 없는 동물원이라는 은유에 꿰어질 때 그 의미들은 보다 명료하게 드러난다. 한국 사회는 이 아수라장의 '동물원 사회'라는 은유에 부합하는가? 한국 기업의 생태계가 정글만도 못하다는 한 중소기업 경영자의 생생한 목소리를 들어보라. "강자가 지배하는 정글의 법칙은 자연 질서예요. 그러나 (우리나라의) 대기업과 중소기업 간 생태계는 정글보다 못한, 그야말로 (탐욕이 판치는) 짐승들의 세계였습니다."[*] 황철주黃喆周 주성엔지니어링 사장의 육성이다. 탐욕이 판치는 짐승들의 세계! 이것이 사회 내부의 자율적이고 내재적인 윤리와 도덕이 자본과 이윤의 탐욕으로 대체된 한국 사회에서 기업 생태계가 처한 참담한 현실이다. 그는 우리 중소기업이 처한 현실이 "불공정이 판을 치는 '약육강식'의 세계일 뿐"이라고 단정한다. 이는 한국 사회가 무자비한 정글법칙이 판치는 울타리 없는 '동물원 사회'로 변질되었다는 증언이다.

'하면 된다'는 구호는 주린 배를 부여안고 보릿고개를 넘어온 전 세대에게 절대빈곤에서 벗어나기 위한 동력이었다. 절대빈곤에서 벗어난 지금에도 그 구호는 우리 사회의 내면에 기이하게 과열된 힘으로 떠돌고 있다. 이 구호는 긍정성의 과잉을 넘어서서 이것에 함

---

[*] 황철주는 박근혜 정부의 중소기업 청장으로 내정되었다가 공직자윤리법상의 '백지신탁'이라는 걸림돌로 인해 자진 사퇴한다. 사퇴 직후 그의 인터뷰 기사가 조선일보(2013. 3. 22.)에 실린다.

몰된 채 일직선으로 달려가던 우리 내면에 성취지향적 몰이성성을 부추기며 예상치 못한 병폐와 도덕적 위기도 함께 불러온다. 우리는 스스로에게서 "과잉활동, 노동과 생산의 히스테리는 바로 극단적으로 허무해진 삶, 벌거벗은 생명에 대한 반응"^{한병철, 앞의 책}들을 보게 되었다. 우리는 오랫동안 활동 과잉 상태가 아니었을까? 좋게 보자면 '다이내믹'이지만, 나쁘게 보자면 어떤 강박들에 사로잡혀 조금씩 '미쳐 있었던' 게 아니었던 게 아닐까? 정신없이 달려왔지만 우리가 꿈꾸던 피안의 세계와는 한없이 멀어지고, 우리 모두가 성과기계라는 괴물들로 변해버린 현실과 마주쳤다. 이제는 '하면 되는' 것과 '해서는 안 될' 것들을 정직하게 분별하고, 우리 삶의 실체적 진실을 차가운 이성으로 돌아보아야 할 때다. 가면을 벗자. 우리에게 덧씌워진 가면 아래 숨겨진 맨얼굴을 보자. 생존의 전략 없이는 살아남기 힘든 우리 사회가 안고 있는 문제들은 무엇인가? 『동물원과 유토피아』는 월간 「신동아」 2011년 1월호부터 그해 12월호까지 '크로스 인문학'이란 제목으로 연재되었던 원고가 바탕이 되었다. 애초의 의도는 인문학이란 프레임으로 우리 사회의 여러 부정적 징후들을 비판적으로 따져보고자 하는 것이었다. 연재할 당시에는 '니체 철학'은 전혀 고려되지 않았다. '니체 철학'은 『차라투스트라는 이렇게 말했다』를 40여 년이나 읽어온 것에 착안하여 책을 써보려고 준비했던 원고다. 2011년 초 안성의 한 대학캠퍼스 후문 부근의 아파트 13층에 마련한 집필실에서 '니체 철학'의 초고를 써나갔다. 미처 원고를 끝내지 못한 상태에서 다른 일에 쫓겨 이 원고를 밀쳐두었다. 우리 사회를 하나의 전체로써 조감하는 데 '니체 철학'이 유용한 프레임이 될 수도 있다는 데 생각이 미치고, 이것은 다시 두 개의 마주보고 있는 거울과 같이 상호조응하는 효과를 내보자는 생각으로 뻗어간다. 그런 결과로 한국인의 마음과 욕망들, 그것의 집적체인 한국 사회에 대한 비판적 성찰과 니체가 『차라투스트라는 이렇게 말했다』에서 펼친 은유로서의 동물에 대한 형이상학적 사유를 마주 보게 배치한 이 책이 탄생한다. 그 효과에 대해 확신이 크지는 않다. 오히려 두 개의 사유들이 섞이고 스며들어 화학적 융합에 이르지 못하고, 그저 이질성으로 버석거리고 있는 것은 아닌가 하는 회의가 없지 않다. 이제 이 책은 내 손을 떠난다. 부디 이 책이 '나'와 '우리'를 돌아보는 데 유용한 거울이 되기를, 그리고 멀어져 간 피안과 오늘의 삶을 한데 꿰어보는 사유의 계기와 다양한 논의의 출발점이 되기를 소망한다.

2013년 4월 하순
서울 서교동의 한 카페에서

함께 읽을 만한 도서

제1부

황상민, 『**한국인의 심리 코드**』, 추수밭, 2011

정과리, 『**들어라 청년들아**』, 사문난적, 2008

지상현, 『**한국인의 마음**』, 사회평론, 2011

이어령, 『**문화코드**』, 문학사상사, 2006

제2부

후레자식들의 막돼먹음

루이지 조야, 『**아버지란 무엇인가**』, 이은정 옮김, 르네상스, 2009

전인권, 『**남자의 탄생**』, 푸른숲, 2003

김훈, 『**내 젊은 날의 숲**』, 문학동네, 2010

행복강박증이 불러오는 불행들

도널드 R. 프로세로, 『**공룡 이후**』, 김정은 옮김, 뿌리와이파리, 2013

츠베탕 토도로프, 『**덧없는 행복**』, 고봉만 옮김, 문학과지성사, 2006

베르트랑 베르줄리, 『**내가 행복해야만 하는 이유**』, 심민화 옮김, 2008

에카르트 폰 히르슈하젠, 『**행복은 혼자 오지 않는다**』, 박규호 옮김, 은행나무, 2010

마이클 폴리, 『**행복할 권리**』, 김병화 옮김, 어크로스, 2011

학벌주의에 병든 사회

피에르 부르디외, 『**구별짓기**』, 최종철 옮김, 새물결, 2005

김상봉, 『**학벌사회**』, 한길사, 2004

김상봉 외, 『**학교**』를 버리고 시장을 떠나라』, 도서출판 메이데이, 2010

정진상, 『**국립대 통합네트워크 — 입시 지옥과 학벌사회를 넘어**』, 책세상, 2004

김동훈, 『**한국의 학벌, 또 하나의 카스트인가**』, 책세상, 2001

불안은 영혼을 잠식하고
김태형, 『**불안증폭사회**』, 위즈덤하우스, 2010
보르빈 반델로브, 『**불안, 그 두 얼굴의 심리학**』, 한경희 옮김, 2008
지그문트 바우만, 『**유동하는 공포**』, 함규진 옮김, 산책자, 2009
알랭 드 보통, 『**불안**』, 정영목 옮김, 이레, 2005

금서에 열광하는 사회
니컬러스 J. 캐롤리드스 · 마거릿 볼드 · 돈 B. 소바, 『**100권의 금서**』, 손희승 옮김, 예담, 2006
남태우, 『**금서의 미혹 유혹의 도서관**』, 태일사, 2004
리영희, 『**대화**』, 대담 임헌영, 한길사, 2005

가족 이기주의라는 유령들
티에리 타옹, 『**예비 아빠의 철학**』, 고아침 옮김, 개마고원, 2008
로맹 가리, 『**그로칼랭**』, 이주희 옮김, 문학동네, 2010

이타주의는 왜 숭고한가?
마이클 S. 가자니가, 『**윤리적 뇌**』, 김효은 옮김, 바다출판사, 2009
강영안, 『**타인의 얼굴**』, 문학과지성사, 2005
장 크로미에, 『**체 게바라 평전**』, 김미선 옮김, 실천문학사, 2000
로저 트리그, 『**인간 본성과 사회생물학**』, 김성한 옮김, 궁리, 2007

막말사회, 막가는 사회
막스 피카르트, 『**침묵의 세계**』, 최승자 옮김, 까치, 1996

지식의 역습
웬델 베리, 『**지식의 역습**』, 안진이 옮김, 청림출판, 2011
스티브 테일러, 『**자아 폭발**』, 우태영 옮김, 다른세상, 2011
에두아르도 푼셋, 『**인간과 뇌에 관한 과학적인 보고서**』, 유혜경 옮김, 새터, 2010
니코스 카잔차키스, 『**그리스인 조르바**』, 이윤기 옮김, 열린책들, 2000

살인을 부르는 소음들
조지 프로흐니크, 『**침묵의 추구**』, 안기순 옮김, 고즈윈, 2011
마르크 드 스메트, 『**침묵 예찬**』, 김화영 옮김, 현대문학, 2007

과잉의 경쟁은 진부한 악
류용, 『**살아간다는 것 경쟁한다는 것**』, 유소영 옮김, 푸른숲, 2006
제프리 골드파브, 『**작은 것들의 정치**』, 이충훈 옮김, 후마니타스, 2011
앤서니 스토, 『**고독의 위로**』, 이순영 옮김, 책읽는수요일, 2011
에크하르트 톨레, 『**고요함의 지혜**』, 진우기 옮김, 김영사, 2004

참고
도서

고병권, 『니체의 위험한 책, 차라투스트라는 이렇게 말했다』, 그린비, 2003

고병권, 『니체, 천 개의 눈 천 개의 길』, 소명출판, 2001

권혁웅, 『몬스터 멜랑콜리아』, 민음사, 2011

김진, 『니체와 불교적 사유』, 울산대학교 출판부, 2004

김홍중, 『마음의 사회학』, 문학동네, 2009

박문호, 『뇌, 생각의 출현』, 휴머니스트, 2008

이수영, 『명랑철학』, 동녘, 2010

이수영, 『미래를 창조하는 나 - 차라투스트라는 이렇게 말했다』, 아이세움, 2009

이진경, 『노마디즘』 1·2, 휴머니스트, 2005

이진경, 『불온한 것들의 존재론』, 휴머니스트, 2010

이진경, 『뻔뻔한 시대, 한줌의 정치』, 문학동네, 2012

이진우, 『니체, 실험적 사유와 극단의 사상』, 책세상, 2009

오강남, 『종교, 심층을 보다』, 현암사, 2011

정민, 『한시미학산책』, 휴머니스트, 2010

정수복, 『한국인의 문화적 문법』, 생각의나무, 2007

정재서, 『이야기 동양 신화』, 김영사, 2010

정호완, 『우리말의 상상력』, 정신세계사, 1991

진은영, 『니체, 영원회귀와 차이의 철학』, 그린비, 2007

진중권, 『호모 코레아니쿠스』, 웅진지식하우스, 2007

한병철, 『피로사회』, 김태환 옮김, 2012

니콜 라피에르, 『다른 곳을 사유하자』, 이세진 옮김, 푸른숲, 2007

도미니크 르스텔, 『동물성』, 김승철 옮김, 2001

데이비드 호킨스, 『의식 혁명』, 백영미 옮김, 민음사, 2010

뤼디거 슈미트 · 코르드 슈프레켈젠, 『짜라투스트라는 이렇게 말했다』, 김미기 옮김, 이학사, 1999

리샤르 비어즈워스, 『니체 읽기』, 동문선, 김웅권 옮김, 1999

리 스핑크스, 『가치의 입법자 프리드리히 니체』, 윤동구 옮김, 앨피, 2009

리처드 도킨스, 『무지개를 풀며』, 최재천 · 김산하 옮김, 바다출판사, 2008

마르틴 하이데거, 『니체 1』, 박찬국 옮김, 길, 2010

막 오제, 『망각의 형태』, 김수경 옮김, 동문선, 2003

모리스 블랑쇼, 『기다림 망각』, 박준상 옮김, 그린비, 2009

미셸 푸코, 『니체, 계보학, 역사』, 민음사, 1989

발터 벤야민, 『일방통행로』, 조형준 옮김, 새물결, 2007

베르트랑 베르줄리, 『무거움과 가벼움에 관한 철학』, 백선희 옮김, 개마고원, 2008

브뤼노 블라셀, 『책의 역사』, 권명희 옮김, 시공사, 1999

스튜어트 에이버리 골드, 『핑』, 유영만 옮김, 웅진윙스, 2006

슬라보예 지젝, 『처음에는 비극으로 다음에는 희극으로』, 김성호 옮김, 창비, 2010

아르멜 르 브라 쇼파르, 『철학자의 동물원』, 문신원 옮김, 동문선

알렌카 주판치치, 『정오의 그림자』, 조창호 옮김, 도서출판b, 2005

올리비에 라작, 『동물원과 텔레비전』, 백선희 옮김, 마음산책, 2007

에마뉘엘 레비나스, 『존재에서 존재자로』, 서동욱 옮김, 민음사, 2003

에밀 시오랑, 『독설의 팡세』, 김정숙 옮김, 문학동네, 2004

엘렌 디사나야케, 『미학적 인간 — 호모 에스테티쿠스』, 김한영 옮김, 예담, 2009

엘렌 식수, 『메두사의 웃음/출구』, 박혜영 옮김, 동문선, 2004

예태일 · 전발평 편저, 『산해경』, 서경호 · 김영지 옮김, 안티쿠스, 2008

자크 데리다, 『에쁘롱 — 니체의 문체들』, 김다은 · 황순희 옮김, 동문선, 1998

잭 트레시더, 『상징이야기』, 김병화 옮김, 도솔, 2007

제레미 나비, 『우주뱀 = DNA』, 김지현 옮김, 들녘, 2002

질 들뢰즈, 『니체와 철학』, 이경신 옮김, 민음사, 2005

질 들뢰즈, 『들뢰즈의 니체』, 박찬국 옮김, 철학과현실사, 2007

질 들뢰즈 · 펠릭스 가타리, 『천 개의 고원』, 김재인 옮김, 새물결, 2001

카민 갤로, 『스티브 잡스 무한혁신의 비밀』, 박세연 옮김, 비즈니스북스, 2010

파스칼 브뤼크네르 · 알랭 팽키엘크로, 『길모퉁이에서의 모험』, 이창실 옮김, 동문선, 2006

동물원과 유토피아

1판 1쇄 인쇄 2013년 06월 10일
1판 1쇄 발행 2013년 06월 14일

지은이 | 장석주
펴낸이 | 김이금
펴낸곳 | 도서출판 푸르메
편집 | 송여경
등록 | 2006년 3월 22일(제318-2006-33호)
주소 | 121-869 서울시 마포구 연남동 568-39 컬러빌딩 301호
전화 | 02-334-4285~6
팩스 | 02-334-4284
E-mail | prume88@hanmail.net
인쇄 · 제본 | 한영문화사

ISBN 978-89-92650-85-4 03810

이 도서의 국립중앙도서관 출판시도서목록(CIP)은 서지정보유통지원시스템 홈페이지(http://seoji.nl.go.
kr)와 국가자료공동목록시스템(http://www.nl.go.kr/kolisnet)에서 이용하실 수 있습니다.
(CIP제어번호: CIP2013007264)